U0069708

外國文學珍品系列 3

沒有舌頭

（俄）柯羅連科◎著
臧傳真◎譯

《外國文學珍品系列》
出版前言

前蘇聯詩人阿赫瑪托娃（1889-1966）有一首短詩，談到詩人這一行業，說：

我們的神聖行業

歷史久長……

世界有了它，沒有光也明亮

這裡的詩，可以擴大其意義，指所有的文學。表面看起來，文學是最沒有實用價值的，然而，奇怪的是，自古至今所有的文明，都產生了「文學」這種奇怪的東西。最近一百多年，有了電影、有了電腦，不少人斷言，文學終將滅亡。但是，文學是不可取代的，也是不會滅亡的，除非人類也滅亡了。原因就正如阿赫瑪托娃所說的，只要有了文學，黑暗的世界也會變得明亮。

現在這個世界，充滿了功利，金錢可以衡量一切。為了金錢，人們你爭我奪，世界充滿了仇恨；因為仇恨，世界到處看到鬥爭與戰爭，人類生命破碎不堪。這個時候就需要文學。文學也許不能改變世界，但文學可以讓某一些人的人生變得更完整、更明亮，文學至少可以拯救某一些人。

文學的寶藏是無法估價的，可以毫不誇張的說，它的蘊藏量遠遠超過世界上所有的石油，說得上取之不盡，用之不竭。我們常常用「世界文學名著」這樣的概念來提供閱讀書單，這恰恰限

制了我們對文學的欣賞。數不盡的優秀的文學作品，對數不盡的心靈有所需求的人開放，就看我們有沒有機會碰上。

我們只能盡一點小小的力量，提供一些也許會讓你產生強烈共鳴的作品。這些作品，台灣很少看到，或者幾乎看不到，但可以保証，這些都是一流的作品，翻譯也是一流的翻譯。這是一個很特異的小型圖書館，希望你可以在裡面找到你喜歡的東西，甚至找到你意想不到的心靈的寄託。

目錄

終於找到柯羅連科

　　很可能是在高三上學期時，我和兩位同班同學迷上了屠格涅夫。我們把當時市面上買得到的屠格涅夫四部長篇《羅亭》、《貴族之家》、《父與子》、《處女地》都讀完了。我最喜歡《貴族之家》，到現在還記得那個令人難以忘懷的結尾。這是我對西洋文學的初戀，從此我迷上了俄羅斯文學。

　　大約在大學三、四年級時，屠格涅夫這個偶像被托爾斯泰所取代。托爾斯泰的抒情魅力決不下於屠格涅夫，而他對生命意義的執迷追索則更讓我心有戚戚焉。其後，我逐漸了解托爾斯泰刻劃人物的非同凡響，正像許許多多的讀者一樣，我完全被安娜‧卡列尼娜和馬斯托娃（《復活》的女主角）這兩個女性迷住了。我到現在還認為，托爾斯泰是西方小說之王，無人可以取代。

　　在大學和碩士班階段，我還做了一件傻事。我查遍了臺大圖書館的書目，只能借到一本英文本的俄國文學史，是俄國革命後流亡於英國的米爾斯基公爵所寫的。那時候我的英文極差，但這本書我連續借了不下六、七次。我記得，借書卡最前面簽著「郭松棻」這個名字，接下去全部是我的名字，至少我離開台大時還是如此。

　　這本書的內容我至今還記住一些，譬如米爾斯基認為契訶夫不足以代表俄羅斯精神，他認為列斯科夫是一個更好的說故事的人。很久以後，班雅明的〈說故事的人〉成為現代西方文學批評必讀的名文，但台灣幾乎所有讀這篇論文的人，一直到看到這篇

文章，才知道列斯科夫這個名字，而我卻很早很早就「知道」列斯科夫了，為此還私心竊喜了一番。

我把這本俄國文學史講到的普希金之後的所有重要作家都記住了，還記住了他們不少代表作的書名。很遺憾的是，在當時的台灣，我只能看到一部分的屠格涅夫、托爾斯泰、妥斯妥也夫斯基和契訶夫，也買到極少數的普希金和萊蒙托夫，此外，什麼也沒有。當時，台灣出了什麼俄羅斯文學的新書，我一定知道，而且一定買。舊書攤都讓我摸遍了，但所得仍然極為有限。

上世紀九〇年代，開始開放買大陸圖書，我簡直買瘋了。凡是有關俄羅斯文學的翻譯（包括傳記和回憶錄），我一律都買，買重了也要買。我可以毫不誇張的說，凡是我看到的（包括到大陸舊書攤上找）我都買了。上世紀最後二十年大陸出版的有關書籍，我相信，在台灣，應該是我買的最多，很難想像有誰可以超過我。

當時買書的艱苦和樂趣現在還歷歷在目。人民文學的十七卷《托爾斯泰文集》一卷一卷出，我深怕買漏了，不得不幾個地方訂書，以至於好幾冊都買重。當收到人民文學三卷本屠格涅夫《中短篇小說選》時，好幾個小時內都非常激動，這套書我「摸」了好幾天。有一次我跑到人民文學門市部找書，他們告訴我，我要的一些書脫銷了，不妨到書庫問問看。我搭計程車，好不容易在小巷中找到書庫，管書庫的兩位大娘跟我說，我要的書都沒了。我看室內有一個書架，架上許多書，仔細一看，好幾本我已找了許久，我問兩位大娘，這書賣嗎？她們說，哪能賣啊，這是樣書，賣了就沒了。後來她不忍心看我空手而回，就說，你就挑幾本罷，不要拿太多。我挑了三、四本，其中就有《列斯科夫小說選》，喜孜孜的走了。

這樣買了好幾年，始終沒有買到柯羅連科（1853-1921）的任何一本小說集，最終也只找到一本薄薄的《盲音樂家》，臧傳真

譯，讓我感到很不滿足。柯羅連科和契訶夫、高爾基同時，名氣沒有契訶夫、高爾基大，在兩個巨人的陰影下幾乎被遺忘了。但魯迅曾稱讚柯羅連科的人品，又說他的小說「做得很好」，「是可以介紹的」，我也知道周作人很早就譯過他的《馬卡爾之夢》，找不到實在不甘心。一直到 2002 年，我才看到傅文寶譯的《盲音樂家》（共收四篇小說，一篇散文，浙江文藝），還是沒有《馬卡爾之夢》，真是無可奈何。

2009 年春天，經朋友介紹，我認識了俄羅斯詩歌翻譯家谷羽先生，他正在文化大學客座。我們見了兩次面，每次都談了好幾個小時，我問他一些俄國文學翻譯家的狀況，他講不少他們的趣事。他談到李霽野是他們的系主任，李先生是我的老師臺靜農和鄭騫的老朋友，聽起來備感親切。他又談到，他在南開大學讀俄語專業時，還有一位臧傳真先生也是他的老師，現在已八十多歲。我說，是譯柯羅連科那個臧傳真嗎？他說，是啊，臧先生是老翻譯家，譯筆極謹嚴，退休後仍在翻譯文學作品，他譯的柯羅連科還有一些新稿，可惜沒人出。我經過一點遲疑，終於決接受谷羽先生的建議，在台灣出版臧先生所翻譯的柯羅連科的小說。我還跟谷羽先生說，無論如何要有《馬卡爾的夢》這一篇，如果臧先生沒譯，請說服他補譯。

臧先生的譯稿，排校完畢以後，發現竟然有四百五十頁左右，只好分兩本出。人間出版社也許會虧一些，但想到臧先生一生奉獻於翻譯事業，又想到兩岸第一次有這麼多的柯羅連科的小說譯文，因此決定，無論如何也要出。

柯羅連科的小說非常吸引人，只要讀一下《盲音樂家》，你就會知道，我不是亂說的。他具有一種正直的、坦然的人道主義胸懷，任何人讀了都可以感受到他高尚的人格。他曾被放逐到西伯利亞四年，備嘗艱辛。他是第一個描寫西伯利亞生活的俄羅斯重要作家，《馬卡爾的夢》和《西伯利亞驛站見聞錄》都以此作

為背景，寫得生動異常。

　　關於柯羅連科的人格，我可以講一個我看到的故事。他寫小說成了名，收入增加，又當選皇家科學院院士。他不怕得罪沙皇，看到不滿就批評。當沙皇取消高爾基的院士資格時，他和契訶夫一起退出科學院。任何革命黨，包括布爾什維克、孟什維克、社會革命黨，只要有求於他，他都會出錢，還會掩護他們。十月革命以後，布爾什維克開始對孟什維克和社會革命黨還比較客氣，沒想到社會革命黨和孟什維克有些人搞暗殺和破壞，布爾什維克反過來報復，逮捕了不少人，也槍斃了一些人。柯羅連科很不高興，在報紙寫文章激烈批評布爾什維克，列寧只好把他抓了起來。高爾基知道了以後，找列寧理論。他說，柯羅連科過去幫了我們多少忙，怎麼可以抓他。高爾基和列寧大吵一架，列寧還罵高爾基思想反動，不懂政治。當然，布爾什維克只想讓柯羅連科不講話，絕對不敢殺他。柯羅連柯在革命後活得很痛苦，他無法理解革命以後怎麼會變成這個樣子。他是一個大好人，還好只活到 1921 年，不然以後還會更痛苦。

　　關於柯羅連科的一生及其代表作，臧傳真先生已有介紹，除了《盲音樂家》，兩本書所收的小說，我都是初次閱讀，而且讀得很粗，因此不敢隨意評說。

　　為了讓大家欣賞柯羅連科小說的魅力，下面引《盲音樂家》第一章第七節一小段文字，稍作解釋。

　　春天的騷亂的聲音沈寂了。在和暖的陽光普照下，自然界的勞作漸漸納入常軌；生活似乎緊張起來，像奔馳的火車一樣，前進的行程變得更快了。草地上的嫩草發綠了，空氣中充滿白樺樹嫩芽的氣息。

　　他們決定帶孩子到附近河畔的田野上去玩玩。

　　母親牽著他的手，馬克沁舅舅拄著拐杖並排地向河邊的小山

崗走去。經過風吹日曬，小山崗已經十分乾爽，上面長滿綠茸茸的小草，從這裡可以展望遼闊的遠方。

晴朗的白晝使母親和馬克沁感到晃眼。陽光照暖他們的臉龐，彷彿抖動著無形翅膀的春風卻用清新的涼爽趕走了暖意。空氣中蕩漾著令人心曠神怡的懶洋洋的醉意。

母親覺得孩子的手在她手裡攥得很緊，但是她被這令人陶醉的春意所吸引，就沒大注意孩子的驚惶表情。她挺起胸脯深深呼吸，連頭也不回地一直向前走；如果她回頭看看，準會發現孩子臉上的表情有些異樣。孩子懷著沈默的驚訝轉身面向太陽呆望著。他咧開嘴唇，好像水裡撈出來的魚兒似的急忙一口一口地吞咽著空氣。不自然的喜悅不時在他張惶失措的小臉上流露出來，好像是神經受了什麼刺激似的突然在臉上閃現，霎時又換上一種接近恐懼和疑惑的驚訝表情。只有那兩隻眼睛沒有視力，依然在癡呆呆地張望著。

．．．．．．．．．．．．．

各種聲音還太繁多，太嘹亮，一個接著一個地飛升、墜落……包圍著孩子的聲浪越發緊張地翻騰起來，從周圍轟隆隆震響的黑暗中襲來，又回到黑暗中去，接著又換一些新的聲浪，一些新的音響……聲浪更快，更高，更折磨人了，使孩子覺得懸空無靠，並且搖晃他，催他入睡……又一次傳來漫長而淒厲的一聲吆喝，壓倒了令人迷惘的嘈雜聲，於是一切馬上都沈寂了。

孩子低聲呻吟起來，往後栽倒在草地上。母親連忙轉過身來，跟著驚叫一聲：孩子面色蒼白，躺在草地上暈過去了。

我第一次讀到這一段文字，既感動又震驚。柯羅連科怎能想像一個從小眼盲的小孩，當他初次面對美好的春光和春天的種種聲音時的種強烈感受呢？可見柯羅連科是一個心地極其善良、又時時刻刻注意著別人內心感受的人。他的小說細節，就如上舉一

段一般，常常帶給人強烈的衝擊。譬如，在〈沒有舌頭——旅美歷險奇遇記〉裡，他讓一個初到美國、只懂烏克蘭方言的農夫，迷失在美國城市，讓他感受到不為人所理解、自己也無法表達的痛苦。這一段經歷是如此扣人心弦，以致最後他終於碰到一個可以溝通的烏克蘭同胞時，我們不禁鬆一口大氣，並為他感到喜悅。

　　柯羅連科就是這一個善體人意的小說家，他所描寫的痛苦與快樂，都會讓我們感到如此親切，並不自覺將他視為知心的朋友。這是一個提供溫暖的小說家，值得我們去閱讀——你不妨試試看。

呂正惠

2011 年 5 月 12 日

關於柯羅連科

　　柯羅連科是俄國文學史上一位卓越的天才作家，他創造了一系列的中短篇小說、文學評論，和四卷集長篇巨著《我的同時代人的故事》；同時，他還是一位批評家和政治家。他的許多著作，均可列為俄羅斯古典文學的偉大典範。他的作品，獨具一格，簡直是一個時代俄羅斯現實的獨特編年史。他的中短篇小說和特寫，如實地反映了十九世紀末俄羅斯資本主義迅速上升時期的農村，揭示了人民生活的方方面面，所有這些，在中國過去很少有人在文學中觸及到過。同時，他又是一位文筆優美的語言藝術大師。

　　柯羅連科文學創作的鼎盛時期，是在十九世紀八十年代後期。在反動統治的最黑暗年代俄羅斯社會上一切進步的、熱愛自由的思想行動，都被沙皇暴政打壓的時候，年輕作家——柯羅連科的呼聲，重新喚醒了人民的力量。他是人民的熱心捍衛者，為了人民的利益，全力反對奴役、暴政和政治腐敗。他用文字的武器，同敵人的強暴和專制，作不調和的鬥爭。他的社會活動、他的文學創作，表現了高尚的公民品格，充滿了對祖國的無限熱愛。他的一生，作為一個高尚正直的人和偉大的藝術家，正如高爾基公正指出的那樣，柯羅連科完全是一位俄羅斯作家的理想形象——一位典範人物。

　　符拉基米爾‧卡拉克基昂諾維奇‧柯羅連科於 1853 年 7 月27 日出生於烏克蘭、沃倫省、日托米爾城。起初在私人寄宿學校

讀書，後來進入日托米爾市中學。柯羅連科十三歲那年，父親因工作調動遷往羅夫諾小縣城，未來的作家在那裡讀完了實驗中學，並榮獲銀質獎章。他在中學時，即已開始接受進步思想。

1871 年入彼得堡工藝中專，不久因經濟困難而輟學，開始謀生，從事製圖、校對等工作，連續兩年，在極其困難的生活中掙扎。

柯羅連科於 1874 年到莫斯科，進入彼得農林學院讀書，在這裡，他得以聆聽俄國偉大學者季米歷雅節夫的講課。這時，他開始閱讀禁書，嚮往民粹主義思想，與革命青年接近。1876 年因參加校內學潮，被開除學籍，並被當局放逐到沃洛格達省，一年後回到彼得堡，入礦業學院學習。1879 年發表處女作短篇小說《探求者的生活插曲》。同年，因涉嫌參與革命活動而被捕，流放維亞特卡省，1880 年改判流放彼爾姆，受員警監管。

是年在流放途中創作短篇小說《雅希卡》，描寫一個農民被當局誣陷的故事。同年，在獄中寫成名篇《怪哉，這女子》，塑造了一個女囚犯在流放途中不屈不撓的革命形象。1881 年，因拒絕效忠新沙皇，又被流放到西伯利亞偏遠地區——雅庫特州阿姆加村，直至 1885 年，才得以重返俄羅斯本土，遷居下諾夫哥羅德。在流放途中，他過著與當地農民相同的艱苦生活，幹各種農活，縫製皮靴。

柯羅連科的《雅庫特》（1880），是他的創作體裁中關於「愛好自由」和「反抗強暴」的最早一篇。而《怪哉，這女子》是其中獨具特色的一篇。1880 年，柯羅連科被流放東西伯利亞的時候，在上沃洛巧克一所監獄裡呆過半年。在那裡，他背著獄卒，偷偷寫成了《怪哉，這女子》。後來這篇小說落到作家烏斯賓斯基手中，大受讚賞，可是由於政府審查上的限制，只能以手抄本和秘密油印在讀者中流傳，二十五年之後，才得以公開發表。

據專家考證，小說女主角是以彼得堡大學生，二十歲的艾・烏拉諾斯卡婭為原型而創作的。

《怪哉，這女子》（1880 年）描寫一位體弱患病而又意志堅強的女革命家。她的英勇精神，堅定的信念和高度的原則性戰勝了當局殘暴，克服了艱難困苦的生活條件，她是俄國古典文學中最優秀的婦女形象之一。

柯羅連科讚賞她的昂揚鬥志，同時，借著她的同伴的嘴，溫和的批評了她的偏狹心態。

她把那個無知落後、心地善良、對她十分同情的解差，當作與統治者同夥的敵人一般看待。她不願瞭解，這個善良的解差，只是統治者手中的盲從工具罷了。她拒絕去爭取可以團結的對象。其實，解差對女流刑犯的同情，足以證明當時的人心背向和革命影響的擴大。

《馬卡爾的夢》（1883）是柯羅連科從雅庫特流放回來之後，創作的一部中篇小說。這篇小說深刻反映了作者對當地農民苦難生活的深刻觀察；作者斷言，盛裝老百姓艱辛勞動和痛苦生活的天平上的金秤盤，比盛裝他們過失的木秤盤要超重的很多，很多。小說清新的抒情風格，使當年一些評論家（梅列日科夫斯基、戈沃魯哈—奧特羅克等人）歡賞不止。這篇作品獲得極大成功，作者因而享有盛譽，從此成名。小說的成就在於：它不僅敘述了農民的悲慘命運，而且表明了農民抗暴的意向，並特別強調了人民憤怒的力量和準備鬥爭的勇氣。作者通過神話描寫的手法，讓小說的主人公開道出社會結構的不合理現象，大膽提出人民對幸福的熱切渴望。總之，這篇作品的中心思想是長期受愚弄的農民的猛然覺醒！不過，當時另有幾位批評家（楚可夫斯基等人）指出，作者創作這篇小說的時候，他還是一個狂熱的民粹主義者，因此，作品不免留下了某些民粹主義「道德真理」的印跡。

《西伯利亞驛站見聞錄》（1982 年）這篇小說，包含著部分真人真事。作者描寫一個小公務員（克魯格里科夫）與一位青梅竹馬的女友戀愛的悲慘故事。主人公在婚期臨近時，未婚妻突然被上司奪走。小公務員為權勢所迫，起初準備屈服，但在婚禮前夕，他心猶不甘，用手槍擊傷上級，被判流放西伯利亞。他一生漂泊在荒漠叢山之中，坎坷淹蹇，流離困頓。

小公務員克魯格里科夫在家中受到父親的虐待，在機關裡受到上級壓制，在流放中遭遇歧視和屈辱，一方面，說明當時專制主義的猖獗，另一方面，在於他自己秉性太軟弱。正因為如此，他的「光明的早晨」，忽然變成了「陰暗的黃昏」。

小說的另一個人物形象，是阿拉賓。在這裡作者影射了阿莫爾（黑龍江）邊區總督手下的副官阿臘賓。1881 年，柯羅連科在流放途中，聽說了阿臘賓的許多罪惡。後來，作家得知阿臘賓殺害一個驛站長而未受任何懲處時，便寫了一篇政論來揭發他，但是沒有一家報紙敢於登載。最後，柯羅連科利用藝術形式——小說《阿特一達凡》，達到了這個目的。小說發表後，阿臘賓要求作者承認這篇作品的情節純屬虛構，遭到柯羅連科嚴詞拒絕。

1886-1889 年，完成的中篇小說《盲音樂家》，是他的代表作之一。小說描寫了一個自幼失明的盲人，克服了個人的不幸，獻身社會，與人民相結合，終於成為著名的音樂家。在這部作品裡，作者以豐沛的激情，藝術想像力以及細緻入微的筆觸，塑造了一個心靈纖細，感覺敏銳的盲童形象。作品洋溢著對生命的珍視和思索以及對大自然的熱愛。盲童成長為音樂家的艱難歷程中，暗示著對新時代的渴望，包含著對生命終極關懷的普遍意義。

《深林在喧囂》（1886 年）這篇作品，從它的藝術構思來看，作者的目的不是展示人物性格與生活現實的複雜性，而是以曲折、離奇的情節感染讀者。小說的主題，是寫農民復仇。喧囂

的樹林，給農民愛情、復仇的故事，罩上了一層緊張的氣氛和神秘的色彩。日夜呼嘯的森林，在小說中，象徵著憤怒的老百姓的巨大力量。

柯羅連科於 1893 年赴美參加「芝加哥萬國博覽會」。作者在美國，目睹了資本主義社會中的嚴重失業、工人貧困、虐待黑奴和金錢萬能。回國後，他根據自己的旅美印象，寫成中篇小說《沒有舌頭——旅美歷險奇遇記》（1895 年）。它講述十九世紀末，一個偏遠地區的俄國農民，移居美國的故事。這個農民是個半文盲，不懂英語，孤身一人，闖蕩美國。他顛沛流離，歷盡坎坷，遇到許多驚險、奇怪的事情。他以一個樸實、誠懇的農民視角，批判美國社會的不合理現象。但同時，作者在作品中，通過另一個暫居美國的俄羅斯知識份子的口，講述了人民對「自由」、「民主」的嚮往。

此外，柯羅連科的著名篇什，還有《在壞夥伴當中》（1885）；《河水猛漲》（1892），（按此篇曾有人譯作《嬉鬧的河》，不妥）；《瞬間》（1990）；《星火》（1910）；以及《我的同時代人的故事》（1905 年著）等。柯羅連科一系列的作品，使他贏得了與契柯夫齊名的第一流中短篇小說家的稱號。

柯羅連科的創作，反映了人民對農奴制殘餘、封建制度和民族壓迫的抗議。在不合理體制的殘暴統治下，社會高度兩極分化；官僚貴族貪污腐敗，苛政虐民，橫徵暴斂，驕橫淫逸，奢侈豪華，生活糜爛。而廣大人民，在政治上沒有民主自由，遭受殘酷鎮壓；在經濟上被剝削掠奪，生活極端貧困。在這種情況下，柯羅連科運用他的筆，描寫了小人物不向命運屈服，積極追求真理和自由，充滿英雄氣概和崇高的精神力量。

偉大的社會活動家，作家羅莎‧魯森堡女士寫道：「柯羅連科是一位徹底的俄羅斯作家……他不只是愛自己的國家，他像一個少年似的，熱愛著整個俄羅斯，愛它的大自然，愛這個偉大國

家的瑰麗景觀，愛夢幻般的山巒河流，愛森林環繞的平原峽谷；他還熱愛普通老百姓，熱愛各種類型的平民……喜愛他們天生的幽默感，喜愛他們嚴肅的沉思。」

柯羅連科的中短篇小說，是浪漫主義跟現實主義相結合的典範。從詩學的視角看，他的作品，達到了藝術的高峰。他第一個首先「發現」西伯利亞，把亞庫次克的農民，勒那河兩岸的馬車夫形象寫入俄國文學，極大豐富了俄羅斯文學寶庫。在屠格涅夫以後，俄羅斯文學中很少有描寫自然景色的名作。柯羅連科恢復了這個傳統。與眾不同的是，他筆下的自然景物常常是同人民的生活息息相連的，處處襯托著人民的悲歡離合的感情。從風格學的視角看，柯羅連科的文學語言豐富多彩，色調絢爛。柯羅連科與屠洛捏夫和契柯夫齊名並列，為三大文體名家，即俄羅斯文學上最優美的語言藝術家、美文學家。關於這一點，高爾基曾不止一次指出過。

托爾斯泰、迦爾洵、契訶夫和高爾基都十分推崇柯羅連科的創作。車爾尼雪夫斯基認為柯羅連科具有「卓越的才華，屠格捏夫一樣的才華。」

柯羅連科為人正直，高風亮節；他的人品德高望重，他富正義感，經常為人民群眾仗義執言，打抱不平。他被人譽為具有公民戰鬥熱情的人物和「俄羅斯文藝界的良心化身。」每一樁重大的社會事件都引起他的注意，每一個不公平的現象都激起他的憤慨和抗爭。例如：他曾以文藝形式，揭發阿莫爾邊區副官的暴行（前文已提及）；他曾為老莫爾坦村的烏德莫爾特族人伸冤；他還替被迫害的猶太人翻案，給無辜收審的農民主持正義，面對面地對法院和員警展開鬥爭。當皇家科學院根據沙皇的命令，取消高爾基榮譽院士資格的時候，柯羅連科和契訶夫一同放棄了院士名義，以示抗議。正如高爾基所說：「柯羅連科為了使俄國的黎明早日到來所做的一切，是數不盡、說不完的。」

　　1921 年 10 月 25 日，柯羅連柯逝世於波爾塔瓦。人民成群結隊為他送葬，形成了聲勢浩大的葬禮遊行。前來弔唁的有波爾塔瓦全城和四郊的居民。告別儀式持續了三個晝夜。全俄蘇維埃尊他為「偉大的鬥士」，「真理捍衛者」。1927 年 10 月 27 日，在紀念柯羅連科逝世的大會上，有一個社會活動家指出：「柯羅連科之所以可貴，就在於：哪裡有痛苦和不幸，哪裡有壓迫和欺侮，他就挺身而出，全力以赴。」

臧傳真

2005 年 3 月 10 日於南開園

2009 年 10 月 28 日補充

西伯利亞驛站見聞錄*

一

「呸，這哪裡是路?!哼！」我的同路人米海洛·伊凡諾維奇·柯貝連科夫說。「簡直是要命的爛泥灘，世上不會再有比這裡更糟的道路了，你說是嗎？」

米海洛·伊凡諾維奇不幸言中了，他的話一點兒也沒錯兒。這時候，我們的馬車正行駛在勒納河上。[1]寬闊的河面上，四面八方，到處豎起巨大的冰塊，當地人稱為「冰丘」。入秋之後，急湍洶湧的河水沖來，使這些冰塊互相碰撞，看這氣勢，它是要與可怕的西伯利亞嚴寒拼個你死我活的。但是，嚴寒終於占了上風。河水結冰封凍了。只有那些亂糟糟的巨大冰丘仍然留在那裡，作為這場大搏鬥的無聲見證人——這些巨冰雜亂地堆積起來，有的被壓在底層，有的奇形怪狀的凸現出來。某些地方，還露出一長串未凍的水面，裡面翻騰著河水的急湍。這未凍的水面上，有一股股寒冷的水汽慢慢悠悠地升起，好像那水面上真有人在燒開水似的。

---

* 原題《阿特·達凡驛站見聞錄》——西伯利亞生活斷片
1 西伯利亞入凍以後，河水結冰很厚，馬車經常在河面上行駛。

在這般突兀離奇、雜亂無章的冰塊的頂空，在河岸兩邊，橫亙著寂闃無聲、龐大崢嶸的勒拿山脈。稀疏的落葉松緊緊偎著山坡，要把根子狠命地紮進那裡，但岩石不許它在這裡生長，因此，山坡上密密麻麻地佈滿了松樹的落葉枯枝。在近處，你可以看到枯死的樹幹，上面積滿了雪，彎彎曲曲的樹根從土層中抽抽搐搐翻出，露在外面。較遠的地方，這些景象就消失了，但是，靠近山頂的地方，山坡上被暴風雪折斷的枯樹枝幹，密密麻麻地像網一般，鋪滿一地。這些翻倒的樹幹形似無數粗針，很像松林中的松樹針葉；而在它們中間，有一些松樹還活著，生機盎然，筆直地伸出枝杈，細細的，可憐巴巴的，妄想在祖先的屍體上僥倖地生存下去。只有在平整的、像是用刀削平了的山頂上，樹林才突然稠密起來，在白色的河岸斜坡上，蜿蜿蜒蜒，形成一條長長的、黑色喪服似的鑲邊。

這樣的景觀一直綿延幾十俄里，乃至幾百俄里……整整一個星期，我們的馬車在這些冰丘中間穿行，它彷彿是波濤洶湧的大海上的一葉扁舟，搖搖晃晃，可憐見的。……整整一個星期，我兩眼只能望見陡峭的河兩岸當間的一片灰白的天空，只能看著鑲著喪服黑邊的白色山坡，看著從通古斯荒漠神秘地伸展到這條寬闊大河邊的峽谷，看著彌漫無際的陰霾霧靄，——這些陰霧忽而卷起，忽而展開，有時擁擠在堆滿岩石的轉彎處，有時無聲無息地鑽入谷口，好像一支空幻的軍隊，紛紛散入冬季的營地。死一般的岑寂，撕裂著人心。只是河面上，偶爾傳來冰塊的爆裂巨響，宛如沉痛的大聲呻吟，又像是劃過長空飛來的炮彈嘶嘶聲，更像大炮轟鳴的回聲，遠遠地飛往我們身後荒涼的勒拿河水灣裡去了；那餘音久久地在耳邊鳴響，隨後漸漸地沉靜下來，可是，從遠處突然又傳來一種奇特的，蘇活過來的呻吟聲，使我心神不寧、惴惴不安起來。……

我心緒愁悶不已。我的同路人疲憊不堪，因而脾氣十分急

躁。我們的馬車總是東倒西歪，不止一次徹底翻倒。每次翻車，不知何故，總是倒向米海洛‧伊凡諾維奇那一邊，這使他大為惱火。其實，這是道路崎嶇所致，是很自然的事，他卻為這感到十分不滿。然而，如果情況相反，車要是向我這邊倒，我就倒楣了，會發生極大的危險，更有甚者，如果真的出現這種情況，他也是袖手旁觀，無動於衷的。一路上，他老是一聲聲地哼唧著，煞有介事喊車夫：

「把車搬扶起來！」

每一次，車夫使很大勁，不管多困難，總算把車子扶了起來，於是，我們繼續趕車前進。

我覺得，我們在路上已經走了一個月似的，其實，我們從亞庫次克出發，至今不過才五、六天。我們最近的目的地是伊爾庫茨克，距這裡還有兩千多俄里，照這樣下去，到達那裡，簡直得走一輩子了。

我們走得太慢了：起初是為肆虐的暴風雪嚴寒所延誤，現在是因為米海洛‧伊凡諾維奇慢慢騰騰，路上耽擱了。白天很短，可是夜晚明亮如畫。一輪圓月透過灰濛濛的寒氣，俯瞰著大地，馬匹走在這條從「冰丘」中開出的狹窄路上，也不致於迷路。然而，剛剛走了兩三站，我的同路人──那個身體很胖，長得一身肥膘的大腹賈──便赤條條地蹲在爐子前面，不動勁了。他死皮賴臉地把全身脫得光溜溜的，一絲不掛。

「米海洛‧伊凡諾維奇，你要怎麼著？」碰到這種情況，我就試圖抗議。「今天還可以多走一站呢。」

「幹嘛這麼匆忙？活見鬼了！」米海洛‧伊凡諾維奇答道。「喝杯茶暖和暖和肚子，躺下休息休息多好。」

米海洛吃東西、喝茶暖肚子、躺下歇息──他做這些事特別細緻，充滿熱愛和虔敬，其認真的程度，簡直令人吃驚。

然而，不光是這樣，他還另有打算。

「這裡的人哪，」他詭秘地說，「我告訴你，老弟，貪財如命，一文不捨。他們膽大包天，都是金子誘惑的結果[2]。」

「唁，產金的地方遠著哩，並且沒聽說這裡出過什麼事。」

「嘿，等人家把我們搶了，你就會知道了，那時候可就晚啦。……你這人真邪門兒！」他立刻火了，補充說。「你知道嗎？這是什麼地方？這裡不是你的俄羅斯！這裡盡是大山，峽谷，沒凍實的冰洞，荒漠……這裡是要命的險地呀！」

總之，米海洛·伊凡諾維奇對「這一帶地面」極端厭惡和反感，除此之外，再沒有任何印象了。這裡的一切，從陰森森的大自然和當地的人們，到不會說話的動植物，都免不了遭他百般挑剔的責難。他只懂得一條：如果「交上好運」，馬上可以發大財，所謂「一日之內成大亨」，就是為了這，他才在這裡待上了好多年。他一直在機警地等待時機，千方百計努力達到自己的「目標」，然後，打算返回「自己的老窩」，即托姆斯克附近某個地方。在這方面，他很像那種類型的人：這種人為了得到別人提供的獎賞，他可以不惜裸體赤身，在冰天雪地極度嚴寒中奔波。果真如此，現在米海洛·伊凡諾維奇已欣然同意幹這勾當，所以他只得唉聲歎氣、瑟縮發抖地向自己的目標奔去。但願能跑到終點，只要能抓住機遇，管它什麼該死的荒涼地方，讓它面臨滅頂之災吧，——對此，米海洛·伊凡諾維奇毫不後悔。

時到如今，看來他已經大大地接近「目標」了，也許，正因為這個，他的脾氣才越發急躁起來。他心裡說：到了今天這般緊要關頭，要是有人來搶他，突然奪走他的果實，那該怎麼辦呢？我曾經多次聽到別人談到米海洛·伊凡諾維奇的情況，有聲有色地把他描繪成開創事業的大膽魯莽漢——不過又說他現在膽小起來，簡直像個鄉下婆娘似的。正因為如此，我現在才萬不得已陪

2　勒拿河流域盛產黃金，故云。

他一起長途跋涉；在這陰森、淒清、沒有人煙的勒拿河畔荒涼的
驛站上，度過好多寂寞無聊的黃昏，和漫長沉悶的夜晚。

二．

　　在一個這樣嚴寒的晚上，米海洛・伊凡諾維奇一聲恐懼的喊
叫，把我從夢中驚醒。情況是這樣的：原來，我們兩個都在馬車
裡睡熟了，等我們睜開眼，驟然發現我們正待在石岸底下的冰堆
上，一個人煙絕跡的荒涼地方。車鈴聲聽不見了，車子靜靜地停
在原地，馬匹卸了套，馬車夫也沒影兒了，米海洛・伊凡諾維奇
揉揉眼睛，滿臉恐懼和驚訝。

　　然而，不久，疑慮就消除了。我放眼望去，只見那平滑的石
岸，像一堵牆壁似的伸向遠方，在一輪明月的照耀下閃閃發光。
離我們不遠，有一條小路隱現在山岩縫隙中，在我們頭頂，高懸
著一個雅庫梯人墳頭十字架。這墳埋在荒涼的河岸上，在這裡並
不稀罕，因為雅庫梯人總希望安息在空曠、遼闊的高岡上，並且
是有水的地方。——於是，我終於認出了這是阿特・達凡驛站。
我過去從這裡路過時，已經留意了這一帶有這麼一個驛站口。紅
色的葉岩石崖，上面是一層層奇形怪狀的岩片，使人憶及令人難
解的古代文字。這石崖平滑而陡峭，很像人工疊起來的絕壁；稀
稀落落的落葉松林，還有立著十字架和墓欄的那個雅庫梯人的墳
頭；以及悄悄地從岸上飄到河面上空的嫋嫋白煙——這一切，立
刻使我想起了這個驛站。這裡的河岸，形似陡直的牆壁，車子沒
路登岸，因此，到了冬天，人們只得把雪橇撇下留在河面上，把
馬匹順著小道直接從冰面拉上來。米海洛・伊凡諾維奇這才恍然
大悟，心情很快平靜下來，更何況，這時小路上已經閃現出了幾
提燈的亮光。

　　轉眼間，我們便上了岸，來到驛站裡。

　　驛站裡小小的房間內，爐火正旺。燒紅的生鐵爐子，冒著乾燥的熱氣。因為室內溫度過高而滴著蠟油的兩支小燭，照亮了這棟改成驛站的半雅庫梯式建築內趕時髦的陳設。將軍和美女的畫片，驛站辦事處的通告，以及沾滿蒼蠅屎的黑鏡框裡的證書，錯落有致地張掛在牆上。所有這些佈置表明，驛站正在恭候什麼人大駕光臨。不過，我們沒有理由，竟然認為這一切是為我們而準備的。

　　「嘿，老弟呀，太棒了！」米海洛‧伊凡諾維奇滿心歡喜地說。邊說邊動手去掏網袋裡的吃食。「這裡真暖和，美極了！得啦，說什麼我也得在這裡過夜了！喂，誰在那兒？……是管事的嗎？勞駕拿一把茶炊來，再弄一壺開水和餃子……」

　　「呃，別介，米海洛‧伊凡諾維奇，」我試圖攔阻他，「還早呢。我們可以繼續趕路，到下一站再住宿。」

　　「閣下，沒有馬呀，」我聽見身後有人說話，他的聲音顫抖、諂媚，彷彿又有點膽怯。

　　我扭過頭來一看，只見一個胖乎乎的小矮個子走進房來。那人年齡看不真切，一身穿戴怪模怪樣。窄巴的常禮服，方格紋褲子，凸紋布背心，帶套袖甚至老式褶襉的襯衫，現出金蠅子細小花紋的綠底花領帶──他這身打扮使人不禁憶起早已逝去的往昔歲月。他這身衣服已經有點褪色，而且由於長期壓在箱底，變得硬梆梆的，只有逢上喜慶大典才取出一穿。進來的這個人，腳上穿一雙笨重的氈靴，這雙氈靴和他那身德國西服很不般配，讓人看起來身份滑稽可笑。但是，小個子自己顯然沒有意識到這種反差，因此，他昂然跨著小碎步，洋洋自得，感到自己裝束得很入時似的。

　　這個陌生人的面容，和他的體型一樣，顯得灰暗陰鬱，也有些陳舊和僵硬，此刻為了參加盛典，才熨平整、刷乾淨，鄭重其事起來。這個人頗有點自命不凡：他的笑容裡，他灰色眼睛裡，

他談話的語氣中，處處擺出他有一定的文化素養。這個矮小子好像在炫耀自己，見過大世面，過過好日子，懂得「社交禮儀」，如果不是遭際坎坷，換個場合，他完全可以和我們平起平坐。但同時他又似乎有些畏縮、膽怯，大概過去受的挫折過多，現在生怕我們也會找他的麻煩似的。

「怎麼會沒有馬呢？」我看見了不久前才擺在顯眼處的一套記事簿子，反問他道：「驛站上該有兩輛三駕馬車的六匹馬呀。」

「是，」他畢恭畢敬地回答，「是有，只不過，實在是……閣下，該怎麼向您解釋好呢？」

他吞吞吐吐，樣子很為難，顯得不好出口的樣子。

「趕路的老爺們，可憐可憐我吧，別跟我要馬了吧，求你們啦，」突然他用悲哀傷心、低聲下氣的口吻哀求道。

「這是為了什麼？」我覺得奇怪。

「我說你呀，真是！」米海洛·伊凡諾維奇有點不大高興，「你這是幹嗎呀，幹嗎呀？嘿，你急急忙忙要上哪兒去呀？你的孩子們在哭喊，等你啦咋的？……老弟，你瞧出來沒有，人家在苦苦哀求你啦，——明擺著，事出有因，他有難處唄！」

「不錯，先生，」這個陌生人高興了起來，他轉過身來，對著柯貝連科夫，面上帶著贊許的微笑說道，隨手把自己的西服上身的前襟提一提，「是的，先生，正像您老所說的：難道我會無緣無故耽誤先生們趕路嗎？決不會的。」

他說最後一句話的時候，有點驕傲的樣子，一邊直起了身子，扯了扯上衣。

「那麼，也好，」我只得讓步了，因為我心裡明白，要把這位眼看脫得精光的旅伴，從暖和的房間裡拉到晚間結凍的嚴寒中去，簡直是不可能的。「那麼，你總得給我們說說原因吧，如果這不是什麼秘密……」

　　這個小個子喜上眉梢，臉上露出得意的微笑。他看出來，一切已經妥帖，顯然為了對我表示好感，打算把事情的原委一五一十地告訴我，但是，忽然又警覺起來。從外邊河面上，突然傳來一陣鈴聲，壓住了屋內鐵爐裡燒柴的劈啪聲。

　　門打開了。是村長，這人相貌有一半似雅庫特人，他躡手躡腳地走進房來，又小心翼翼地把門帶上。然後說：

　　「郵件到了，瓦西里・斯比利多諾維奇……」

　　「啊，原來是郵件！」這小老頭放下心了。「那麼，你就去吧，叫他們麻利點……我馬上就來，各位尊敬的先生，對不起，失陪了……」

　　他出去了。驛站上，亂哄哄的，熱鬧非常。房門砰砰響成一片，木臺階發出格吱格吱的聲音，馬車夫們進進出出，搬運郵件和郵包。三匹一組的馬匹，一批一批地被牽到河面上去改套，叮叮噹噹的鈴聲響個不斷。每次門兒一開，這鈴聲就響進房裡來。車夫們用雅庫特土話吵吵嚷嚷，同時，又用地道俄國話對罵，藉此顯示他們是土生土長的俄羅斯人。

三

　　幾分鐘之後，房裡進來一個人，不是走進來，而是跑進來的。這人個子不高，身上的制服十分破舊，頭上戴一頂雅庫特破皮帽，脖子裡纏著圍巾。他走得那麼急忙，好像有人在後面追他似的。他一進屋，馬上撲到火爐跟前。

　　他脫掉外套，身上是一件褪了毛的兔皮襖，樣子很像女式敞胸小馬甲。等他把這件皮襖脫下來，裡面便露出來郵差制服，腋下已破爛不堪了。

　　果然不錯，這個人正是郵差。顯然，在這漫長的驛道上，他飽受風霜冰凍之苦，所以，此時才這樣匆忙地跑進房來取暖。這

可憐的年輕人，好不容易把身上凍得硬梆梆的衣服扯開。彷彿懷裡藏著一窩蜂似的；還沒等帽子和圍巾摘下，馬上脫下氈靴，把鞋底放在爐邊烘烤。脫帽子和摘圍巾，費了好大工夫。一般說來，雅庫特人和卡雷姆人是不留鬍鬚的。這已經成為他們一種審美的習俗，然而，這純粹由於氣候的原因：這個可憐的郵差顯然很重視外表，不過，他那稀稀拉拉的鬍鬚和口髭已經凍成了冰棍，也許，這些鬍髭曾經使基連斯克外來的富家移民的女郎醉心著迷過——現在這冰棍已經緊緊地粘連著頭上的帽子和圍巾了。這個郵差費好大的勁兒，甚至把頭擱到火苗上，用凍得半僵的手才撥掉身上的冰碴兒，這之後，他本來的面容終於露出來：原來這人還年輕，臉浮腫得厲害，一雙眼睛顯得暗淡無光，忐忑不安，神情十分驚慌。他身上那套制服又窄又小，衣縫都開了線，腳上穿著兔皮襪子。

「嘿，」他一邊抖掉身上冰碴兒，一邊用當地的土話說：「天氣太冷，把人凍壞了……先生們，請給一杯酒喝吧！」

「喝吧，」柯貝連科夫溫和地答道，「你可是一個頂可憐的人哪。」

這個年輕人的眼睛又驚慌地眨巴起來。那商人這句可憐他的冷冷話語，使他一路受凍受苦的情景，清晰地再現眼前。喝到嘴裡的那杯酒，就像吞下的一塊冰碴兒似的，冰冷透心的涼。他又斟了第二杯酒，接著頭一杯，倒入口內。這時候，這個可憐的小夥子臉上驚慌的表情，才漸漸消散了。

「不錯，」他說，「這種生活，獵狗不如……天氣偏偏又這麼冷，真要命……」

「看你這身衣服——哎喲喲，破極了。在這一帶穿，太不像樣子了。」

「衣服麼，不礙事。其實，只有八個盧布的收入，哪裡能窮講究呢……」

在這條大道上，郵件一周運一次。這三千里的路程，在冬天要走十九天，夏天當然時間要更長一些。秋天或冬天，當勒拿河還沒有結冰的時候，或者雖已化凍，流冰還妨礙著行船，這時節，郵件就裝在褡褳袋子裡由馬匹馱運。當時，馱郵件的馬幫，匍匐在河流和山岩之間的小路上艱難地前進：有時，馬走在河裡，繞過一個突兀的懸崖時，水會漫到馬肚子上；有時得攀登山間崎嶇的小路，蹣跚而行；有時，馬隊爬上山頂，在雲彩下晃動。這差事得付出巨大的刻苦精神、勇氣和耐性，並且大量消耗體力。比這種更艱苦的差事，簡直是難以想像了。……一氣要走三千俄里啊……是的，馬車夫也很辛苦，但一到站，就又有一班人接替，他們早已各自回家休息，等有新來的旅客路過時，再出來趕車──而這條道上旅客是稀少的，所以往往要等到下一班郵件來到，才重新上路。郵差就不同了，他得不停地在馬鞍上顛簸，或在波濤洶湧的大河上泛舟搖晃，或者，蜷縮在雪橇上裝郵件的皮袋間隙裡凍得發抖。而這些郵差所得的報酬，只是郵政人員的最低工資……

不錯，這些郵差除了薪水之外，還想出一些點子去賺外快。他們在伊爾庫茨克買進成桶的廉價白酒、然後拿到各個驛站上，賣給驛站管事的和車夫們；他們還代賣新出版的曆書，批發成卷的木版畫。這些裝璜在驛站牆壁上的美術作品，都是靠郵差承包、運輸到這一帶邊遠地區的。他們弄來外邊獲獎的木刻美女畫，赫然懸在驛站牆壁上，從而使這裡的半雅庫梯居民的欣賞能力大為改觀；他們促使將軍們的大名家喻戶曉，他們甚至能使某些將軍的名字銷聲匿跡──即把舊的英雄畫像換掉，用新人代替。然而這些有益的活動對於這個苦命的郵差幫助不大，如果說，他一身襤褸，仍然能在極度的嚴寒中勉強活下來，主要是靠燒酒。他到每個驛站都要喝大量的燒酒，喝了之後，並未出現任何明顯的不好影響；何況，燒酒是廉價弄來的，說實在的，燒酒還給他

帶來一些收入，──因為，在當時情況下，販點燒酒是無可厚非的，不構成犯罪。……

這三千里大道上，居住的是清一色的驛站上的人員，他們孤陋寡聞，發生在遠方外面世界的新聞，主要是從他那裡聽來的。

正是這個郵政機構的苦行業，這會兒正站在爐子跟前，兩腿凍得打彎發抖，胳膊伸到火頭上，兩眼貪饞地望著我們的酒瓶。

「你們在喝白蘭地嗎？……讓我也喝一口，」他忽然用膽怯、親昵的口吻說，馬上跑到桌跟前，倒上一杯，一飲而盡，又跑回火爐旁邊，樣子仍舊畏畏縮縮，心裡直打寒噤。

「你聽著，老郵政，一塊兒開懷喝杯茶鬆快一下吧，」柯貝連科夫向他建議。

「不行啊，尊敬的先生們，──我急著趕路啊。你聽我說，老弟，」他轉身對剛進房的管事的，親熱地說，「你小心點兒！那人就要朝這裡來了……」

那個小老頭兒歎了一口氣。

「聽天由命吧！我們恭候多時了，真巴不得他早點來，也好……」

「現在快了。我真想插翅快飛，免得碰見他。可是，哪能呢？走不了呀──說趕就趕上了！也好，要是在路上什麼地方……」

「這和你有什麼關係呢？」

「禍害總是躲遠點兒好。喂，老弟，你聽我說，控告他的事兒，他已經知道了……」

「哦，怎麼樣了？」

「真格兒的……大家紛紛傳說，他變得更加窮兇極惡了，真糟糕！」

「但願上帝發慈悲。反正我們沒有告他……」

「你們這是說的誰呀？」柯貝連科夫問。

「阿拉賓[3]，那個護送公文的特派專員。現在正從維霍揚斯克返回，朝這兒來了。」

「對了，對了，對了！怪不得你說沒有馬。我明白了！要是我們一下子把你的馬全套走了，豈不是……」

「您說的一點也不錯。你們想想看，回頭他這位老爺大駕一到，我忽然對他說：『沒馬！那還了得……於是，他老人家不得不在這裡住宿過夜，……」

柯貝連科夫一陣哈哈大笑，他說：

「到了半夜裡，老兄，他會把你連人帶衣服，生吞活剝一口吃了。」

郵差也笑起來，他笑的時候，向後仰起頭，迸發出斷斷續續的嘻嘻聲。那小老頭也使勁地裝出笑臉，不過，主要是出於禮貌的關係。他的眼睛裡滿含沉思和憂慮。

「天知道，天知道……上次幸虧聖母保佑……可還是給他罵了聲『畜生』。」

「賞光罵了你一句？」

「是啊，先生。這不算什麼……當然啦，要是過去，我當十品文官[4]的時候，我是不甘心受辱的。……唉，話說回來，事到如今，職位卑下，只好忍耐唄……啊，您剛才不是吩咐要茶炊嗎？」他忽然一下子想了起來，「啊呀，天哪，您看我這人……茶炊馬上就來。——我們這裡有兩把茶炊水火壺。要是他大駕來到，可以再弄一把給他……好，馬上來。……」

3　阿拉賓——實有其人。這裡影射阿莫爾（黑龍江）邊區總督的副官阿臘冰。此人飛揚跋扈，窮兇極惡；橫行驛道，草菅人命。他曾虐殺一個驛站長，而未受任何懲罰。

4　十品文官——帝俄文官體制共分十四級。十品文官係國家中下級公務員。難怪說話人言下，頗有得意神態。

四

　　過了幾分鐘，一個女人走進來，端來一把不大的小茶炊，把茶具擺好。那女人雖已徐娘半老，但模樣兒還很漂亮。郵差見她走進來，又把頭向後一仰，咯咯一陣大笑。那管事的（驛站長）卻一臉正經，態度異樣地嚴肅。我們請那小老頭和郵差一起來喝茶。郵差謝絕了，他拿起還沒有乾透的衣服，像剛才脫下來的時候那樣，匆匆忙忙地穿到身上。那管事的，出於禮貌，也想謝絕，但是後來經我們一再邀請，便答應陪我們一起喝茶，他那欣悅的樣子，頗有受寵若驚之感。

　　「能奉陪閣下飲茶，實在萬分榮幸，」他說，然後把上衣的扣子全扣上，一隻手扶著椅背，把頭一頷，又說：

　　「承蒙不棄，讓我自我介紹一下：我叫瓦西里・斯比利多諾夫，賤姓克魯格里科夫。曾任十品文官……能與諸位先生相識，不勝欣幸。」

　　「這麼說，你當過公務員？」柯貝連科夫問。

　　「是，先生。曾在海軍部事務局任職。」

　　郵差穿好衣服，和我們大家一一握手道別，臨走，又說：「你們這兒是酒精吧？讓我再喝點酒精！」喝下去後，便匆匆忙忙直奔冰天雪地裡去。我穿上衣服，也跟在後面出去了。

　　要想看見停在山下的郵車隊，必須走到懸崖旁邊，那裡有座上面斜立著十字架的墳墓。

　　月亮高懸在重疊的山巒之上，河裡堆滿了白色的冰塊，在銀白、淒清的月光映照下，閃閃發光。一長串濃重的、模糊的陰影，橫亙在對岸遠達四俄里之遙的地方。遠處，隱隱約約可以分辨出岸上的丘陵，上面覆蓋大片森林。這些丘陵沿著勒拿河平緩的河灣，向遠方不斷地伸展……極目遠望這遼闊無際、荒涼、悽愴的冰雪世界，胸中充滿失魂落魄與鬱悶悲傷之感。

　　這郵車隊，是由三輛三駕馬車組成。車隊一走動，鈴鐺立刻在我腳底下響起來，這聲音雜亂而嘹亮，好像在互相鼓勁兒。三個黑點兒，宛如三支奇形怪狀的動物，在雪地上蠕動，然後鑽進冰堆，時隱時現，越來越小了。車隊早已消失在視線之外，但是鈴聲穿越嚴寒、晶瑩、透明的空氣層，仍然清晰可聞。……每隻鈴鐺都有自己獨具特色的音調，距離只能影響鈴聲的強度，卻減弱不了清晰程度。後來，一切聲音突然消逝、沉寂下來，只有那些橫七豎八的成堆冰快，發出神秘的閃閃光芒，然而丘陵卻靜悄悄地躺在陰影裡沉睡，某些朦朧不清的幻象在遠處河岸底下東搖西擺地移動。

　　驛站上的人幾乎全都出來了，為郵政車隊送行……要知道，在荒山野嶺的山岩腳下，長年隱蔽的這個寒傖、可憐的阿特‧達凡小驛站，難得碰上一次郵車路過，因此，它的到來，對這裡的人們來說，簡直是難能可貴的盛事。

　　但是，驛站上的人還在等待另一樁大事，等得他們惴惴不安、心煩意亂。

　　郵車隊從地平線上消失了，鈴聲也寂然無聲了，這時候，嗡嗡一群馬車夫，從河面上慢慢地上了岸，打我身邊走過，說著雅庫梯土話。他們的話聲很低，我聽不清談些什麼，可是，我明白，他們不是談論剛才走了的人，而是說那個從上游快要來的人。我耳邊有兩三次聽到他們說起「阿拉賓酋長」的名號。

　　我仍舊呆在河岸上，沉迷於憂傷、淒切的氛圍中。空氣凝然不動，變得反應靈敏、宛如水晶一般的清澈明淨。現在空中靜悄悄的，一點聲音也沒有；那空氣彷彿凍結凝固了，心驚膽戰地在等待什麼。只要冰塊一聲開裂，這嚴寒的夜空便整個顫抖起來：發出嗚嗚的呻吟聲。每當我腳下有一塊石頭突然滾下，——那敏感而寂靜的夜空，又響起了冷漠的、刺耳的回聲，久久不能平靜……

嚴寒越來越強勁凌厲。山下驛站，一半是蒙古式帳篷，另一半是俄式的大木頭結構。驛站裡爐火正旺，光焰熊熊。帳篷上的煙囪裡，冒著一大束火星，急慌慌地飄蕩空中，白色的濃煙向上空飛升了一陣，接著折向勒拿河，遠遠飄去，綿延到河的中央……鑲嵌在窗框裡的冰板[5] 好像自己也在燃燒，映照出彩虹般的火焰光暈。

我心中充滿憂思，又向周邊那令人傷懷的景色投了一瞥，回身進屋去了。

五

在馬車夫歇腳的帳篷裡，有一個用黏土結結實實捏成的大火爐，張開大嘴在冒火，真像童話裡的妖怪似的。火焰氣勢洶洶地沖進煙囪，宛如一條奔向高空的火光長河。帳篷的斜面時而透出深紅的返光，彷彿在眼前搖晃，時而又隱沒在黑暗之中，幾乎看不清楚了。——這時，那帳篷頗似上面有個拱形圓頂的黑咕隆咚的大窯洞。有好幾個人成半圓形圍爐坐著，他們的身影被爐火照得通紅，彷彿剛剛出爐、尚未冷卻的鋼錠。那個年紀輕輕的驛站搬運夫坐在正當中，兩手托著下巴，沉思地怔怔望著爐火，長相分明是個外族人，很像勒拿河中游半雅庫特化的土著。他喉嚨裡發出一種很怪的噪音——有時緩慢、悠長，有時斷斷續續，這聲音與爐火的嘶嘶響和劈啪聲混雜在一起。他這是即興哼唱雅庫特民歌呢。這類的歌子，只有慣熟的耳朵才能聽出來它那獨特的樂音。「我的天哪，」我禁不住暗暗稱奇，讚歎不已，「人的感情竟會表達得這麼充分、奇妙啊！……」是啊，「美」總是蘊含在感情之中；這支用奇特的喉音唱出的歌子，本身自有一種「自然

5　北方嚴寒，冰塊不化。當地人用冰切削成形，代替玻璃，嵌在窗上。

美」；聽啊；這曲調斷斷續續，如泣如訴，一陣陣傳來，像是哀哀的啜泣聲；有時又似荒野峽谷中颯颯呼嘯的風鳴……只要掃一眼阿特・達凡搬運夫們古銅色的面龐，就可以看出：在這個污穢的、討人嫌的帳篷裡邊，人們滿懷著多麼興致勃勃、沉醉著迷的神情。

　　那年紀輕輕的搬運夫獨自一人在唱，旁邊的人們聚精會神地聽，偶而發出幾聲尖叫，給歌手來捧場。普通的歌曲，都是譜成曲調、記載成文的樂章，包含著比較複雜的情感，並且，它具有永久的固定程式。然而，荒僻的原始森林，勒拿河畔亂石嶙峋的崎嶇小路，陰森、淒清的孤零零的阿特・達凡小驛站——這類偏遠的角落也有它自己的歌曲。儘管它們沒被記載下來，也未曾加工製作，音調並不悅耳，甚至相當粗獷、野性，然而它的每支曲子、每一首歌的誕生，都是來自最初的靈感——人類的第一聲召喚，正如愛奧爾 [6] 的豎琴那般，只需用自己還不圓熟、沒有完成的和聲，來伴奏陣陣吹拂的山風，來回應嚴酷大自然的種種活動，來戰勝單調平凡生活中每一次動盪——挫折或成功。……這個驛站歌手唱道：嚴寒越來越凜冽，勒拿河發出劈啪聲，馬匹擠在懸崖下，火爐裡燃燒著熊熊的火，他們這些值班的馬車夫十人一班，有六匹馬拴在馬樁上；阿特・達凡驛站正在恭候阿拉賓首長，暴風雨從北邊大城市到這裡來了，阿特・達凡驛站正戰戰兢兢地打哆嗦……

　　雅庫特民歌的歌詞同日常用語之間的差別，大致和我們的斯拉夫語同現代口語之間的差別相似。歌曲的語言的淵源，十分遙遠，來自中亞細亞無人知曉的偏僻腹地，那裡是多民族雜居共處的地方，其中有一個民族的殘餘部分遷徙到了東北邊遠地區。他們來到北方，依然把南方語言的瑰麗形象和斑斕色彩保留了下

6　愛奧爾——希臘神話中的風神。

來。北國氣候嚴寒，空氣瑟縮，因此，這裡的冰塊一經爆裂，會
發出大炮的轟響，一塊小石頭墜下，竟然類似山崩的隆隆聲，
——因而，歌曲受此影響，也染上了誇大的色彩，動不動就採用
驚人的巨大誇張手法。恐怕正是為了這個緣故，雅庫特族的小伊
凡[7]——可憐的孤兒埃爾——索各托赫——在他悲慘的流浪生活
中，經常會遇到神氣的英雄好漢來相助，那些好漢當中最矮小的
人物，他的腿肚子也有百年老松那麼粗，兩個眼珠各有五磅那樣
重。

　　我站在大家覺察不到的陰暗處，細心聽著那驛站夫吟唱關於
阿拉賓酋長的歌子。……啊，阿拉賓，阿拉賓！……我彷彿在哪
裡聽到過這個姓名。我費了很大力氣，好不容易才把腦海中的神
話人物擺脫，於是，從神話人物後面，又有一個人的形象，從我
記憶中凸現出來。那時我在伊爾庫茨克，正蹲在一所慣熟的大監
獄[8]裡，我有好幾次碰到過——雖然只是短暫地——一個哥薩克
少尉，正好也姓這個姓。這人並沒有什麼出眾之處，沉默寡言，
有點羞澀拘謹，只有那些帶病態自尊心的人常有這種秉性。我當
時沒有怎麼注意他，可是後來聽說，他不知怎的突然受到總督將
軍大人的青睞，擢用他辦理「特殊任務」。莫非這就是他？難道
我現在一路聽到的這個人莫非正是他？這個人在伊爾庫茨克，他
的名字並不突出。……他以特派員專差的身分已經三次馳騁在勒
拿河一帶了，他每次駕臨在這荒涼的河上，總是引起大眾長時間
的議論。在沿途各個站上，他的行動舉止，處處顯示，他是唯我
獨尊、有能力鎮壓邊區叛亂的人。他像颶風似的突然襲來，暴跳
如雷，嚇得人們喪魂落魄；他還拔出手槍威嚇眾人……並且到處
不付驛站車馬費。大概，全靠這套本領，他能如期完成任務，使

7　小伊凡——俄羅斯民間故事中的人物。
8　指伊爾庫茨克監獄。柯羅連科於 1881 年 9 月至 11 月曾被關押在這裡。

那般因循守舊的人不勝驚奇，因而，上級對他更加賞識。「專差特派員」成了阿拉賓的綽號，也幾乎成了他的固定職業。在伊爾庫茨克，他這人顯得謙虛拘謹，只要一出了這個城，他就完全變成另一個人樣了。他真心深信，任何權利都勝過一切法律；他一連數周，總是覺著自己是這廣袤大地上獨一無二的當權派和獨裁者，到哪裡都不會遇到絲毫反抗；── 這種情況，使他利令智昏，忘乎所以；於是，這個哥薩克更加猖狂，以至暈頭轉向了。

他這人的確是沖昏了頭腦。他最近一次出差，當他的馬車急駛穿過少有的幾個城市時（基連斯克、韋爾霍揚斯克、奧遼克馬），他竟然站在車上，把一面紅旗舉過頭頂揮舞，喝道開路。這情景真有點荒誕離奇：瞧啊，兩輛三駕馬車像鳥兒一般飛馳，車夫手裡抓著韁繩，兩眼驚恐，嚇得要命，死人一般傻坐在駕臺上；而那位乘客，手裡揮動紅旗，兩眼炯炯發亮。……當地的官員只有搖頭歎息，居民們驚慌逃散。阿拉賓此次出差，一路上糟蹋死了許多馬匹，害得不少人哀號、控訴，最後，事情暴露了，驛站上級不得不出面干涉。在這裡，我要提前先說幾句，有兩個部門曾為阿拉賓爭吵不休，結果，這位專差的頂頭上司不得不拒絕他在這裡效勞，經過幾番的鼎力推薦，把他介紹到更遠的東方供職，正是在這個阿穆河一帶，他竟然開槍殺死了一個驛站站長。這麼一來，全俄羅斯輿論譁然，紛紛談起阿拉賓酋長來了；但這時候，人們得知，對被告實際上無從審起，因為這位大名鼎鼎的專差據說已經……完全發瘋了。

在偏遠的阿特・達凡驛站，人們通宵在等候的就是這個人──威嚴、暴戾、傷天害理的阿拉賓酋長馬車夫在帳篷裡咿咿啞啞、如泣如訴唱的那支淒涼的民歌，內容正是專門吟唱這個酋長的。

六

在驛站的客房裡，我的同路人米海洛‧伊凡諾維奇身上只穿一件襯衣，坐在桌子旁邊。那個驛站管事叫克魯格里科夫的坐在他對面，神態比以前輕鬆自在多了。我的旅伴的臉上，帶著天真興奮的樣子，眼睛裡閃露出寬容、貪婪的光芒，我一看，馬上意識到，他已經成功地進行了一次談話，他對這類談話是最在行不過，樂此不疲的。這類談話的內容純粹是家務私事，部分牽涉到發家斂財的情節：就是說，某某人，在某個地方，採用什麼手段，撈了多少錢財。凡是撈錢的種種詳情對他來說，具有一種特殊的、誘人的妙趣。克魯格里科夫很樂意把這些細節講給他聽，講的時候，態度客觀冷靜，是用旁觀者的眼光來看待這些方方面面的。

「那麼，照你說，他的事業垮啦？」米海洛‧伊凡諾維奇隔著桌子，彎過身子，問道。

「徹底完蛋，先生！」克魯格里科夫吹了吹杯子裡的茶，答道。「完全破產了，恕我直說，窮得身上只剩下一件襯衫，而且還是借別人的呢。」

「天哪，夥計，這麼一個能幹人怎麼一下子完了？」

「完了？嘿，誰說的！這樣一個人哪裡會完蛋！在這些地方，我告訴你，像他這樣有頭腦的人……」

「可不是！他是一個天生的騙子手。照你這麼說，他後來又發了？」

「何止發了！……」

「真棒，有辦法！……他用的是什麼手段呢？」

克魯格里科夫放下手裡的杯子，掰起手指頭說：

「頭一件，他又結了一次婚，娶了一個有錢的寡婦。這筆財產，就算它沒什麼了不起……」

「等等！你說，他又結婚了！前妻死了，怎麼的？」

「活得好好的！可是，這並不礙事。」

「啊呀呀呀！……後來呢？喂，夥計，你怎麼這樣蔫不唧兒的，快接著說呀！」

「啊，於是，他在沙金礦上稍稍幹起來賣酒精的小生意。」

「賣酒精？噢，不對，夥計，賣酒精麼，沒有什麼出息。何況，如今，做酒精生意，弄不好會關進大牢的，根本不會發大財。比不得往年了……」

「哎呀，不，您聽我說，您這想法不對頭！賣酒精，是個招牌，如果同時做小麥[9]的生意……」

「啊，原來如此！如果是個機靈鬼……」

「他這人蠻機靈。他一變十，十變百，變來變去，就成了個真正的富翁啦。」

米海洛・伊凡諾維奇用手拍了一下大腿。

「哎呀，夥計！聰明人，就是有頭腦……來，再喝一杯！」他殷勤地勸酒，這時候，克魯格里科夫已經把空杯子放在盤子上，這表明，他已喝得心滿意足了，不過，要是對方繼續勸，他還會再喝的（如果把杯子倒過來，上面放一塊咬剩的糖塊，這才表示絕不再喝了）。「喝吧！關於謀差事的事，你別擔心，沒問題。我給你辦事，包你滿意。我這人啊，夥計，喜歡健談的人。不過，你要給我說實話，你是不是喝酒成了癮？」

「酒我是喝的。可我不酗酒，我也不認為自己是個沉醉的酒徒，我確實好喝酒……但是，要是問我：為什麼喝酒？──那是因為，過去我生活很幸福，現在坎坷潦倒，境況不幸罷了。有一位先生叫伊凡・亞力山德羅維奇，──您一定認識這個人，他擁有一些產金極多的礦井──常對我說：「克魯格里科夫，你幹嘛

9　小麥──指沙金。這裡指的是向採金工人偷偷收購金沙。──原注

常常喝酒？像你這樣聰明的能人，根本不該沾酒的邊兒……你寫得一手好字，各方面條件都不錯，做人也挺正派……你可以找個正經差事幹幹，就是不要沾酒的邊兒！」──可是不行，力不從心……於是，我對他說：「伊凡‧亞力山德羅維奇，……」

克魯格里科夫先生說到這裡，情緒激動不安起來。他顯然忘記了，在對誰說話以及為什麼在表白自己的心意；可他這時，卻捶著胸脯，接著往下說：

「伊凡‧亞力山德羅維奇，我的恩人，你別責難我！天哪，哪怕是煤焦油──懂嗎？──滾燙的煤焦油，我也要喝，只要能得到片刻間的輕鬆，只要能忘掉痛苦！──煤焦油呀！……老天爺，創世主啊！你為什麼把我這個苦命人拋到要命的絕地！……在這裡，一普特糧食要四個半盧布，……牛肉，得八個盧布！這裡，時無寧日，食物匱乏……」

「你說得對，」米海洛‧伊凡諾維奇贊同他的說法，「這裡吃的東西很貴，沒得說的。」

「嗐，不，不是為了這個！」這小個子驛站管理員突然痛苦地叫道。這種深沉的悲苦，通過他的嗓子發出沉痛的調子，又在他的面容上浮現出來，還改變了他那可笑的體態。「不是為了這個……我憂心如焚，思緒紛亂……」

「你常常胡思亂想麼？」米海洛‧伊凡諾維奇有點對他擔心，打斷了他的話兒。

「常這樣！」克魯格里科夫傷心地承認。

「哎呀，夥計！你得想法子，那個……擺脫開……這是頂糟的事兒。老兄，我年輕的時候，也有過這種情況；好容易被先父把它甩掉了。就是結婚之後，也常常時不時地來折磨我……這些煩惱的念頭，叫人覺得人世沒有什麼意思……這可不是什麼好事！」

「是太糟了！你可相信，有時候半夜醒了，思量起來：『瓦

西里・斯比利多諾夫呀，你是在哪裡出生的啊？你的青年時代是在什麼地方度過的啊？……而現今你是在哪裡煎熬過苦日子哪？……』每當這個時候，便聽見戶外寒氣喀嚓有聲，暴風雪呼嘯凜冽，……走到窗口看看，只見那裡盡是些不透明的冰塊。於是，離開窗臺，馬上到櫃子跟前，倒杯酒，喝……」

「輕鬆些了嗎？」

「酒上了頭──有點昏昏沉沉……接著人就迷糊了，我這酒，是泡得很濃的藥酒……喝了也不見得真正輕鬆。」

「就是這麼回事呀！真的，你最好戒了酒吧……幹點正事兒，老兄，有事幹也會使你精神沉迷，不比酒差……不過，請你告訴我──：你怎麼會流落到了這裡？」

這個問題提得這麼唐突，克魯格里科夫先生簡直經受不住，全身又一次顫慄，體態又變了模樣，他的這種形象，在我眼裡，已看不出從前的滑稽相了。彷彿是，有一星星火花已經復燃了，這火花原來隱藏在久已熄滅、但尚未冷卻的灰燼裡。

他臉色陰沉，低著頭，兩眼下垂，當他開口想要一杯酒喝時，嗓子有點喑啞低沉起來。

「可以讓我喝一杯嗎？」

「請吧！」

他斟上酒，然後把杯子對著光，看一下，彷彿在尋找使他苦惱的問題的答案，然後一飲而盡，說：

「為了愛情。」

米海洛・伊凡諾維奇，聽了此言，驚得張大嘴巴，合不攏來。說實在的，克魯格里科夫先生此話講得如此直截了當，簡直令人意想不到，使我也不勝驚訝，禁不住向他瞥了一眼。看來克魯格里科夫自己覺察到自己話的分量，對我們產生了多麼強烈的印象。

「喂，老兄，你把話說清楚點兒。」米海洛・伊凡諾維奇有

點不耐煩了。

「那好，我現在一五一十地說給你聽，」克魯格里科夫答道，「是這樣的，為了愛一個姑娘，我用手槍對著我的上司——五品文官拉特金，朝他身背後開了兩槍。」

這件事太不近人情了。

米海洛・伊凡諾維奇驚呆了，兩眼昏昏沉沉、茫然失神，愣愣望著說話的地方。他很像一個旅行者，偶然邂逅一個同路人，兩人十分親熱地聊了兩個多小時，對方的雍容儒雅、高尚品格使他心悅誠服，可是突然間發現，他臉面前的這個人不是別人，乃是一個赫赫有名的江洋大盜。

「開槍打死了人？」他張皇失措地拉長腔問。「怎麼會這樣？你說真切點：是開了槍嗎？」

「一點不錯。用真槍。」

「開槍了嗎？」

「打了兩槍。」

「啊呀，我的老兄，出了這種事，這種事，這……我跟你講，這可是犯法的呀……」

「那有什麼法子！隨你怎麼說吧……為了愛情啊，先生。」

「瓦西里・斯比利多諾維奇，請你把事情發生的經過，從頭到尾講講好麼……」我向克魯格里科夫先生提出請求。

「對，」柯貝連科夫贊成我的請求，說，「沒關係，老兄，講吧，講吧，不要緊，沒什麼……真不簡單，無奇不有！」

七

克魯格里科夫把茶一飲而盡，杯子翻過來，在杯底上放一塊糖，把茶具推到一邊。這之後，他給自己斟上一杯酒，又對著光看了一番。此時此刻，我對自己不是一個畫家，不能把這位驛站

長的臉譜畫下來：這個阿特‧達凡驛站管事的本來臉面，映照著淋著蠟油的燭光，現出多種複雜感情的神色。他有一個圓圓的小臉龐，頭髮是淺灰色的，梳得很勻整，前面留著一綹搭拉下來的額髮，絡腮鬍子修理成煎餅的形狀，下巴剃得光光的。他那一雙灰色的眼睛，目不轉睛地在盯著燭光下的酒杯。從他這雙凝神的眼睛裡，人們可以猜知，他享受美酒前的愜意，以及，他的講話能吸引別人，而感到虛榮和驕傲；還可以看到，他那潦倒、落拓的生涯與辛酸回憶的愁苦心情。只見他把頭向後一仰，慢慢啜乾酒杯裡的白蘭地，然後把酒杯放到桌上，用一塊破爛的綢手絹擦擦嘴唇，然後開始講他的事兒：

「尊貴的先生們，我這一生，是很慘的。……通情達理的人會完全同情我，……另外一些人只會恥笑我。……可是，這倒無所謂……」

他痛苦地悽然一笑，依然有幾分故弄玄虛，然後問道：

「可敬的先生，二位有哪個到過喀琅施塔得城？」

「說的是哪兒呀？」柯貝連科夫問。

「離彼得堡不遠，約莫兩個小時的船路，是一個港口城市。」

「我去過，」我順口說。

「你去過？到過喀琅施塔得當地？」

克魯格里科夫猛然扭過臉對著我，他兩眼興奮得熠熠發光。

「我是到過，還在那裡住過幾個月呢。」

「多麼美麗的一座城市！有水塔，要塞，城堡，砥柱，又是一個通向歐洲的視窗……再好不過的一座城市啊，還是聖彼德堡的一角！」

「嗯，是一座蠻不錯的城市。」

「啊呀，不能再好了！不能再好了！這樣的城市——你上哪裡去找？甭想啦。是真的嗎？——我聽一個過路的軍官說，葉卡

捷琳娜大街上，鋪上了一層鋼板路面，是嗎？」

「一點不錯。」

「那一定很漂亮！……還有那些碼頭，商業街，保羅炮臺，君士坦丁堡要塞……」

他心神沉迷其中了。我的思緒剎那間也從陰鬱的勒拿河畔飛向喀琅施塔得。大學時代，我曾在那裡度過幾個月快樂的生活。……我和他都沉浸在回憶的氛圍中了，眼前浮現出：海浪和涅瓦河相匯，發出驚濤拍岸的聲音；輪船汽笛嗚嗚長鳴，出租馬車載著剛下船的旅客駛過長堤，車輪和馬蹄聲在長堤上轟隆隆響成一片；快船和小汽船穿梭似地來來去去；輪船冒著黑煙……還有雙槳有節奏地來回划動的白色小舢板，笨重的裝甲艦船，德國新教教堂的尖屋頂，以及被船塢水渠隔斷的街道——在這些街道的高樓大廈中間，停著一些粗桅杆的大海船，好像是些鯨魚不知怎地游到市中心來了；還有一幢幢石頭建築物，林蔭道，營房，以及那富麗堂皇、豪華奢侈的首都金街商場……又有高聳藍天森林一般的桅杆，商業大港，緩坡沙灘，海濤擊岸的喧嘩聲……放眼遠眺，一片蔚藍；浪峰閃光，炮臺那個龐然大物，遠遠伸出海面……天上白雲片片，半空中海鷗振起白翅，翩翩起舞；一隻輕快小艇揚帆斜駛，還有一艘重型芬蘭二桅船，轟轟隆隆價響破浪前進；遠在托爾布興燈塔週邊，一艘輪船冒著淡淡的輕煙，駛向蔚藍色的遙遙西方……到歐洲去！……

凍硬的河面，又發出一響新的類似射擊聲，這聲音立時打破了我的胡思亂想。想必是，夜已深沉，嚴寒加重了。這聲音極響，隔著驛站的牆頭，也能聽得一清二楚。當然，強度有所減弱。彷彿是，有那麼一隻怪鳥，閃電似地在河上空飛過，而發出的一聲哀鳴……這哀鳴越來越近，越來越響，從旁邊掠過，它那巨大的翅膀翕動的愈來愈弱，這聲音也隨之消失在遠方了。

柯貝連科夫神經質地哆嗦一下，人們受驚嚇之後常有這種現

象；他煩躁地追問起克魯格里科夫起來。

「喂，怎麼著了？」他不耐煩地問，「你是不是這個城市的生人？既然開頭了，就好好地講，別囉哩囉嗦、蔫呼呼的。」

「是的，我就出生在這個城市，」克魯格里科夫驕傲而直截了當地答道，「誕生在塞達希大街，見過大世面哪。塞達希大街，聽說過嗎？我父親在這條街上有所私宅，也許現在這座房子還在呢。不瞞你說，儘管他是個收商船稅的稅務員，但，卻是一個肥缺。不用說，他給我這個做兒子的也謀得一個像樣的位置。我年輕時不太愛學習，只學了一些基礎知識，能寫寫字；但由於我是一個循規蹈矩的小夥子，辦事認真勤快，再加上我父親的關係，所以上司頗看重我，可以說，一帆風順，前程遠大。是啊，從我早年的命運來看，絕不會料到落到今天這個地步。真是，明朗的清晨，陰沉的黃昏啊……」

「別再怨天尤人啦！」柯貝連科夫用教訓的口氣說。

「好吧，這麼著……尊貴的兩位先生，我剛才跟你們說，我父親在塞達希大街有一所自己的宅子。也就是在這條街上，我家門口斜對過，住著我父親的一位同事，也是個收稅的官員，由於資深，地位較高，更是肥缺，收入還要多得多……」

「他是什麼肥缺呢？」米海洛·伊凡諾維奇忍耐不住便問。

「他管的地段，是修理和建造航海船隻的港口。那時候薪金不高，但是外快可以撈得很多，——在當時就是這麼回事，很平常！想想看，他沒有一天下班的時候，不是腰圍纏得鼓鼓的……」

「這是怎麼說？」柯貝連科夫感到困惑不解，不禁問道。他這人原本精通各種撈外快的手法，但對這種撈外快的花樣卻不明白。

「這個麼，您聽我說，是怎麼一回事。航海船隊的船隻跟你們的淺水河船不同。從外表上看，海船也不過是些纜繩、索具和

桅杆之類的東西，但是內部裝配卻很講究，需要貴重、精細的原材料。要求富麗堂皇、豪華高貴，甚至要儘量舒適安逸。……所以說，在貯存原材料的倉庫裡，像是里昂絲絨啦，英國的綢緞啦，……簡直堆積如山。……試想：當他下班回家的時候，他可以脫下外套，拿一大塊綢料，裹在腰裡，再穿上外套，大模大樣回家去了。到了家裡，他老婆就像放線軸似的，把料子解下來，──這料子就歸他所有了！」

「這把戲真叫絕！……可是，出門時，人家怎麼不搜查呢？」

「哪能呢！工人出門，當然要搜，可是對體面的紳士們，是另一番對待態度，只憑信用唄。」

「沒什麼，幹得好……可是，需要辦事機靈。要是一個人太貪心，不知道節制，非完蛋不可。這畢竟是盜竊國庫啊！」

「勞駕，往下講吧，」這下子我不得不打斷他的話，因為，我看出來，柯貝連科夫說話走板入邪了。

「不錯，問題當然不在這兒。不過這是很平常的事──千真萬確。事情很普遍，極平常，因為我們這般人中間文化水準低，野蠻得很。……正是為了這個，我現在才背上十字架的。知道嗎，我爸爸的那位同事，有一個女兒，她比我小兩歲，芳齡十八，是一個絕色的美人兒！人又聰明……父親愛如掌上明珠，還請了一個大學生做家教，這是她一再求父親辦的──當然，父親對自己的寶貝女兒是百依百順的。碰巧這個大學生既聰敏又博學，要的學費也不多──那就教唄！

「白搭，」柯貝連科夫隨口說。「這是溺愛！女孩子家沒有必要……」

「我和這位小姐──萊莎・巴甫洛夫娜訂了婚，是她的未婚夫。我們兩家的父親是好朋友，我們倆青梅竹馬，差不多是在一起長大的。兩家的大人一心一意，將來一定讓我娶她為妻。我們

兩人彼此之間也有感情。要知道，起初只是在一塊兒玩耍，是普通的友誼，後來，就認真起來了。兩家的大人並不阻攔，於是，我們就經常不斷來往。」

「出事情了？」米海洛・伊凡諾維奇搶著問。

「什麼事兒也沒有！」克魯格里科夫冷淡地斷然否認。「我們腦子裡連想都沒想過這種事。——我們倆都是天真純潔的孩子。萊莎喜歡讀書，所以我們的時間大部分都花在這上面。起初讀的是武俠小說，無非是英雄騎士，美女靚男，兒女情長的故事！……當然，這些東西沒有什麼意思，不過，我們愛看：比方說，書中的女主角，要麼是勃蘭登堡的侯爵小姐，要麼是巴伐利亞的王室公主，而且故事中必定要穿插一位土耳其的殘暴將軍……情節總是這麼老一套……高尚的正面人物總是要經受愛情的波折和忠誠的考驗，還要遭遇各種意外不測……當然，我們那時的頭腦都很單純幼稚！我有公務在身，她呢，在家閒著，幹完家務活，一得空兒——馬上在自己房子裡，蜷起腿坐在沙發上，裹上頭巾，讀起書來。傍晚時分，我下班回來，我們手挽著手，一塊出去散步。要知道，在喀琅施塔得，難得有什麼好地方去散步：不過是去城堡的女牆上轉轉，港口的堤岸上看看，或者，去看海。……這時候，她總是把白天看的書講給我聽。講呀，講呀，講一會兒，就若有所思，默想起來。

「瓦辛加[10]，你瞧，」她說，「世界上有多少各式各樣的戀人喲。……我們倆也許就是這樣。比方說，突然有某個殘暴的將軍向我求婚，你能頂住這種考驗，對我忠貞不二嗎？」

我，當然，坦白地說出自己的想法：

「能嗎？我一定能，可是，」我說，「這個與我們毫無關係，只要明天雙方父親一聲令下，我們就會到教堂裡結婚的。」

---

10 瓦辛加——瓦西里的暱稱。

我覺得很可笑，因為我天天去辦公廳上班，見的世面多了；而她呢，還是個幼稚的孩子哪。

「你看見了沒有？」她說，「燈塔旁邊，有一隻帆船跑過來啦？」

「瞧見了，這是從外洋開來的商船。」

「可是，」她說，「也許，這隻船上有海盜：他們突然來襲，一把火把城燒了，用長矛刺穿你的胸膛，把我給擄走了……」

她說著說著，一陣哆嗦，嚇得要命，靠在我身上。我只好又去安慰她說：

「你怎麼啦，上帝保佑你！這艘開過來的船，是荷蘭的或者英國的，運棉花來的商船。現在，大街上，有不少這些英國人逛來逛去。不用說，有時候，他們也瞎胡鬧，惹事生非，可是不消多久，就得進警察局。」

「是呀，」萊莎接著說，「我們的生活完全不同……那個大學生德米特利・奧列斯托維奇總笑話我們……可是，我呀，」她說，「心裡感到悶得慌……」說完，歎了一口氣。

後來，考慮結婚的時候到了。兩家家長一齊商量嫁妝的事宜。有一回，我父親說，「娶親就過門吧，沒有必要再拖啦！我給我兒子拿出六千塊，你拿多少？」

「我也是，」萊莎的父親回答，「跟你拿同樣的數目，湊起來有一萬二，──再多，對他們有什麼用處？」

「萬一，」我父親又說，「不行！你自己想想：我的瓦西里以後職位逐步高升，可是你的女兒，現在是什麼樣，將來還是老樣子，只會變老……老實說，你就是拿出一萬也不為過。……」

他們你一句，我一句，頂起來了。那一位是個急性子，我父親呢，脾氣也很倔，一直堅持己見：板上釘丁，一個銅板也不讓。不消說，那一位更大動肝火……

「既然這樣，」他說，「既然你認為你的狗崽子的身價比我的萊莎多值四千，那乾脆什麼也甭提啦！我把女兒嫁給將軍得啦，你的狗崽子根本配不上！」

「所謂針尖對麥芒──針鋒相對唄，」柯貝連科夫不覺失笑道。

克魯格里科夫有點吃驚地瞪他一眼，又裝著什麼也沒聽清，繼續說道：

「嗨，嗨！就是為了這些雞毛蒜皮的小事，鬧崩了。不妨告你們說，我們那位上司果真對萊莎獻起殷勤來了。他雖然夠不上一個真正的將軍，可在局子裡，我們總是稱呼他大人。他吩咐道：「在別人眼裡，我也許比上校還差點兒，可是，在我的屬下面前，我就是上帝和皇上！」

「你覺得怎麼樣？……說得好！」柯貝連科夫又插言道，「天高皇帝遠，你的上司會永遠把你捏在手心裡，跑不掉的。他說得對！」

「說年齡麼，他已到了暮年，他是一個鰥夫，沒有子女，要知道，他好多次回去找門當戶對的人家求親，總沒有人嫁給他：因為他長相太醜……就是這樣，我的萊莎被他看上了。當然，她自己並不曉得，只知道我是她的未婚夫。我的外表──在當時──還算漂亮，雖然個子不高，但眉清目秀，模樣也挺討人喜歡，嘴上留著小鬍子，頭髮上插著花，喜歡打扮，衣著入時。……起初，她父親畢竟還是疼愛、捨不得自己的獨生女兒。可是，一經傷了他的自尊心，他便不顧一切，大發雷霆，咆哮起來，嚴禁我進他的家門；這樣一來，就給了將軍一線希望……唉呀！將軍的馬車便不停地出現在我們塞達希大街街頭……」

克魯格里科夫兩眼濕潤了。那久已熄滅的灰燼裡的情感火星，清晰地閃出微光。可惜的是，他趕快喝了一杯燒酒，把它澆滅了。他端著酒杯的那隻手，哆嗦得很厲害，燒酒濺了出來，滴

在斜紋布的背心上。

「他去那裡越來越勤了！後來，乾脆步行過來，還常送點禮物。至於我，連門檻也不敢邁進：要是我突然去了，碰見將軍正在那裡，不好辦啊……我痛苦萬分。……有一次，我下班回來，路過那個當家庭教師的大學生門口，他住在那裡一間廂房裡，在寫書，還做動物標本。我抬頭一看，正見他坐在臺階上，嘴裡叼著煙斗。聽人說，他現在在他那一行已有相當高地位，只是煙斗還不離口。……那當然，有學問的人都是有點怪怪的……」

克魯格里科夫淡淡一笑，站起來，走到自己黑黢黢的房間裡，在一隻匣子裡摸索了一陣子，找出來一本舊書。

「瞧，」他說，「這不是麼……」

我扭頭望了一眼，這本書散發著年代久遠的塵封氣息。這本書出版於六十年代，是半專業性的自然科學方面的書。這本書深受當時社會風氣的影響，當時，我國對自然科學的研究剛剛起步，可是，卻傲慢地妄想稱霸世界。儘管未能征服世界，但在這股新浪退潮之後，確實留下了許多幼苗，茁壯成長。同時，這股新潮給我國造就不少學者和人材。其中之一——雖然還稱不上第一流——他的名字就印在這本書的封面上。

「這本書就是德米特利‧奧列斯托維奇先生寫的，」克魯格里科夫一邊說，一邊小心翼翼地把書包在郵政公文紙裡了。顯然，他對這本書，頗為矜持，因為這本書，是他對一去不復返的往日的最美好的回憶。

不錯，我正從他身旁走過，便聽見他喊叫：「喂，騎士先生，請您到我這兒來一下！」

我朝前走了走，一瞧，正是在喊我……他是一個愛開玩笑的幽默家。

「什麼事，先生？」

「您這是怎麼啦？」他說，「把勃蘭登堡的侯爵小姐完全扔

啦？要知道，她多麼傷心啊。」

他打量著我，把我從頭到腳看個夠……「是啊，」他說，「怪不得，對這麼一個英俊的騎士，怎麼不懷念傷感呢？」

我瞧出來，他是在諷刺我，可是，他總歸是個善良的好心人。萊莎起初也很怕他，因為他老愛嘲笑人，說話總帶刺兒，可是，她後來，對他卻十分讚賞。我當時聽了他的話並不生氣，便對他說：

「德米特利·奧列斯托維奇，您看，我該怎麼辦呢？教教我吧！」

「那，你不知道，該怎麼辦麼？」他說。

「是啊，我哪裡知道。」

「哦，我也不知道呀。不過，我得轉告您，萊莎·巴甫洛夫娜今天晚上在家裡等著您呢。她父親不在家，那個威風凜凜的將軍也到唐波夫出差去了。好，再見啦！」

「德米特利·奧列斯托維奇，請你給我拿個主意，我該怎麼辦好！」

「啊，那不成，」他說，「這種事我不能給您出主意。我曾給萊莎·巴甫洛夫娜出過主意，勸她把所有的統帥、將軍們統統拋出窗外，連帶那個騎士也扔出去……可她聽不進去，我哪能還勸您呢……」

說實在的，我那時，憂心如焚，痛苦極了。我心裡直犯嘀咕：「怎麼，他真是在嘲笑我麼？我哪一點比別的男人差，只是運氣不好，未婚妻叫上司看上罷了。可這並不是我的錯啊。」忽然想起今晚就要同萊莎會面，又暗自歡喜起來。

黃昏時分，我偷偷溜進她家。……萊莎·巴甫洛夫娜撲過來，摟住我的脖子，哭起來。我抬眼看看她，簡直認不出來了。又像她，又不像她，模樣變得很厲害。面色蒼白，瘦得很多，眼睛變大了，神色完全變了樣。不過，反而更美……美得難以描

繪！我的心砰的一下，疼痛難忍。這不會是我的萊莎呀，是別的姑娘吧。可她擁抱著我，說：「瓦夏，親……愛的，好容易把你盼來了，沒……忘……了我，沒拋棄……」

克魯格里科夫的眼裡突然湧出一股淚水，嗓子哽咽著。他站起來，走到牆跟前，臉對著牆上貼的告示，站了一小會兒。

我向米海洛‧伊凡諾維奇瞟了一眼，不由得大吃一驚，我發現，這個不大重感情的人，本來鬆弛的面部肌肉更加鬆軟了，搭拉下來，兩隻眼睛拼命地眨巴著。

「竟有這樣的事，」他感慨地說，「你們這段故事真夠動人的！……你呀，苦命人，來痛飲一杯吧！別傷心，老兄，沒法子呀！老兄，人生一世，苦海無邊。……」

克魯格里科夫不大好意思過來倒上一杯酒一飲而盡，用綢手絹擦了一下臉。

「尊敬的先生們，——我不能……那是我最後一次擁抱我的萊莎。從此以後我的萊莎‧巴甫洛夫娜，對我來說，近在眼前，遠在天邊啦……剩下的只有回憶與崇敬……我不配……」

「罷，罷，」柯貝連科夫生怕自己重新激動，趕緊說：「老兄，你快點，往下說吧。後來怎麼了……」

「啊，我們就這樣在一塊兒坐了整整一個夜晚。萊莎‧巴甫洛夫娜心裡稍稍快活一點兒。」

「算了吧，」她說，「我們這樣痛苦，究竟為誰來著？別這樣，堅強些，瓦西加！看來，我們的大限到了。你還記得嗎？」她又說，「那次我們在城牆上的談話？事情果然不出所料；兇暴的將軍啊，」她接著說：「就是那個拉特金。」

她說著就笑了起來，我也跟著笑……我們兩人之間，常有這種情況：我眼睜睜地看著她，覺得她好比剛從烏雲鑽出的光芒四射的一顆小太陽。

「你聽我說，」她說，「瓦辛加，要堅強點；讓他們瞧瞧，

我們兩人的愛多深；你千萬別氣餒，我也決不屈服。等一等，看看我前兩天買了個什麼東西……」

她從五屜櫥裡拿出一支手槍來。是的，這是一個小玩意兒──但到底是一件兇器，可不是開玩笑的。我簡直嚇得魂不附體……那天晚上我臨走的時候，把這玩意兒從抽屜裡拿出來，悄悄地掖進大衣袋裡，藏了起來。……她並沒有發覺，我也就忘了。……第二天，我去看我父親。他坐在家裡，正在製圖，他們正要建造一艘新船。……他見我進來，扭過臉去，眼睛不對著我。……唉，他也意識到：為了自尊心，爭一口氣，可把兒子坑害苦了。……是啊，看來，天命難違……

「你有事嗎？」他問。我立刻向他下跪求情。哪裡管用！他連聽也不要聽。於是我站起身來，說：

「那好，既然這樣，實話實說，我現在已經是成年人了。她沒嫁妝，我也要娶。」

可是，我要說明，我那過世的父親，是一個冷酷無情的人。他的脖子很短，好多醫生都說，他要是受了刺激，過於衝動，會突然猝死的。所以，他，一向不喜歡大喊大叫，或者厲聲責罵。有時，只是漲紅了臉，然而，說話連聲音也不打頓兒。

他說：「瓦西里，你這個傻瓜，是啊，你是不折不扣的傻瓜。你說的，是辦不到的……可是，我說的，是算數的，得照我的辦。你要明白，就算你是一個成年人，我也要把你痛打一頓，把皮給你揭下來……」

「這哪兒成，」我說：「我是國家公務員。」

「你不信麼？等著瞧吧。」

他打開窗戶，抬起手指來，招呼一下。……我們院中廂房裡住著兩兄弟，哥倆是退伍炮兵下士，身強力壯，都是下三濫，兩人都蓄著長鬚，有一尺來長，臉膛紅通通的……他們現在幹鞋匠活兒：修修鞋，釘釘掌，有時還給人縫雙新靴子；但一天到晚，

主要是酗酒。他們走進屋，在門口站定，鬍髭像蟑螂似的翹起來：能給點喝的嗎？父親給他們每人端上一杯酒。然後說：

「請，炮兵先生們，先喝上一杯。你們瞅瞅這小子，好好估摸一下。是不是能替老子揍他一頓？……」

這時候，年幼的炮兵望著年長的炮兵，那年長的便回答道：

「替父親，揍兒子，沒有什麼不可以的——這是合法的。」

「好吧，那麼以後你們上心點。我要是一發信號，」他說，「你們就把他抓撓起來，就像擺弄拖船似的，就地拋錨，裝進船尾裡！……好，你們三個都去吧。」

在這之後，有一天我去上班，有人對我說，你的上司叫你呢。我走進辦公室，看見他獨自個兒坐在圈椅上。他斜眼瞧著我，手指頭敲著桌面砰砰價響，一言不發。過一會兒，才轉過身來，招呼我到他跟前，又瞪眼直瞅著我。

「您是怎麼啦？」他說：「在胡思亂想些什麼呀？」

「怎麼會呢，」我回答，「大人，我覺得，在工作上我夠盡力盡心的，不會胡思亂想呀。我哪裡敢呢？……」

「不，」他說，「我根本不是什麼大人……你別拘束，年輕人。如今啊，」他說，「時興這一套吧。這種年代，上司算不了什麼！聽說，您打算結婚呀？」

「這件事麼，」我說，「大人，照我的年齡說，是合法的，並且也得到上邊的許可。」

「嗯，嗯……你要娶哪個呢？」

我一時倉皇失措，不知如何回答才好。他伸出一個指頭，嚇唬我說：

「克魯格里科夫，瞧你，吞吞吐吐的，可見你對上司不夠坦誠……好了，丟開吧，別打這個姑娘的主意了，斷了念頭吧，」他說，「她很快就會找到更好的未婚夫的。去吧！」

我走出辦公室，淚如泉湧，撲簌簌直流。辦公室的人感到驚

異。他們說，大概是他搞錯了報表。其實，哪裡是什麼報表，
——是我天生命苦——在這裡，有上司為難我，回家轉吧：那兩
個炮兵一見我就跑出來，眼瞅著我父親的窗口，看看是不是在發
信號……簡直是上天無路，入地無門，我真不知道該怎麼辦，我
看不見有什麼出路。我苦惱不堪，日益消沉。……父親也覺察到
了，便不讓那兩個炮兵打擾我。有一回，他們突然跑出來看信
號，我嚇得渾身發抖，一頭栽到地上，嘴裡直吐白沫。父親見此
情景，知道他把我虐待壞了，吩咐他們不要再糾纏我，他也開始
考慮，做事也小心一些。可他仍毫不寬容、盛氣凌人。……但願
他早升天堂！先父活著的時候，並沒有拋下我不管。他每年寫三
封信來，還朝這裡給我寄錢。臨終時，他來信說：「我的孩子
呀，你能原諒我嗎？是我給你造成這麼大的不幸啊！……」無
疑，上帝會原諒他的。可是我……我麼，沒有什麼人可憐我、來
原諒我啊……」

　　於是，全場一陣難堪的、不長的沉默。又是柯貝連科夫打破
沉默，說：「後來呢？」那時，克魯格里科夫就繼續朝下講：

　　我的仇人見我軟弱，就大肆進攻。過了一個禮拜，也許多一
點，有一天，又叫我去見上司。他見我時，態度很嚴肅。

　　「衣服穿整齊些！克魯格里科夫，你要記住，」他說，「我
要求部下，對我一定要忠心耿耿，全心全意……哪個要是不夠忠
心，」他又說，「我就不容他……」

　　「這還用說，理所當然嘛！」柯貝連科夫對這句名言頗為讚
賞。克魯格里科夫仍不理睬他的評論，繼續說道：

　　「於是，我們坐上馬車……上了車，馬車開走了……你說，
是朝哪里去呢？諸位先生，我萬萬沒有想到……是到塞達希大
街，萊莎·巴甫洛夫娜家裡去啊……」

　　「去幹嘛呀？」我不由地脫口說了一句。

　　克魯格里科夫看看我，他那樣子，滿懷昔日的悒鬱和虛榮。

「要你去做媒呀，」上司洋洋得意傲然回答道。

「瓦西里‧斯比利多諾維奇，天知道你在講些什麼！」

「不，不是天知道什麼的，而是千真萬確的事兒……你要知道，是因為……萊莎‧巴甫洛夫娜想要這麼做來著。她對我的上司說：『要是你能肯定，他不再要我了，那麼，你就讓他來做媒吧……』」

「好一個小姑娘……嘿，真厲害！」柯貝連科夫又忍不住插嘴道。

「那您去了嗎？」我不覺帶著責備的口吻問他。

「是他用馬車把我硬送去的……」講話人扭扭捏捏地答道；接著，突然轉臉對柯貝連科夫說：「先生，您呀，不瞭解內情！只會說三道四，不懂得什麼叫做感情。」

「我瞭解你幹嘛，那有什麼必要？」商人一下子懵了，突然向他反撲。

「好了，別……說……啦，」克魯格里科夫怪聲怪氣地斷然說，接著又轉向我。

「是啊，先生……您說對了，我是去了……去了啊……後來，人家又用車把我送過去一次，那是為了聽取判決的……這判決叫做褫奪公權，是在廣場上舉行的……不過，那時候，我的心情反而輕鬆了。請您相信我說的，確實輕鬆了……總之，這一回我真的去了。人們看得一清二楚，我們兩人在塞達希大街下了馬車。將軍神態陰沉，黑喪著臉，而我臉上也沒有一點血色……咳！……我畢竟是到那裡去了，先生！對這樁事兒，您愛怎麼說，就怎麼說吧，反正，我是去了啊……有什麼法子呢！我們剛進前廳，正好迎頭碰見德米特利‧奧列斯托維奇，那個做家教的大學生。他一見我們，就站住腳，仰臉看著我說：『嗯，我早就料到了。好樣的，不用說，騎士先生……嘿，殘暴的統帥也在這兒，』他指的是將軍。」

克魯格里科夫冷笑一聲，歎了口氣。

「他是個烈性子，天不怕，地不怕。將軍一聽此言，臉色發青，對他說：『年輕人，我不是你說的什麼統帥！我不是統帥，是欽定正五品官！請你不要忘了……』德米特利・奧列斯托維奇只是聳了下肩膀，說：『不管你是什麼人，您大可不必提心吊膽，實對你說。』說完揚長而去。那將軍轉身對我說：『你給我記住，』他說，『我永遠不會忘記你這件事兒，永遠不會……』先生們，你們瞧瞧，這世界上有什麼理好講，……大學生撒了野，叫克魯格里科夫頂缸……」

話說這時，我們已經穿過客廳，進了萊莎・巴甫洛夫娜的房間……我的萊莎──將軍的未婚妻，坐在那裡，兩眼都哭腫了，核桃般大，一見我，直盯盯地覷住我……我低頭，垂下了眼睛……那時，我心裡想，這是她嗎？是我的萊莎嗎？不，這不是她，再不然，是她站在什麼山上……極高極高的山上……於是，我只好站在門口兒，那位將軍便過去吻她的手。說：「瞧，我的公主，三心二意了，您看他不是來了麼！……」

她欠起身子，兩手扶著桌子，眼巴巴地瞅著我，彷彿認不出我來了。將軍也轉過身來，兩人都定定地看著我，我呢……楞楞地站在萊莎房間裡……站在門口。」

「瓦辛加──她叫道，看來，她是想說些什麼，可是突然朝後一仰，倒在沙發床上，放聲大笑起來……

「那麼，」她說，「你能不能收他當你的奴才聽差呀？」將軍一聽，十分高興，滿口應承說：「可以，可以，只要你──我的公主，想這麼著。……」

「那好，」她說，「你就收下他吧，不過，工錢可別虧了他……」

克魯格里科夫說到這兒，嗓子突然哽咽起來。他低頭，不讓我們看見他的臉。房間裡一片寂靜，悄然無聲。就連柯貝連科夫

也睜大驚異的眼睛，直勾勾地望著驛站管事。他不敢冒然打破這沉悶的寂靜，因為它包含著使人遭受奇恥大辱的痛苦經歷。……

好久之後，克魯格里科夫才喘過一口氣，用暗淡的、鉛灰色的眼光望望我。

「於是，」他慢吞吞地、一頓一頓地說，「就在這一剎那，尊敬的先生啊，我忽然清醒過來。我彷彿大夢初醒。我睜眼一看：這裡是我熟悉的房間，好像我和萊莎那天晚上正坐在那裡似的。她坐在沙發床上，捂著臉兒，那將軍在她跟前，走著碎步兒，旁邊有一張桌子，抽屜拉開了。……我突然想起，是我從那兒抽出一把手槍。我又想起來，那把手槍現在不是正放在我大衣口袋裡嗎？……我悄沒聲兒轉過身來，躡手躡腳出來走進前廳。手槍正安放在大衣插手袋中，好像正等待去派用場。我連忙把它抽出來；記得當時，我高興之極，幾乎笑出聲來。

我又回到房裡，走得很匆忙，我暗中希望，將軍最好不要向門口這邊回過頭來。……如果當時他把臉轉過來，看來，這種事情就不會發生了。可是，他沒有轉過身來。萊莎‧巴甫洛夫娜兩手捂著臉正在哭，將軍呢，正在那裡把她的手扳下來。當我走進去的時候，萊莎‧巴甫洛夫娜剛好把手放下來，向我一看，就嚇呆了。我呢……朝前跨了兩步……心裡想，只要他不轉過身來……接著朝他砰砰兩槍……從他身背後打的……」

「打死了？」柯貝連科夫大吃一驚，直起身來問道。

「沒有，沒打死，」克魯格里科夫歎了一口氣，他這一番話，彷彿千斤擔子似的壓在他身上，講完心中輕鬆了許多。他說：「幸虧上天保佑，大慈大悲，眼見得子彈火力很弱，只傷了一點軟肉，沒中要害。……他撲通一聲栽倒地上，不用說，叫喚起來，手腳亂撲騰，哇哇亂嚷……萊莎急忙向他跑過去，見他活著，只受了點傷，便走開了。她想到我跟前來……她說：『瓦辛加，可憐的人兒……你闖了多大的禍啊……』接著，離我而去

……倒在沙發上，哭了起來。

　　『天哪，』她說，『從後面……悄悄地溜過來……多麼卑鄙，……』她接著說，『兩個人都給我走開，離我遠遠的……』她痛哭流涕，泣不成聲，哭著哭著，又縱聲大笑，……真是歇斯底里大發作！正在這個當兒，人們蜂擁而至。那麼，以後的事，可想而知：我被逮起來了。」

　　「來，一塊兒喝酒！」柯貝連科夫說，「全都講完了嗎？太可怕了。唉，我的老兄，你真是個不要命的人，不顧死活！……你怎麼會這樣呢……」

　　「我受到審判，是按老輩子的辦法，沒有抗辯的餘地。要是現在，也許人們會同情我的痛苦遭遇，因為我是受害者……可是那年月，不管犯罪的性質如何，都同樣判罪。我被判流放。父親一年之內就老了十歲，瘦得不成人樣子，身體垮了，丟了飯碗；我呢，流落到這裡。」

　　「後來，萊莎·巴甫洛夫娜怎麼樣了？」

　　克魯格里科夫先生站起身來，走到自己的蝸居小屋裡，從牆上取下一個嵌裝在鏡框裡的照片讓我們看。那鏡框十分精緻，顯然是有一個手巧的外來戶居民精心製作的。這張照片由於天長日久，已經褪色了，不過我還能看清上面的幾個人：一個美麗少婦，一個男子——那人有著線條分明的臉型，顯得個性很強，一對聰明的灰色眼睛，另外，還有兩個孩子。

　　「難道這是……？」

　　「正是她，」克魯格里科夫恭敬地說，是「萊莎·巴甫洛夫娜。這是她的丈夫德米特利·奧列斯托維奇。他們沒忘掉我。每逢新年，就接到他們來信。這張照片是經我苦苦懇求，他們才寄給我的，還有……錢……有時還給我寄……」

　　他說話的時候，態度顯得很恭謹，好像他說的那位小姐，不是曾經和他一起讀武俠小說的那個萊莎。可是，當用手指點著他

們的大女兒時——那是一個相貌清癯、淺灰頭髮、一雙大眼，充滿幻想的女孩子，他的聲音又微微抖了一下。

「很像呀……女兒和媽媽就像一個模子印出來的。」

他瞅見，柯貝連科夫想看看他的照片，便連忙收起來，拿回自己的房間裡去了；在貼著驛站通告的牆跟前，站了好大一會兒。

他的整個身子，縮在窄巴的小褂子裡，不住地神經質地打顫……

八

在這之後，話再也談不攏了。看門人抱一大捆劈柴，添進爐子裡。馬車夫帳篷裡的大爐子也堆滿了木柴，叫火通宵燃著。火苗燒得很旺，木柴劈劈啪啪地響。帳篷的門半開著，可以看見有一堆人影，圍著火爐躺在長板凳上。

阿特·達凡驛站安靜下來過夜了。

克魯格里科夫把隔壁的一間屋子撥給我們住宿，柯貝連科夫一進屋馬上睡著了。驛站的大房間還空著。

「是給阿拉賓留的吧？」我問。

「沒錯兒，」克魯格里科夫好像十分不快，哭喪著臉回答。

服侍大夥兒的那個女人，大概，早睡去了；因此，克魯格里科夫只得自己動手忙乎起來；他向茶炊裡放了好些小冰塊，添上木炭；然後把茶炊擱在爐子旁邊，以備隨時使用。後來，他去收拾桌上的杯盞，在擺好酒瓶之際，也沒有放過再喝一杯什麼酒。他的樣子變得更加陰鬱了，顯然，這會兒他沒有一點睡意。

阿特·達凡驛站最終寂靜下來了。只是，時不時地，從外面吹來帶颯颯聲的冷氣；不過，各個房間裡也還有聲響：燈火全已熄滅，爐子裡顫動的火苗映射出淡紅色的返光，在那裡，還能聽

見沉重的腳步聲，和啪噠啪噠的氈靴聲；有時，還有酒杯的叮噹聲，夾雜著倒酒的咕咕嘟嘟聲。對克魯格里科夫先生來說，那些不堪回首的往事，顯而易見，使他不能入睡。如今，他潦倒天涯，流落這驛站上；他悲歎，他祈禱，他自怨自語，愁腸百結。

我沉沉入了睡鄉。

…………

當我醒來，還是半夜時分，可是阿特·達凡驛站已經活躍起來，燈燭輝煌，人聲嘈雜。院子裡車鈴聲響成一片，門兒開開關關，砰砰價響，馬車夫們跑來跑去；馬匹從牆角下匆忙地被牽了過去，打著響鼻，蹄子踏在雪地上沙沙作響；馬軛下掛著銅鈴，發出驚慌的叮噹聲——這一切匯成一股聲音的浪潮，從驛站上吵吵嚷嚷地湧向河邊。

克魯格里科夫在隔壁屋裡不慌不忙地在點蠟燭。硫磺火柴起初發出熒熒的青光，鬼火似的，後來突然著了起來，照亮了整個房間。

克魯格里科夫先生把火柴擱到燭芯上，點著了，然後回過身來。他面前不遠，站著一個新來的人影：那人穿一件帶風帽的雙面鹿皮襖，撲滿了雪花。一雙烏黑的眼，睜得大大的，從風帽底下露出來。那對眼睛稍稍有點斜視，像卡雷姆人似的；面色蒼白，鼻子很細，長長的下垂的黑髭。根據這些面部特徵，我認出了這人。這便是阿特·達凡驛站戰戰兢兢、恭候多日的阿拉賓首長。同時，他也就是我的老熟人，當年在伊爾庫茨克那個卑微不足道的、膽小羞怯的哥薩克少尉。

從開場來看，顯然，一切都會順利進行。阿拉賓分明十分疲乏，可能是因為旅途勞頓，也許是由於阿拉賓首長一路施威，過分疲憊。……他似乎只想休息一下，喝杯茶，躺一會兒……現在他站在那兒，微微弓著腰，臉上帶著睡意，正在等待燈亮。偶而，他渾濁的眼睛裡，現出不耐煩的神情……然而克魯格里科夫

卻大大變樣，好像換了一個人：昨天他還謙卑地哀求我們來可憐他，不要向他要馬，完全類似一個其貌不揚、滑稽可笑的小人。現在卻變得陰鬱、沉穩、嚴肅、矜持。他的動作也變得不慌不忙，果斷剛毅。甚至他的個頭也彷彿一下子長高了些。昨夜他講述的那番話，加上他喝了那麼多白酒，這酒力正在刺激他的大腦，使他由於憶起驚魂未定的往事而變得更加興奮——所有這些，顯然對克魯格里科夫先生不無影響。

「他媽的！」阿拉賓不耐煩地叫道，「快點！」

「請您小聲點兒，這兒有過路客人，」克魯格里科夫泰然答道。

阿拉賓摘下帽子，這之後，露出他那一對黑黝黝的眼珠，閃爍著似乎驚異的表情。然而，看上去，他還在竭力控制自己。

「拿茶飲來！」他咕噥了一句，甩掉皮襖，坐在桌子跟前。

「預備好了。」

「備馬！」

「請付驛馬錢。」

阿拉賓悚然一驚，連忙把頭扭過來——他的頭髮剪得很短，薄薄的耳朵像蒙古人似的，有點向上翹起。他的眼睛閃閃發出凶光，那種表情，已經超過驚詫了。他猛地站起來，又說一遍：

「備馬，快一點！」

「驛馬費勞駕請先付，」克魯格里科夫先生不慌不忙，用招惹的口氣，斬釘截鐵、毫不含糊地說。

離我不遠，有個東西在動彈。原來柯貝連科夫醒了，他靠在床上，努力不要弄出響聲，朝身上穿衣服；那股神情，真像是驛站上失了火，或者有什麼敵人來進攻似的。他的脖子向前伸著，他那坦然而狡黠的眼睛由於驚恐和好奇而在暗淡的燭光下，熠熠閃動。

「喂，要出事了，」他突然俯過身來，悄悄對我說，「真糟

糕！……這個克魯格里科夫真是天不怕地不怕。……你要記住，老兄，我們兩個要裝做什麼也沒瞧見，──否則，我們得當證人哪。……」

此時此刻，聽了他這番話，我才理會到當前情勢多麼嚴重。……膽敢向阿拉賓先生──這個遠近聞名的、威風嚴酷的酋長索取驛馬費，語氣又如此強硬，而且作為提供馬匹的交換條件──這件事，對於隱蔽在荒山野嶺下的謙卑的阿特‧達凡驛站來說，真是破天荒的鹵莽之舉。阿拉賓跳了起來，怒氣沖沖地抓過旅行包，從裡面掏出一件公文，粗暴地把他摔給克魯格里科夫看。從各方面來看，他現在已筋疲力盡，身子像散了架似的，希望把事情控制在一定範圍內，不要鬧大。他覺得，在深夜裡，在這個暖和而明亮的驛站上，再要他那凌厲的阿拉賓酋長的威風，太過分與乏味了。可是，他又不願付驛馬費；何況，這條沉靜的、溫順的勒拿河上有一個特點：如果阿拉賓先生在阿特‧達凡驛站付了錢，那他的威望馬上會降低，在這三千里的路面上，馬車夫們就會一站接一站地傳出消息，說那威風凜凜的阿拉賓酋長屈服了，掏錢了。……那麼一來，到處各個驛站都會對他纏著不放、索要驛馬費了。那個阿拉賓大概還指望著，克魯格里科夫可能記不得我是哪個了，便讓他看看公文，給他提個醒兒。哪裡知道，事情反而越來越糟，不可收拾了。

克魯格里科夫照舊不慌不忙，打開公文，逐字逐句一行一行地細看，看完後說：

「您看，這裡明白寫著：『按規定付驛馬費，可供應驛馬四匹。』您要的是拉兩輛馬車的六匹馬，可又不付驛馬費，這不合法，先生……」

他說話仍然是那麼沉穩、平靜，但他的話聲，彷彿響徹了整個阿特‧達凡。驛站上鼎沸的人聲，一下子沉寂下來，馬車夫們膽怯、地好奇地擠在車夫帳篷通向正房的門口。柯貝連科夫屏住

氣。

　　阿拉賓悚然一驚，兩眼充滿怒火向整個驛站橫掃一下，挺起腰，用拳頭在桌面一敲，臉上掛著一股兇氣。

　　「閉嘴！」他大喝一聲。「這是什麼話……要造反嗎？」

　　「決不是造反，先生；這是照章辦事，是法律，是遵照沙皇陛下的聖旨辦事。怎麼，實話實說，究竟到哪一天才……」

　　克魯格里科夫先生的話尚未說完，便被猛然一擊打翻在地……阿拉賓還要撲過去，去打倒在地上的他。

　　正在這當兒，我闖進房去，站定在那裡。阿拉賓站在我對面，我的突然出現，使他大吃一驚。這麼一來，克魯格里科夫得救了，阿拉賓本人也沒有由於狂怒造成更壞的後果。他氣得煞白的臉，痙攣地抽搐著，眼珠滾來轉去，流露出有點驚慌失措、痛苦難耐的表情。看來，這個哥薩克，來到了勒拿河畔，忘乎所以，忘記了他自己只不過是一個小小的少尉；在這裡，他已當慣了威風凜凜的阿拉賓酋長，頭抬得簡直比勒拿河兩岸的山岡還高。我的突然出現，把他帶回了伊爾庫茨克，使他又回到那個低矮的小屋裡，在那裡，這少尉的頭頂還遠遠夠不著天花板呢，他那頭呀，比起好些最平凡人的腦袋，一點兒也不見得高啊。

　　然而阿特·達凡驛站上的人並沒有覺察到他倉皇失措的樣子，也沒注意他的內心活動。他們只見驛站管事被阿拉賓一拳打翻，躺倒地上。車夫篷房的幾扇門兒，都砰砰關上了，院子裡，人們又開始忙亂起來。從我們的房間裡，傳來了柯貝連科夫佯裝的打鼾聲。……

　　阿特·達凡驛站的叛亂顯然平息下去了，阿拉賓酋長在阿特·達凡人們的心目中照樣是不久以前歌謠中所唱的那個強橫的、威嚴的人物。

　　過了一小會兒，克魯格里科夫從地上爬起來，我們的目光霎時相遇了。我不由自主地轉過臉去。克魯格里科夫的眼神顯得那

樣可憐，我看了心裡十分難受——只有在俄羅斯，有人才這樣眼巴巴地瞧看別人！……他站起來，退到牆角邊，一隻肩膀靠住牆，兩手捂住臉。他又恢復了昨天的模樣，不過，那神情更加憂傷，屈辱，更加令人憐憫。

　　那個女人匆匆忙忙地端來茶炊，帶著悲憫的表情，飛快地瞟了主人一眼。阿拉賓深深地喘了口氣，坐在茶炊桌旁。

　　「想造反，就給你點顏色瞧！」他恨恨地嘟噥著。下邊說些什麼，就聽不清了。然而，在他的話中，似乎聽見他說什麼「見證人」，他奉勸那般見證人快滾他們的蛋。又聽見，他提到欽錫禮服的榮譽，諸如此類的話。

九

　　就在這時候，米海洛·伊凡諾維奇·柯貝連科夫在我們光線暗淡的房子裡，匆匆忙忙地穿戴自己的衣服。不幾分鐘，他便走出門口，穿好了衣服，一面扣紐扣，一面咳嗽，臉上露出親熱的笑意。阿拉賓帶著困惑的怒容，瞅著這個不速之客。這陌生人滿臉堆笑，一蹦一跳，鞠躬哈腰，他到底要幹什麼，顯然叫阿拉賓摸不清頭腦。然而，這善意的微笑，這謙虛的鞠躬，卻使他更加莫名其妙，使尚未平息的暴怒眼看又要發作起來。他用有點哆哆嗦嗦的右手端起一盞熱茶，惡狠狠地斜眼瞪著柯貝連科夫的一舉一動。

　　「您要幹嗎？」他猛地把杯盞放在桌上，字字清楚地說。

　　微微一顫，但立刻又露出諂媚的卑屈模樣。

　　「沒事兒，先生。我是來向閣下表示敬意的……您大概不認得我了……您可記得，我們在山區警察局長列夫·斯捷邦諾維奇那裡談過話，而且還……那時，發生過一樁小小的事件……」

　　「哦！嗯，對，」阿拉賓說，又端起茶來喝，「這會兒想起

來了。」

「就是啊，先生，」柯貝連科夫興致上來了。「那麼，斗膽請教一下，您這次出差，接受的是什麼任務？……」

「這不關你的事！」

「那當然，」柯貝連科夫屈從地表示同意，「也許，是保密吧……」

柯貝連科夫這笨蛋當然不會曉得，阿拉賓酋長現在正飄飄然處在史詩般的神話仙境中，──洋洋得意，忘乎所以；忽地，乍一聽見，有人提到伊爾庫茨克，提到山區警察局長，提到那些平凡庸俗的事情，就會使他感到萬分不快。

「說得很對，」柯貝連科夫沉吟一下，說；為了堅持自己的立場，他又補充道：「您剛才差一點兒生起氣來了……難怪呀，在這種地方啊，就是天使──也由不得要生氣。的確如此。」

他向克魯格里科夫那邊瞟了一眼，歎口氣說：

「那人沒文化，沒教養！」

儘管這樣，也無濟於事。阿拉賓不睬他，喝完那杯茶，拿出一個小本本，在上面寫寫畫畫，然後急急慌慌地穿好衣服，奔向門口，站在那兒，看了一眼，瞅瞅門口有沒有馬車夫，又好像對什麼事考慮再三，突然猛地掏出錢扔了過來。兩張紙幣飄在半空中，銀幣呢，叮叮噹噹滾到地上。接著阿拉賓的身影在門外便無影無蹤了，過了一會兒，只聽見車鈴聲在懸崖下河面上瘋狂地鳴響起來。

這一切，來得如此突兀、急速，使得我們──目睹這情景的沒有言語的三個在場者──一下子懵了，弄不清是怎麼回事兒。然而，畢竟還是柯貝連科夫那個商人，對錢在行，他第一個悟了出來。

「他付錢了！」他大驚小怪地說，「克魯格里科夫，你瞧見了嗎？你看，這就是驛馬費。哎喲，老兄！……竟有這種事！」

威嚴的阿拉賓讓步了——但是，卻沒有一個車夫親眼見到。

第二天，前半晌，天色已不早了，我和柯貝連科夫又坐上自己的馬車。寒氣並沒有減退。對岸的冷霧中，藍色的群山背後，初升的朝陽放射出淡白色的光柱。馬兒在跳動、打顫，車夫們好不容易才控制住凍得要命的三匹馬。

阿特・達凡驛站現在冷冷清清，死氣沉沉，鴉雀無聲。克魯格里科夫由於昨天倒楣，這會兒心情沮喪，抑鬱不歡，垂頭喪氣。他把我們送上馬拉雪橇，那寒氣、酒力加上悲哀，使他渾身顫抖不已。他帶著恭順諂媚的樣子，扶著柯貝連科夫坐好，給他腿蓋上氈毯，拉上車簾。

「米海洛・伊凡諾維奇，」他膽怯地請求道，「請您行行好，不要忘了給我找個差事。以後，我在這裡恐怕幹不成了！您親眼看見，闖了那麼大的禍……」

「好吧，好吧，老兄！」柯貝連科夫有點不悅地回答。

這當兒，操持馬匹的車夫們，向兩邊閃開，三匹馬走動了，於是，我們在冰凍的河面上奔馳起來。陡峭的河岸向後退去，那些雲霧彌漫的山岡，昨天在月光下，我看見還是那麼玄妙而神秘，現在卻顯得陰沉沉、冷冰冰的，一古腦兒鋪天蓋地向我們壓過來了。

「喂，米海洛・伊凡諾維奇，」等馬車走穩了點兒，我問他，「你會給他找個工作嗎？」

「不給他找，」他冷冰冰地答道。

「為什麼呢？」

「他是一個壞傢伙，危險人物，沒錯兒！……你評評，他都幹了什麼事。嗯，當年在喀琅施塔得那地方的時候，想巴結上

司，同意給他做媒，──要討好就一直討好唄！他本該放棄未婚妻，這樣一來，他可以終生幸福。未婚妻有的是，還怕少有嗎！丟掉一個，──再找別的一個，就萬事大吉唄。要是這樣，上司還不提拔他麼。可是，瞧啊，他是如何來討好上司的⋯⋯請他吃手槍子彈！老兄，按照情理，你來評評，這種人，誰歡迎呢？他的這種行為，成何體統？⋯⋯今天他如此這般來巴結你，明天又去討好我。」

「可是，這是老早以前的事啊。現在他這人與過去大不相同了。」

「你可別這麼說！你大概聽見了吧，他昨天怎麼跟阿拉賓說話來著？⋯⋯」

「我是聽見了：他跟阿拉賓要驛馬費，──這是他的職責呀。」

柯貝連科夫感到有點懊喪，轉過身來對我說：

「嘿，你這個聰明人，怎麼連這樣簡單的事理就不懂。要驛馬費！難道阿拉賓只對他一個人不付錢麼？明擺著的，他走了成千上萬里路，哪裡也沒付過錢。哼，這裡驛站管事的算老幾，偏偏就給你一個人交錢！」

「應該給錢。」

「應該！是誰定的『應該』給，是不是你和那個克魯格里科夫訂下的？」

「是制度，是法律，米海洛·伊凡諾維奇。」

「法律⋯⋯制度⋯⋯瞧，他昨天不是口口聲聲提到什麼『法律』不『法律』的。可是，他知道不知道，『法律』還有另一層含義？」

「什麼含義？」

「是這樣的。關於『法律』，人家不問，你就千萬閉口別提。可是，你瞧，他卻神氣活現地強調說：『法律，按照法律！

……』這人是傻瓜，法律不是給你制訂的！世界上居然有這樣自大的人──竟然指手劃腳要上級遵守法律……」

我看米海洛‧伊凡諾維奇大動肝火，怒不可遏；我生怕壞了事，對克魯格里科夫不利，為他著想，我試著換個角度來說。

「可是，你可記得，你已經答應人家了。」

「答應了算什麼……那陣子，我可憐他，才答應他給他找工作……」

「把車搬起來！」米海洛‧伊凡諾維奇突然大喊一聲，因為，馬車從歪斜的冰塊上滑下去了，又翻了車，這回我又壓在他身上。

我們只得下車出來。大概，這個地方河水同嚴寒爭鬥得特別劇烈：一堆堆巨大、寒氣凌人的冰塊團團困住我們，遮住了河外邊的遠景。兩旁只有蠻荒的、大得怕人的高山矗立在雲霧中；在後面遠處，在紛雜的一堆堆巨冰上面，隱隱約約地看見一縷白色輕煙嫋嫋升起……

那裡大概就是阿特‧達凡驛站罷。

沒有舌頭

——旅美歷險奇遇記

一

　　我的故鄉——沃倫省，有一個地方，喀爾巴阡山脈的餘脈打那裡經過，那裡起伏的岡巒，向下延伸，逐漸變成一處處的沼澤地，形成波列謝平原。就在那裡，有一個小小去處，我管它叫做赫列勃諾。它的西北方向，覆蓋著一塊不太大的丘陵高地。東南面，離它不遠，是一片廣袤的平原，阡陌縱橫，耕地連綿。這平原，遠接天邊地平線，同倖存的大片森林的藍色林帶連成一片。浩淼的湖泊星羅棋佈，在落日的返照下，熠熠閃光。湖泊中間，蜿蜿蜒蜒，流淌著一條條不寬的、入夏乾涸的小溪。

　　這是一個安詳、寧靜，甚至有點夢幻一般的地方。這個小去處，不像城鎮，倒像一個村莊。可是，它過去曾有過一段好時光，雖然談不上多麼輝煌，但至少過的不是一般混混噩噩的日子。丘陵高地上，還留著一些土挖的戰壕遺跡。現在上面荒草萋萋，迎風搖曳。當村社的牛羊群安靜地在半掩的壕溝背陰處放牧的時候，那牧童用自己粗制的笛子，努力吹奏出這裡萋萋蔓草的竊竊私語聲……

　　離這個小地方不遠，在彎彎曲曲的小河上端，過去曾有過一

個小小的村落，說不定現在還在呢。這條小河的兩岸，長滿了藤柳，因此得名：小柳河。離河不遠，就是起名洛津的小村落。這裡的居民，隨著村名的音兒，清一色的都姓洛津斯基。為了準確地分清你我是誰，在總姓「洛津斯基」後面，又添上個外號，諸如「洛津斯基」加什麼「鳥名」，「洛津斯基」加什麼「獸名」，或者，有的人乾脆叫「洛津斯基」‧「油桶」，有的叫「車輪」，有的甚至叫「甋窩子」、「長靴筒」之類的綽號。

很難說清，是什麼時候，在城鎮周邊形成了這個村落。那些年代，在這裡土城上，可以看見很多大炮。不過，炮手經常易人：有的時候，穿著花花綠綠長袍的波蘭人，守在那裡，掌握大炮；而哥薩克和「戈特塔」人，在城外飛馬奔騰，四處掀起滾滾煙塵，圍著土城轉悠。……有的時候，反過來，哥薩克守著城，向外打炮，而波蘭的部隊撲向壕溝進攻。傳聞說，彷彿洛津斯基人曾經是「上了名冊」的地道哥薩克，並且曾獲波蘭郡王賜予的各種特權。甚至傳說，他們好像曾一度因功被賞封貴族稱號。

然而，這一切，早被人們忘記了。六十年代，那位名叫洛津斯基‧舒利亞克的老人死了。他晚年跟誰也不講話，只是不停地大聲禱告，或者，唸古老的斯拉夫文經文。不過，他給大家講述的往昔歲月、世事滄桑故事，他講的紮波羅熱一帶的變遷，他講的烏克蘭哥薩克反叛事件，他講：他如何浪跡第聶伯河流域，他還講，他怎樣同大夥一塊兒進攻赫列勃諾和克列凡，他又講，被圍困在火光烈焰中茅屋裡的反叛哥薩克一直不停地向窗外射擊，直到他們的眼睛因灼熱而破裂，最後火藥爆炸身亡；這一切，至今還留在人們的記憶中。那老漢半失明的昏沉眼睛，有點野性地轉動著說：「哎呀！我們那時是什麼樣的時代呀……那時候我們多自由啊！……」洛津斯基人已到了第三代或第四代，——仍然在聽這些奇特的故事；聽完，他們手劃十字，都說：「天哪，千萬不要故事重演！」

　　他們世代耕種，把一切特權早已埋進黃土地裡了。他們住在這個小地方，並不是純粹的莊稼人，也算不上自由的小市民。他們說的好像是小俄羅斯（烏克蘭）語，但是，帶著濃重的、別致的沃倫一帶的口音，話裡還摻和著波蘭及俄羅斯的詞語；他們過去一度曾信奉希臘一天主合併教，經過一些年的慌亂不定，後來，皈依了東正教，因而那老輩子的教堂關閉了，慢慢傾圮、坍塌了……他們在這裡種地，身著白色和灰色長袍大褂，紮藍色或紅色的腰帶，穿寬筒褲子，戴羊皮帽子。也許，他們比鄰村的人窮，儘管他們住著洛津式的茅草屋，但是一旦恍惚回憶起昔日的輝煌，仍然在茅簷下不可一世，神氣十足。洛津的居民打扮得比農民老鄉乾淨俐落，他們幾乎都能閱讀宗教書籍；別人都說他們這些人太驕傲啦。說實話，到底如何，局外人很難分辨弄清；那是因為，他們遇見老爺或長官，也總是趕忙讓路，低頭哈腰鞠躬，有時還恭恭敬敬吻老爺的手臂。他們確是有些不同一般的地方，見過世面的人一眼就看出來，他們的這些不同凡庸之處。人們談起洛津斯基人，議論道，他們這些人總在回顧過去，幻想未來，不滿現狀。一點不錯，當你遇見他們，打個招呼：「近來好嗎，生活怎樣？」或者：「感謝上帝，過得不錯吧？」他們卻擺擺手，說什麼：「唉，過的是什麼日子！」或者說：「日子過得夠嗆！」那些膽子大的人，有時講得更難聽，那些話不是人人都能聽得入耳的。況且，他們因為地租同臨近的地主，積年經久地打著官司。起初官司輸了，可是後來，那地主的繼承人卻讓了步……傳說，在此事件之後，洛津斯基人變得「更加傲慢」了，儘管他們對待事物不滿的程度仍然不減當年。

　　不管在哪裡他們都不歡迎外來的人。其實那些外來人滿可以給他們講些外面廣闊世界的情況，可是他們並不熱乎。

二

從前在老家洛津，住著一個名叫奧西普·洛津斯基的，說實在的，當時他的生活不算太好。土地少，租子重，日子過得很窮。他已婚，還沒有孩子。他估摸著，將來有了孩子，那孩子們的日子也好不了，也許更糟。他尋思著，說：「一個人趁著年輕力壯，身邊還沒有孩子們哭鬧，就該出外碰碰自己的運氣在何方。」

過去並非第一位，也不是最後一個，總之，不止一人，告別自己的親人和鄰居，如俗話說，把腳掖在腰裡，抬腿出外闖江湖、碰運氣，找活幹，在貧困中掙扎，漂泊到異鄉外地，啃人家爐子烤的苦味麵包。有不少這種不安分的人離家出走，洛津人也是如此這般，獨自一人或兩人結伴出去打工，有一次，竟然成群結隊，半夜偷渡邊境，跟著狡猾的德國蛇頭溜了。不過，這樁事沒有什麼好結果，或者後果很壞。有人衣衫襤褸、餓著肚皮跑了回來，有的人被德國人捆綁著驅趕到邊境，有的人毫無音信，下落不明，在汪洋遼闊的大千世界沉沒了，無蹤影了，如同一根細針掉進草垛中一般。

奧西普·洛津斯基還算走運，大概是頭一個沒有完蛋，有了下落。看來，這人頗有頭腦。他不是那種沉淪、落魄，自認倒楣的人，而是一個寧肯拉人一把、提挈別人的人。不管怎麼樣，過了一兩年，也許更多一些時候，有一封信寄到洛津。信封上貼著一張紅褐色大郵票，這裡人過去從未見過。這封信使不少人感到新奇，爭相傳閱；鄉里的文書[1]、教師和牧師拿過來反復閱讀，還有好多德高望重的人也對這封信發生興趣；到了最後，找到洛津斯卡婭，才把已經揉破的信交給了她。那信封上赫然醒目地寫著

1　文書——指鄉里管事的小頭頭。

她的姓名：寄至洛津村，卡捷琳娜‧洛津斯卡婭——約瑟夫‧奧格洛勃利‧洛津斯基之妻收。

這封信是她丈夫從美國寄來的。信寄自美國明尼蘇達州、某某縣、某某村，具體的地址名稱，現在很難說清了，因為……不過，下邊還會說明。

信裡寫道，感謝上帝，洛津斯基平安無事，現今在「農場」幹活，蒼天有眼，如果繼續像過去那樣上帝賜福，不久可望當上農場主人。其實，做一個農場工人倒也挺好，勝似洛津村任何地主。這地方人們很自由。田地很多，奶牛成桶地擠奶，而那些馬匹，壯得跟公牛一般。一個人要是有頭腦、肯幹活，會到處受尊敬和重視。比如說，就連他洛津斯基‧奧西普，不久前，就有人徵詢他的意見，問他打算選誰當全國總統。而他，洛津斯基，並不比別人差，也投了自己的一票，雖然，實話實說，他們對待他跟農場主不大一樣，不過，他仍然很高興，因為，人家總算問過他。一句話，自由自在；別的方面也挺好。只是，他，洛津斯基很想念家裡人，妻子不在，十分寂寞，所以，他辛勤地努力工作，先積攢了些錢，買車船票，隨這封信寄去。別看這張票，一塊藍色的小小紙板，可得像保護眼珠一樣，小心保存啊。票上標明了火車車廂和輪船艙位。就是說，拿上這張票，洛津斯卡婭現在水陸旅行，都不必掏錢——直達德國城市漢堡。至於另外那些花費，信上叫她把房子、牛、其他家產統統賣掉。

當洛津斯卡婭看信的時候，人們都眼巴巴地瞅著她，互相議論著：這麼一張平凡的、不起眼的小紙片，竟會有這麼大的能耐，能把人運送到另外一個世界，並且無論哪裡都不必付錢，唷，無庸諱言，大家都心裡有數，這張紙片肯定叫奧西普‧洛津斯基花了不少錢。自然而然，這意味著，洛津斯基出外闖江湖，不虛此行；並且表明，在世界別處蠻可以碰碰運氣……

每個人都在心裡暗暗盤算：最好我也……文書也是土裡土氣

的洛津人，他這人拿著洛津斯卡婭的信和車船票，整整拿了一個禮拜，沒有立即給她；尋思著：這婆娘傻著哩……要是比較聰明的別人，拿上這票，說不定就可以坐到美國，碰上好運氣……但是信上明明寫著外國字，不是我們的本國話：Missis（太太）Katharina（卡捷琳娜）Loseph（約瑟夫）Losinskyoglohla（洛津斯基—奧格洛勃利）。當然，寫著約瑟夫·洛津斯基和奧格洛勃利，這還不要緊，沒有大礙；可是卡捷琳娜——明明是女人的名字，何況還有 Missis（太太）這個字，顯然指的是婦女。總而言之，這文書，在最後一分鐘，仍在歎氣、惋惜，但是不得不從抽屜裡拿出票來，傷感地、不停地斜眼瞅著它。是啊，這票由他專門收藏好多天了，還是交了出來吧。洛津斯卡婭拿著這票，坐在木板凳上，放聲痛哭起來。

不用說，她看到信，心裡很高興；但是，人們由於歡喜過度，往往會大哭一場的。何況，要遠離家鄉，拋開親人，告別鄰里。再麼，需要說說，洛津斯卡婭還是一個年紀輕輕的小媳婦呢，如俗話所說，人長得挺水靈哪。丈夫不在跟前，是非不少，麻煩挺多；她看不出有什麼好辦法，哪怕是擺脫掉文書的糾纏；在祈禱懺悔之時，她不得不坦白承認，那「對手」總不讓她安寧。

偶而，有人湊她耳邊小聲說，奧西普·洛津斯基遠在萬里之外，至今還沒見有人從遙遠的外國返回洛津的，還說：也許，一群烏鴉早把你丈夫的骨頭叼到遠方荒野裡去了，你在這裡白白虛度青春，耗費時光——不是少女，不是寡婦，也不像有夫之婦。什麼也不是，何苦呢？不錯，洛津斯卡婭是一個明是非、識大體的懂事女人，不會輕易被人引誘上鉤，但是，她心裡一直很苦悶，就拿接信這件事上可以明顯看出來：各種感情突然一下子湧上心頭——有現今收信人的快樂，有從前的苦惱；有罪過的年輕人的胡思亂想，有充滿熱烈幻想的不眠之夜。一句話，弄得洛津

斯卡婭暈頭轉向，昏迷過去；多虧她的親兄弟馬特維‧綽號叫迪什洛的，把她抱進她的小屋裡。

村裡流傳起來一個傳說：奧西普‧洛津斯基在美國發了大財，成了一個重要人物，連任命總統，還得同他商量。……於是，年輕人開始常常聚到小酒館裡，喝啤酒和蜜汁，吵吵嚷嚷，辯論吹牛。有人好像聽到一些流言，便想像著瞎猜，到耶誕節齋戒日，在洛津村裡，一個年輕人也不會再剩下了。……既然人家能問奧西普，他願意誰當總統，那麼，別的人也會在那裡幹出更大事情，要比奧西普強得多！……因為，那裡──自由呀！

自由呀！人們在名叫什列瑪猶太人的小酒館常常重複「自由」這個詞兒，而那個猶太人坐在櫃檯後面安安靜靜地聽著。說實話，洛津村裡，並不是人人都充分懂得這個詞兒的涵義。但是，這個詞兒在人們嘴裡說得那麼順溜，它的聲音那麼響亮，人一聽到，好像個子就長高了些，又彷彿讓人們回憶起往日那朦朧不清、令人欣喜之事。……這樣的事情，好像生活在那裡的中老年人都知道，但是，有時年輕人的娃娃們也裝腔做勢，彷彿他們也曉得什麼似的……

哼，管它有多少人在說什麼！人們不停地議論著，嚷嚷著，也就完事了。或許，人們如老牛耕地一樣，幹著重活，早把這事忘了；也許，直到如今，在那老地方，人們還在紛紛議論。不管怎麼說，這裡出了兩個人，不同一般。他們對於還沒辦成的事兒，不喜歡總掛在嘴頭上。……他們思索一番，兩個人在一邊合計合計，著手賣掉自己的茅屋和田地。賣東西嗎，也許，沒賣多少；當該辦的事一辦完，他們倆聲稱：我們要送奧西波瓦‧洛津哈婭去美國，以免她一個人在路上出事兒。

其中一個人是她的親人：她的弟弟，名叫馬特維‧迪什洛，是當年反叛哥薩克的一員──洛津斯基‧舒利亞克的曾孫。那人個子高大，肩膀很寬，有一俄丈；手臂很長，耙子似的；頭髮淡

黃，捲捲曲曲，頭大得跟鍋爐一般──他這人活像一隻深山老林
中的大狗熊。人們都說，他的長相很像他的老祖。不過他的眼睛
和心眼兒麼──倒像一個嬰孩似的。他還沒有成家，他的小茅屋
很破，他的土地少得可憐──一個大個子在他地段上橫躺著，兩
腳就會伸到別人家的地面上。他不愛說話，也很少有人見他笑。
他祖上傳下來，有一本舊聖經，他愛不忍釋，時時翻閱；他常常
一個人害羞似的憂心忡忡地想什麼事兒。在洛津那地方，沒有人
把他當成聰明人，而小夥子們還時不時地譏笑他。這或許是因
為，別看他力氣大，可他不肯跟別人鬥毆。

他有一個知心好友，名叫伊凡‧洛津斯基‧迪瑪，是一個完
全不同類型的人：個頭不高，沒有力氣，但是樂呵呵的，口齒伶
俐，頭腦敏銳。人瘦、會說、好動，頭髮直豎起來，硬得像鬃毛
似的，眼珠滾來滾去，炯炯發光，說話很快，善於隨機應變；鬍
子留得長長的，跟哥薩克人一樣，向下垂著。沒有人拿他當傻
瓜，可他總不放過任何人。不過，如果他有時說話刻薄，挖苦得
罪了什麼人，那麼，他千方百計趕快和馬特維拉近乎，因為他的
手臂沒勁兒，同別人打起來他是招架不住的。

洛津人知道了他們倆打算去美國，大家心裡都很不是滋味，
深感不快。

「馬特維呀，你怎麼成呢？」朋友們勸他說，「哪能到那麼
遠的地方去呢？你這人傻乎乎的，伊凡身子又弱得很。你們到了
美國，會被那裡的壞人把你們踩死了的。」

然而，馬特維回答道：

「看上帝的意旨，聽天由命吧。不過，我不會拋開姐姐不
管，也不離開迪瑪。」

如此這般，他們三人便登程遠行了……至於他們如何跨越邊
境，通過德國國土，這裡無需再費筆墨了：這一切並不繁難。況
且，在普魯士碰見很多同胞，那些人可以向他們指教，一路上應

當如何如何。再說兩句，就夠了：他們來到漢堡後，收拾好自己的什物行李，沒有多想，便一逛到河邊碼頭上，以便瞭解一下，下一步應當什麼時候向前途進發。

漢堡這個德國城市，瀕臨大河，離海不遠，各種船隻從那裡啟航，四通八達。這時，我們那洛津老鄉，看見河邊一處，人山人海，從四面八方匆忙跑來；你擁我擠，慌慌張張；彷彿一個什麼木頭人傻呆在大馬路上似的。有兩隻小火輪從岸邊駛離碼頭，把人群運上大輪船；這些大船都是開往外洋的，只能遠遠地停在大海當中，深水之處。洛津老鄉們眼看著，有一艘大船正在冒煙，小火輪不停地靠向它。那些小火輪把人群、大木箱、包裹、皮箱都卸在大船上──馬上返回碼頭，又去裝載，重新運送。這裡，伊凡‧迪瑪，仔細觀察一番，首先猜出了是怎麼回事兒。

「你們知道嗎，」他說，「我來告訴你們，這艘大船一定是開往美國的，因為這船忒大。瞧，我們來的正是時候。馬特維，來，讓我們先過去看看。」

他們讓拿票的婦女走在前面，推著她，在人群中擁擠。當他們來到碼頭跟前時，那裡正在放進最後一撥兒人。我的天哪，你看這碼頭上有多亂哪：有人在哭，有人在叫；還有人在笑；又有一些人在擁抱，在罵街，在揮動手帕。很少有人，臉上不激動萬分；很少有人，眼內不閃耀著訣別的淚花……四面八方，聽哪──都是嘰哩呱啦的外國話，陌生的語言哇哇叫得震耳欲聾；那些外國話一點也聽不懂，有點野性，彷彿是腳底濺起的水花，唧溜直響。這一切，把我們這些洛津老鄉弄得暈頭轉向，心砰砰跳；他們兩眼直勾勾地盯著前方，生怕落在別人後邊，更怕把他們撇下，留在他們生長、過了半輩子的這個古老的歐洲地面上……

馬特維‧洛津斯基沒費什麼勁兒，便打開通道，讓大夥兒擠過去；過了兩三分鐘，洛津斯卡婭帶著自己的大木箱，來到了浮

橋跟前，手裡捏著船票。那小火輪的汽笛已經淒屬地、尖銳地叫
了兩聲，一股黑煙從煙囪裡噴向潮濕的空中——眼看著，這船馬
上就要離開碼頭，可此時此刻，我們的洛津老鄉還在觀望，——
於是，鳴了第三聲長笛，腳底下，轟轟隆隆震動很屬害，我們的
洛津人渾身一顫，不由地直向後仰。這當兒，只見一個眼珠凸
起、渾身是汗的德國大漢，那人在碼頭上比誰都忙，他一眼瞥見
了洛津斯卡婭，從她手裡奪過票來，看了看，又塞進她手裡；我
們洛津男子漢還沒有回過頭來，說時遲，那時快，那婦女，連同
她的小包裹，便在小火輪上落了地。正好這個時候，兩個別的水
手一下子把浮橋搬開，把迪瑪撞倒，將馬特維推到一邊，把浮橋
拖到碼頭上。我們的洛津漢子撲向那個德國大個子。

「你不怕上帝呀，作孽，缺德，你這蠻子！」迪瑪大聲嚷嚷
他，「這是我們姐姐，我們得一塊兒走啊。」

迪瑪稱自己是洛津斯卡婭的親兄弟，那當然是說鬼話，耍花
招；可這種小聰明管什麼用呢，那德國人一句也聽不懂啊。這時
候，小火輪開始離開碼頭起碇；卡捷琳娜在船上大哭大叫，通過
德國人喧嘩嘈雜的說話聲，仍然可以清晰聽見她的喊叫。那兩個
洛津男子捲起衣服的前襟，把錢掏出來，捏在手裡；馬特維用兩
隻胳膊肘子又向前拱去。於是，他們又來到前頭，從那裡彎可以
跳上輪船；他們讓德國人看看手裡的錢，別叫他以為，他們想利
用一張婦女的票，三人乘船。迪瑪乾脆拿出一塊角洋，悄悄塞進
那德國人的手心裡。他給錢時，還按著德國人的手，別讓角洋掉
在地上；同時，向他指指小火輪和船上的婦女。此時，那女人由
於恐懼和哭喊，嗓子已經變啞失音了⋯⋯

毫無結果！那德國人縱然沒有把錢扔掉，甚而還客氣地說了
句什麼；可是，當我們洛津朋友後退一步，以便邁步朝船上跳
時，這當兒，那德國人向兩個水手使了一下眼色；而那兩位顯然
很有經驗：馬上抓住兩個洛津老鄉，叫他們甭想再跳。

「馬特維，馬特維，」迪瑪剛剛大聲喊道，「喂，你跟他們比試比試你的本事。現在，正用得著呀！」但，就在這時候，兩人都被甩到一邊去了，迪瑪兩腳朝上撩起，倒在地上。

等他站起身來——小火輪順著碼頭，掉過頭，轉彎溜走了。船殼一晃一晃，輪子在翻滾，濺了碼頭一大片混濁的水珠；一股濃煙刺激著密集人群的臉龐；於是，只見洛津斯卡婭驚恐萬狀、飽含淚水的臉在那裡一閃。又過了一剎那——在碼頭和輪船之間，掀起了一長條，約二、三俄丈洶湧澎湃的混濁波浪。輪子撥水勻稱地響著，波濤的長帶伸到十至二十俄丈，接著，火輪變小了，穿過煙霧迷漫的半空中，在昏沉的天穹下，順著混濁的河面駛去……

這兩個洛津男子，咧開大嘴，目瞪口呆眼巴巴瞧著：那隻小火輪靠上大船；瞧著：彷彿一隻細細的長竿，從小火輪延伸到大船上，人們和什物順著這條長竿，像一群螞蟻似的爬了過去。停在那裡的那隻大船冒著黑煙，響著深沉、嘹亮的聲音，簡直像母牛群中的一頭壯士、碩大的公牛，——慢慢地順著河水駛去，這時停在兩旁的一些小船，趕快讓路，讓大船通過。

洛津老鄉差一點哭出聲來，他們眼睜睜地目送著這隻龐然大物，從他們眼皮底下，把那個可憐的女人帶往遙遠的美國。

人群開始散去。那高個子德國人摘掉自己的圓帽子，用手帕擦了擦臉上的汗，向洛津老鄉走去。他滿臉堆笑，向馬特維·迪什洛伸出自己的大手。顯而易見，他這人不是什麼惡人；當碼頭上人群不再擁擠之時，他放下自己的架子，顯然是為了想謝謝洛津人給他的好處。

「瞧你，」迪瑪對他說，「這會兒你點頭哈腰，一團和氣；你自己想想，你幹的什麼好事，弄得我們親姐一個人走了。滾，見你的鬼去吧！」他啐了一口，怒氣衝衝地轉身離開那個德國人。

這時，大船已遠遠駛去，冒著煙。船越來越遠，越來越小；那裡不僅看不見了洛津斯卡婭的身影，而且很難分辨許多船隻中間，哪一艘是原來那個大船，何況，空中有霧，白茫茫一片。他們心裡很難過，喉嚨裡哽哽咽咽。

「你這條惡狗，惡狗！」馬特維·迪什洛，罵那個德國人。

「對啦！他聽不懂，你跟他說也是白費，」迪瑪懊喪地打斷了他的話。「那時侯，你要是聽我的話，打他一記耳光，說不定，不管怎麼著，我們現在可能上了船。反正從那裡不會把我們推進水裡！何況，姐姐手裡還拿著票呢！」

「誰知道呢，」馬特維搔搔後腦勺，答道，「說實在的，就是稍稍對人家動動手，我這一輩子也沒見過，會有什麼好的結果。請你相信我的話，我們沒有那樣做是對的。你對事兒總是瞎琢磨——因為你認為自己是聰明人。」

正如司空見慣的那樣，兩個朋友你推我抗，千方百計把過失推到對方身上。迪瑪說：本來應該動拳頭，馬特維說迪瑪腦袋瓜有問題。而那個德國人站在一邊，友好地向他倆點頭。

接著，德國人掏出塞他手裡的那塊錢，亮給洛津老鄉看。看來，這個人還有點良心，他不想白拿錢，這時，他用指頭撣撣領帶，說：「什納普斯」（白酒），抬手指酒館。要知道，這個詞兒，說各種語言的人都懂得，它是什麼意思。迪瑪看看馬特維，而馬特維看看迪瑪，說：

「現在只好這麼著，得，就去吧。徒步涉水，寸步難行；反正，靠住這個德國鬼子，也許，能辦成點什麼事兒。」

他們一塊去了。小酒館裡站著一個老頭兒，一頭像鬃毛那般硬的灰白頭髮，並且，滿臉都長滿了毛。一眼可以瞧出，不管他怎樣刮臉，鬍茬兒還從面皮上露出來，就像是豪雨之後蔓草萌生似的。在那些乾淨俐落、整齊體面的德國人中間，有那麼一個邋遢人，我們朋友一見，就覺得很眼熟、怪近乎的。迪瑪小聲說：

「這個人一定是俄國人：興許是明斯克人，或者莫吉廖夫人，不然，就是從普希來的。」

猜對了。這個小酒館老闆跟德國人打個招呼，然後端來四杯啤酒（第四杯是給他自己的），大家便攀談起來。那老闆狠狠地叱喝了洛津老鄉一頓，罵他們是笨蛋，並且指明，錯在他們身上。

「你們本來應當轉彎兒到拐角處，那裡大門上釘著牌子。「Billetenkasse」。Billeten——意思是「票」，這連傻瓜也明白；kasse呢，指的是「收款處」，合在一起，就是「售票處」。你們倆可好，就像圈裡的牲口那樣，不會開門，只管沖著柵欄向外爬。」

馬特維低垂著頭，暗想：「說得對———個人語言不通，就像瞎子或者嬰兒一般。」迪瑪雖然也會有這種想法，但他是一個很自負、有志氣的人，砰的一聲把啤酒杯往桌上一放，說：

「老鄉親，你罵得夠長了，罵夠了吧！最好不過再給大家每人弄杯啤酒來，然後，告訴我們，我們現在該怎麼辦。」

大家都喜歡他的這種態度——他們看出來，這個自尊心很強的人真夠機靈的。那德國人拍了拍迪瑪的肩膀，酒館老闆用託盤又端來四杯啤酒。

「那麼，我們怎麼能追上她呢？」迪瑪問。

「在她後頭緊追緊趕，會追上的。」小酒館老闆說。「你想，在海上，跟在野地裡坐大馬車似的，沒有什麼兩樣。」「現在，」他又說，你們得再等一個禮拜，等下一班遠洋移民大船。如果急著想走，願意多掏錢也成；馬上有一艘大火輪過來，三等艙裡有不少乘客是從瑞典和丹麥來的，他們是到美國去當女傭的。聽說，美國人是一個自由而驕傲的民族，都不願幹下人的活，所以，找保姆很不容易。年輕的丹麥和瑞典女孩子去打一兩年工，滿可以掙得很好的嫁妝錢。

「也許，太貴了點兒，」迪瑪說，可馬特維駁他說：

「講點良心吧！你決不能讓婦道人家乾等一個禮拜！她會哭壞身子的。」馬特維想像中，在美國碼頭上，跟在鄉下渡口那裡一樣，姐姐會拎著小包袱坐在岸上，望著大海，不住地哭泣。……

那位俄國同胞讓洛津老鄉晚上歇在他那兒，第二天一早，便把他倆交待給一個年輕的瑞典人。那人把他們領到碼頭上，買好票，坐上了火輪。中午時分，我們的洛津老鄉——迪瑪和迪什洛——便乘船追洛津斯卡婭去了。

三

他們在船上，過了一天又一天。太陽從大海這邊西沉，次日晨又從大海那邊升起。海浪拍岸，嘩嘩作響。雲霧彌漫，海鷗翱翔。那海鷗追著船飛，一會兒落在桅杆上，過一會兒又像是被海風吹走：輾轉反側，搖搖擺擺，彷彿一片片白紙飄在空中似的。於是，它們又轉身向我們洛津朋友永遠拋離的歐洲飛回，向後，向後飛，在後方消失了蹤影。馬特維·洛津斯基目送著它們，感慨萬千，不住地歎息。他心想：瞧啊，海鷗不願離家，害怕遠去，而我們卻要飛走。前面，一片松林映入眼簾，樹林下面，是一條柳枝掩映的小河，小河上方——散落著一棟棟簡陋的茅草小屋。這光景看起來——好一似又回到了從前的貧窮環境，那麼親切，那麼熟悉。

海水衝擊船舷，發出低沉的聲音。波濤宛如山峰，忽起忽落，轟隆隆，嘩啦啦，深沉地歎息；似乎有人在發出威嚇，和他一起訴說怨苦。那大船傾斜了，向一邊歪了，眼看就要翻了；忽然又直起身，升高了，呼哧哧，咯吱吱價響。那桅杆打了彎，發出軋軋聲；海風吹著纜繩刺耳地呼嘯著；可是，大船一直向前航

行，向前航行。白天——太陽在船上空閃耀，夜晚——黑暗籠罩著船身；有時，輪船頂上懸掛著沉思的烏雲，有時，大洋上狂風怒號，暴雨洶湧；閃電直擊輕輕搖曳的海波。那大船啊，勇往直前，勇往直前，一逕駛去……

馬特維‧迪什洛平常言語很少，可是他心中，常常出現一些難以用言語表達的思想。過去，他腦子裡，還從來沒有過這麼多模糊不清的猶如雲彩和海浪一般的念頭，也從未出現過那樣深刻、費解的思想，一如大海那樣。這些念頭在他腦海裡起起落落，但他不能記起，也不願去多想它。不過，他明明感覺到，在他心靈深處，這些念頭在搖曳、波動；可是他難說出，這是什麼……

一到黃昏，黑暗籠罩著海洋，天空一片漆黑，但是海浪的峰頂卻閃動著某種別致的光亮。……馬特維‧迪什洛率先注意到；黑暗早已籠罩天空和大海，那海浪被尖細的船頭一沖，四下分濺，在暗中閃現白光。他低低地彎下腰，望著大海深處，一下子楞住了……

海水在船周圍閃閃發光。水裡有一股暗淡的火光，在悄悄蠕動。它忽明忽暗，浮向海面，又向神秘的、可怕的深處逝去……馬特維彷彿覺得，這一切都是活靈活現有生命的東西；輪船行進，悲戚的嘈雜聲，海浪的轟隆聲，大洋的澎湃聲，天空神奇的寂靜。他凝望著海水深處，他感到，似乎也有人從那裡在注視他。那是一個素不相識的人，古裡古怪的人，驚慌失措的人，憤懣不滿的人……千百年來，大海自行其道：自古以來，浪起浪落；多少年來，大海唱著凡人不解的自度曲；千百年來，大海深處繁衍著我們不可理解的獨特生機。可是現在呢，這種蓬勃的生機，活躍的運動，這種千萬年來的和諧被打破了；因為，輪船以其矯健、粗野的身姿，用有規律的航行，干擾了大海的生機與和諧。……大海的歌喉顫抖著，變腔了；海浪被切斷、被粉碎了。

啊，海底深處有什麼人在膽戰心驚地傾聽；從外邊陌生世界來了一個不明不白的龐然大物，正在這裡活動、行走。無庸諱言，洛津斯基不可能會用這類語言來表達自己的內心感受，但是他對這個神秘的大海深處確實感到恐懼。他似乎覺著；他從上面往下看，不禁毛骨悚然；而下邊也有人向上看他，樣子驚恐萬狀。下邊那人向上望著，怒氣衝天，送來帶火光的使者。它們向上浮動，來回遊弋。它們彷彿要打聽什麼來著，悄悄地互相商議；最後，苦惱地離開，走入無人知曉的深淵，──什麼也沒得到。……而那海船一個勁兒地向前挺進，毫無阻擋，奔向自己的目的地……

此時此刻，馬特維・洛津斯基心潮澎湃，思緒萬千，──遺憾的是：這些起起伏伏像浪頭一般的思潮並沒有留下一點痕跡，也沒留在現成的話語中；只不過一如海底深處的光亮似的，突然閃爍，隨之熄滅……不過，後來，他自己承認，他永遠不會忘掉大海。「一個人在海上可以想得很多，」有一次他跟我說，「從各方面，想到自己，想到上帝，想到大地，想到天空；人在海上，會想入非非──想到生，想到死……」他的眼神露出一種感覺；從他那單純的、摸不透的心靈深處，有一星小小火花想要從內裡向表面顯現出來。……這表明，總之大海對他的心靈留下了某種不可磨滅的印象。

是啊，無疑是百感交集，印象深刻。他心潮起伏，像大海一般；情感激越，如巨浪似的。一陣陣兒，熱淚盈眶；說起來可笑；像他這樣一個強健、粗壯的彪形大漢，一陣陣兒竟想狂奔、飛翔，像海鷗那樣飛翔，從美洲那邊再次出現。……飛呀，飛向遠方，那裡霞光散綺，彩雲織錦；那裡居住著善良、幸福的人們。……

洛津斯基後來自己向我表白了他的這番感受。過去在洛津的時候，他腦子裡從來沒出現過這類念頭；不管在耕地扶犁時也

好，到鎮上趕集也好，在教堂裡做禮拜也好。那時的想法和念頭，都很一般，平平常常，符合當地、當時的情況。可是，到海洋之上，情況就不同了，所有念頭都很特別，不同凡響。題目宛如海底火光，不知從何處泛起；洛津斯基努力仔細觀察，就像靠近觀察火光似的……可是，無濟於事。當他注目審視它們的時候，那些念頭一一飄然而去，閃閃發光，黯然寂滅，給人的靈魂和心田留下無限溫馨。每當他想要抓住它們，並用話語來表達時——它們嘎然而逝，使你頭痛欲裂、天旋地轉起來。

不言而喻，之所以出現這種情況，乃是由於在船上無所事事，閒暇太多所致。映入眼簾的只是大海一片汪洋；它在遊動，在搖晃，在鳴響，在閃光，然後消失；於是，又出現光亮，飄向無垠的遠方……

航程的第三天，洛津斯基走上甲板，看見前方有只輪船。起初，他以為，這是他們乘坐的船韁繩上拴著的一隻小玩具船呢。為什麼會有這種感覺呢，那是因為；四周除了水之外，什麼也沒有，清澈、透明的大氣層把一切都拉近了。那條帆船搖搖擺擺，當它靠近時，忽然長高了，大了起來。看見並行的船上，滿乘快樂的人群，滿面笑容，向他們這邊鞠躬致意。那船向前方駛去，船上的人彷彿無憂無慮，無所關心；他們的生活像他們乘坐的順風航船那樣，永遠喜洋洋、樂陶陶，怡然自得。……另外有一次，船搖晃得厲害，船頭浪花飛濺，水珠迷濛，他看見，前方又有一隻那個模樣的小船，傾斜一邊，像鳥一般飛快疾馳。巨浪如山，忽起忽落，有時候，和同船乘客心神不安地向前瞅著，但再也看不清那隻膽大包天的小船。可是，這隻小船又飄起來，浮向浪峰，船帆觸動浪花，泡沫四濺；乍一看那帆跟海鷗的翅膀一模一樣——逛逛蕩蕩，行進；搖搖擺擺，向前……洛津斯基心想，這條小船上坐的一定是美國人。看起來，美國人好勇敢啊！瞧，他這個普通的、膽怯的洛津鄉巴佬正朝他們那兒去呢……他們將

如何接待他，他們哪裡會用得著他呢？……數十年後，他在那裡情形將是怎樣呢？……一切的一切，彷彿使他變成一個完全不同的人。首先一點是；他看見了浩淼無際的、不停震盪的大海，看見了海船，看見了新奇的外國人……再有，他的眼睛看見了大海深處的秘密，使他心裡感覺到它，並對它浮想聯翩，同時，當他到達異國的時候，他想，這些外國人將如何對待他，他自己將會怎樣；這一切使他變了樣……他極目遠眺：仰望著明朗蔚藍的天空，凝視著彌漫海上的薄霧，這時的他啊，心情恰似在探尋自己的未來前途和安身之地……一些神秘莫測、不可理解的思想感情，猶如大海幽暗深處的火星一樣，從他混混沌沌的心底漂浮起來的時候，有一次，碰到這種情況——他在甲板上，找見了迪瑪，問他道：

「我跟你說，迪瑪。他們那裡，都說自由，你到底是怎麼想的？」

然而，迪瑪卻氣沖沖回答：

「滾你的吧……發高燒或癱瘓去吧，叫響雷把你劈得粉身碎骨得了。」

事情是這樣的：那可憐的迪瑪，這會兒正不好受呢。那大船船身左搖右擺，船頭船尾前後震盪，東搖西晃，——一會兒天空似乎翻個個兒倒在海上，過一會兒，大海一下子又升高、騰空而去。因此，弄得可憐的迪瑪天旋地轉，頭痛欲裂，心口難受極了。他走到船舷上，耷拉著腦袋；那頭垂得像籬笆上掛的拖把似的。可憐的迪瑪噁心得很厲害，想要嘔吐；他大聲喊道：「這該死的大海快把我的腸子翻出來了！」他祈求神靈：如果不想毀掉我這個基督徒的靈魂，請設法把船停下來吧，停在某個海島上，哪怕弄到吃人生番那裡也行。起初，馬特維非常奇怪：迪瑪怎麼會有這種不穩定的性格，他甚至想千方百計奚落他。後來，他發現，不僅僅迪瑪一個人情形是這樣；許多可敬的先生們，甚至去

美國打工的當女傭或廚子的瑞典、丹麥姑娘們也站在船舷上，耷拉著腦袋，萎靡不振，情況和迪瑪完全一樣。這時候，馬特維才恍然大悟，在海上這是常見的事兒。有時候，他自己也覺得有點不舒服，僅此而已；可是迪瑪是一個神經質的人，他咒詛自己，咒罵奧西普，咒罵卡捷琳娜，罵輪船，罵那個發明輪船的人，罵所有的、包括未出生的美國人……有一陣子，他竟想褻瀆神明，不過，總算控制住了自己……因為，在海上，不比有時在陸地上，這種事兒容易辦到。

畢竟，關於自由的念頭，在他腦子裡仍然糾纏不休。還是在歐洲海邊小酒館裡，他們跟酒館老闆那個俄國人談話的時候，迪瑪就首先向他提出這個問題。

「請問……他們那裡，人們關於自由是怎麼講的？」

「扯著嗓子面面相覷，對著喊叫──這就是自由……」酒館老闆氣呼呼答道。「再說，」老闆喝完杯子裡的啤酒，又補充道，「我們那裡人們做事，再好不過了。真的，我不明白，為什麼一些老實人想到美國去，叫人家壓榨他們，而不好好呆在家裡……」

「看來，您這是在挖苦我們，」多心的迪瑪隨即說。

「我用不著挖苦別人，」那個酒館老闆支支吾吾地說，「我只是說，在這個世界上，誰能咬斷別人的喉嚨，誰就是正確的。……至於那個世界的情形如何，你們將來自己會瞧見的……可我不認為，情況會好多少。」

看來，小酒館老闆這輩子經受的不愉快事太多了。他的回答，使這兩個洛津人深感不快，甚至有點憤慨。至於說人們到處爭鬥，這可能是真的，但是，自由麼，他們琢磨著，肯定是另一碼事兒。迪瑪覺得必須來回答他那令人遺憾的暗示。

「我告訴您，這種情況到處一樣；你對人家如此這般，人家對你也是這樣；軟東西放在硬板子上還是軟的；硬東西放在羽毛

上也是硬的。說實在的，像你這樣愛挑刺兒、彆彆扭扭的人，我從來還沒見過哪……」

這樣，當時談話就此結束，不歡而散。

現在，和洛津老鄉同船旅行的，還有一個捷克人，這人年紀已經不輕了，有點憂鬱，但人很隨和。他兒子在美國，春風得意，特地寫信教他來的。老頭兒說，要是兒子在祖國能找到好的工作，那就再好不過了；就不必千里迢迢，乘風破浪遠行了。捷克話——反正也屬斯拉夫語言。捷克人說話，教波蘭人聽著，他們是在說俄語；而俄國人覺著，像是波蘭話。我們的洛津夥伴兒說的是沃倫方言；既不像俄語，也不像波蘭語，並且，更不是完整的烏克蘭語，而有點相似三種語言的混合方言。因此，他們談起來倒也輕鬆。何況，這人很健談，話茬兒很快就談開了。詞語不夠，他就借助手勢，頭，腿的動作。有的地方彈一下手指，有的地方咂巴一下嘴唇，有的地方拍一下手掌，一句話，比比劃劃，他們同這個捷克人，很快就成朋友了。再者，這個捷克人還會說德語，於是，通過他可以瞭解德國人的情況；再通過德國人——瞭解英國人的事情。……

風平浪靜，天晴氣朗，迪瑪和別的人們都擺脫了暈船病。這時，全船的氣氛快活起來。三等艙的乘客們爬到船頭的甲板上，那細高挑兒匈牙利人吹起黑管來，一個年青的德國人拉起了小提琴，小夥子們摟著瑞典姑娘的腰肢跳起舞來。他們小心翼翼地繞過船纜和錨練，踏著舞步轉悠著。悠揚的音樂在海洋的上空遠遠飄散，海浪隨聲伴唱，同時，淘氣地把白色的泡沫和浪花向上噴濺；一群海豚趕上大船，疾馳而去。心靈深處啊，不由得既歡快又憂傷。

這時候，迪瑪和捷克人找個角落裡坐下，還請來一個英國人和認識的德國人，於是，迪瑪開始學會話。那英國人把英國講給德國人，德國人又說給捷克人——這捷克人便轉告迪瑪。當然，

先學的是美國人如何計數，他呢，掰著手指去記。接著，又學了「麵包」和「水」英語怎麼叫，隨後學了「犁」、「馬」、「房屋」、「水井」和「教堂」。他把這些詞兒都寫在紙上，然後小聲地唸著。他盡力去教馬特維，可是馬特維很難學會。他只學會了英語的「三」字，因為這個詞發音同他們的俄語相近。

這之後，迪瑪又問捷克人，「自由」是什麼。捷克人說，「自由」之神是他們島上豎立的一個銅像。這銅像非常之高，舉著一隻手，高高地聳立在高樓大廈和教堂之上。它手裡，握著一個火把，那火把大極了，遠遠地把海都照亮了。裡面是樓梯──登上梯子，可以走到頭上，手上，上到火炬的頂端。天一黑，額頭上和火炬周邊的燈都點著了，一片光明，像是月亮放光，甚至比月光亮得多。這個銅質的女人塑像──就叫做「自由女神」。

迪瑪把他們的談話一五一十告訴馬特維，可是他們倆都覺得，這彎不是那回事兒。一個人說，自由是「扯開嗓門喊叫，」另一個說：自由是「發出亮光的塑像」……馬特維突然想起洛津斯基·舒利亞克，就是送給他聖經的那位老爺爺。這老漢死的時候，馬特維還是一個孩童；但他還記得老爺子講述古代、講戰爭、講紮波羅熱，講第聶伯河流域的大草原這類的朦朧故事……那老爺子講的故事，現在一旦想起，簡直像一場怪夢出現眼前；那遠古時代，遼闊的天地，古怪的意志……「通常，你要是碰見韃靼人或別的什麼人……那時候，上帝會來幫助你，」他想起了老人的話……他想道：「也好，可見『扯著嗓門喊叫』是對的。接著，他又想起，波蘭貴族對人民的「壓迫、奴役」。後來，又說到「意志」……但是，好像從來沒有提過「自由」。他的頭弄的暈乎乎的，迷迷糊糊，但是這個問題在他心中仍未解決。

四

到第七天，可怕的濃霧籠罩海上。霧那樣大，船前進時船頭好像撞上了一堵白牆；沉寂的大海，在昏暗中蕩來蕩去，叫人看不大清。三番兩次地，有些海藻，徑直向船身兩邊飄來，因此，洛津斯基以為，這裡離美洲不遠了。

可是迪瑪從捷克人那裡得知，這是大洋中心，才走了一半。不過，到中午，離淺水域就不太遠了。這裡，暖流撲向淺水區，直到半夜；到後半夜，又在這裡迎上了寒流。因此，這裡海上常聚集濃霧。輪船緩緩前進，不同尋常的汽笛大聲鳴叫，強烈而又悽愴，而那濃霧的厚牆，迎著這巨響，酷似密林中的回聲。弄得大家毛骨悚然，膽顫心驚。

這時候，船上死了一個人。聽說，他上船時就病了；坐船第三天，他的情況就很不好，於是把他放到船艙的一個單間裡。他女兒在那裡伺候他。她是一個年輕的姑娘，馬特維看見過她幾次，眼睛哭得紅腫；每次見著，他寬闊的胸膛裡的心就揪得慌。當輪船在濃霧中緩緩前進的時候，終於，從乘客那裡傳來一消息，說是那個病人死了。

船上的人們確實體會到了死亡的恐怖。乘客們都默不做聲，沉靜下來，醫生表情嚴肅、滿臉愁容，走來走去，船長和助手在一塊商量著；過了一天，便把死人葬入大海。那時，把他包上一塊白布，腳上拴上重物；有一個穿黑色長禮服、白色寬領的人——這人叫馬特維看來，並不像神甫——唸了一段祈禱文，然後，將屍體放在一塊木板上，又把木板抬到船舷邊，幾秒鐘後，在一片耐人尋味的沉寂中，傳來了一下水的潑濺聲。……這時候，只聽得有人大喊一聲，一個年輕的姑娘撲向海邊，耳邊清晰地傳來一句家鄉話：「父親，父親！」此時此刻，那船的螺旋槳輕輕地轉動著，離開了拋屍的地方，滾滾的浪頭在那裡同白色的霧氣交

融一起。拋下去的人無影無蹤了……濃霧密集，在後面像一堵厚牆，前面也是霧；那船的長笛嗚嗚咽咽呻吟著，彷彿在為人的淒慘命運而悲鳴……

　　然而，不久，又出現了一些別的情況，掩蓋著了死亡的氣氛……那一天，有一隻不大的平底帆船，好不容易才從大船的船頭下面勉強脫身通過。這倒不算什麼。兩船相距只有五俄丈光景，只見那平底船上的人們揮動帽子，笑嘻嘻的；他們穿著花花綠綠的夾克，戴著奇形怪狀的帽子……另外一次情況更糟。大白天，霧氣騰騰，船長在乳白色的雲霧中，似乎看見了什麼東西。他命令船停下，向後轉，好像要逃躲霧中的什麼人。然後，大家靜靜等待。這當兒，洛津斯基在朦朧的昏暗中，突然看見上頭有一大塊雲彩，邊緣閃閃發光，空氣忽然涼爽起來，同時，吹來了一陣刺骨的冷風。大船轉過身，輕輕地，悄悄地，好像爬行似的，鑽進左邊雲霧深處。可那右邊，並不是什麼雲彩，而是一座冰山。簡直不敢相信自己的眼睛，一下子能看到這麼巨大的晶瑩冰山。不過，大家都眼巴巴地看見了。船上馬上鴉雀無聲，連那螺旋槳也不敢揚聲了，小心翼翼地、悄沒聲兒地轉動著。那冰山輕盈的搖曳著，忽然完全消失了，彷彿溶化了似的……

　　這時候，我們的兩位洛津老鄉和那個捷克人，立即脫下帽子，畫起十字。德國人和英國人沒有畫十字的習慣，他們只是禱告。然而他們也信上帝，也祈禱；當輪船又向前航行一段，那個穿黑禮服、繫白領的年輕人（決然不能說，他是一個神甫）從人群中站起身來，走到船頭，高聲念起禱詞來。於是，眾人同聲禱告，並唱起讚美詩來；只聽得聖詩的歌聲同輪船鳴笛高亢、淒厲的噪音混合一起，（是鳴笛再一次預先警報），那霧的厚牆又發出回聲，只是更淒厲、更深沉罷了……

　　大海愈益安謐、恬靜了：海水舔著船身，似乎在對船溫存，並請求人們原諒一般。

在這之後，婦女們一直哭哭啼啼，哭了很久，止不住淚。那個年輕的孤女，坐在船的一頭，用毛呢頭巾的一角蒙著臉，嚶嚶哭泣，哭得像孩童似的，使得洛津斯基心如刀割。他自己並不知道事情的原委，可他還是走到她跟前，把自己又重又大的手擱在她肩頭，說：「孩子，哭夠啦罷，上帝大慈大悲。」姑娘抬起藍色的兩眼，望著洛津斯基說：

「唉，我怎能不哭呀……我孤零零的一個人，要到陌生的外國去。母親在老家死了，父親又死在船上，美國倒有幾個哥哥，但是不知道他們在哪裡……請您想想，我的命該有多苦！」

站了一會兒，瞧了一陣兒，對她什麼也沒說。他不喜歡信口胡說，何況，他的命也不好。不過，從那時起，不管他站在哪兒，不管坐在哪兒，也不管幹什麼，心裡總是惦記著這個女孩子，兩眼不住地盯著她。

於是，洛津斯基暗下決心，對自己說：「在這個遼闊、茫茫的世界上，將來如果我能轉運，孩子，我一定也教你交上好運。這是因為，人活在世上，總要可憐別人、關愛別人；特別是，在人生地不熟的異鄉外國。」

五

第十二天，船上的人，像是被風吹著漂到溪流岸邊木片上的螞蟻一般，都聚集到船頭來了。於是，我們的洛津老鄉明白了，這裡離美洲大陸一定不遠了。不錯，馬特維眼尖，第一個瞧見，藍色的海上，右邊有一個白色針樣物，閃現出來。過一會兒，這針升高了，已經明顯看出，它是一個白色燈塔。時不時地，各種船隻乘風破浪急駛而過；有揚起斜帆的小艇，有白色的輪船，有露出一扇扇好像住房窗戶的小火輪；那些小火輪頂端裝著搖臂，這對洛津人來說，是從未見過的。那裡，淡藍色的霧靄中，有什

麼東西裸露出來，有什麼在閃光，有什麼在發白，有什麼挺身直立，還有什麼五光十色、耀眼奪目。一個個小島，樹林蔥翠，一閃而過；狹窄的白色沙灘，轉眼而逝。那沙嘴上有什麼東西轟隆隆、咕咚咚地在響，滾滾的濃煙從高聳的煙囪中直上雲霄。

迪瑪用胳膊肘碰了一下洛津斯基，說：

「瞧見了吧？那捷克人說得不錯。」

馬特維朝前望瞭望。只見那些巨型海船高聳入雲的桅檣上空，矗立著一個巍峨的女人塑像。她一隻手向前伸出，手裡有一個火炬。那女人伸出火把，去迎接從歐洲飄洋過海來到偉大的美州大陸的人們。

一艘艘輪船，活像水中甲蟲一般，來往穿梭於海灣之中。洛津人乘的這隻海船，緩緩地從這些船中間駛過。太陽西沉了，一座城市迎面飄來，一座座房屋呈現目前，一星星燈火成排地點燃起來，雜亂無章地在海水中顫動，來回搖曳，在深處犬牙交錯，又高高地映現空中。天空黑沉下來。可是，有一座巨大的、從來未見過的細網狀的大橋，高懸空中，還明亮地顯現在天際。

海岸邊，大橋底下，集著六、七層高的高樓大廈。工廠煙囪冒的煙，達不到橋上。這橋高懸在水面上，連接兩岸。巨大的海船在它下面通過，相形之下，彷彿渺小的舢板似的，因為這座橋確是現今全世界最大的橋樑啊。……這是右邊。左邊不遠，聳立著女神塑像，額上戴著花環狀鳳冠，閃著金光，這時同天邊落照的最後霞光，競相輝映。她高高舉起的手中，還有一束火炬花冠，光芒四射……

洛津斯基忽然感到無限恐懼。心驚膽顫。直到現在，他才明白，美國是什麼樣子，他想，在岸邊，會遇見洛津斯卡婭。他在等著，可能會見她帶著自己的包袱坐在那兒。「天哪，天哪，」他心裡嘀咕著，「這裡的人簡直像掉在草中的一根針，落在海中的一滴水似的……」輪船在海裡走，已經有兩三個小時，接近陸

地，看清建築物和一個個碼頭，海灣上面的城市，展現出一排排新的街道，新的房舍和燈光……在機器的喧囂聲中，從岸邊傳來轟隆聲和嘈雜聲。看起來，似乎有什麼龐然大物，疲勞了，在喘息，又有什麼人在抱怨，在發怒，有時，好像什麼人在翻身、呻吟……又有什麼在鳴響，在滾動，活像草原上風吹勁草之聲，一會兒，又聽見各種混雜的話聲……

洛津斯基找見了安娜——他在船上認識的那個年輕姑娘——對她說：

「孩子，好好跟著我和迪瑪。瞧，搞不清這個美國是怎麼回事。但願不要出什麼差錯！」

那姑娘抓著他的胳膊，倉皇失措的馬特維還沒來及回頭一看，姑娘便吻了他的一下手臂。因為，可憐的女孩，看起來，比洛津斯基更害怕美國啊。

輪船夜裡在海灣停泊一宿，不到天明，任何人不准放行。旅客們在甲板上坐了很久，後來，大部分人散去，睡覺了。只有那些——和洛津人一樣膽小的人沒睡，他們擔心在這個陌生國家自己將來的渺茫命運。迪瑪第一個躺在長凳上睡著了。安娜久久地和馬特維並排坐著，偶而聽見她說一半句輕輕的、膽怯的話語。洛津斯基一言不發。後來，安娜也睡著了，把疲乏的頭垂在她的小包袱上。

只有馬特維坐了這溫暖的一整夜，直到女神塑像額頭上的燈光熄滅。返航的輪船長夜劃下深溝所激起的巨浪中，閃動著早霞的反光。……

第二天早晨，美國海關官員來到船上，簽發檔，這時，船悄悄地被拉上碼頭。看到以下情況，叫人心中感到沉甸甸的：這隻海上龐然大物，現在躺在海上，僵死一般，不動一動；可是卻有一個小舢板在它跟前忙乎著，真像一隻活螞蟻爬在死甲蟲身邊似的。那小舢板一會兒拽它的尾巴，一會兒又從它的頭上跑過來，

嗚嗚叫，吱吱響，團團轉……那碼頭看起來——活像巨大的板棚，在岸上有很多很多。這些碼頭一排又一排，十分難看，又大得很，陰森森的。只有一個碼頭上聚了一些美國人，大聲嚷嚷著，嘰嘰喳喳在說什麼，又喊：「烏拉。」馬特維向那邊張望著，還抱著一線希望，能找見自己的姐姐——隨即，擺了擺手。哪能呢！……

最後，船緊緊靠在碼頭上了。有一個海員，身子輕巧得跟鬼似的，爬上去，直爬到那板棚的頂上，隨後他在半空中拉著踏板搖晃著，那些踏板於是搭在船上。這時，人們開始踏上了美國大地。

我們的洛津老鄉憂心忡忡……他們也下了船——總不能在船上待一輩子呀。說實在的，有時候覺得，還不如在船上得勁呢。航行，航行唄……天空，雲彩，海洋，清風，在前方，海那邊——老天有眼，隨上帝怎樣安排……可現在是陸地，這裡的情況怎樣……好多人都有人來接；接吻啊，擁抱啊，啼哭啊。只有我們的洛津人沒人迎接，他們只得自個兒向前走去，尋找未卜的命運。前途在哪裡？……向哪裡走，往何處去，向什麼地方邁步，朝什麼方向轉彎——茫茫然一無所知。我們的洛津老鄉楞楞地站在那裡——身穿白色烏克蘭長袍，著肥大長靴，戴高筒羊皮帽，手裡拿著又粗又頂的拐棍（這種拐棍，是從生長在故鄉河邊樹條上砍下來的）；他們站在那裡，喪魂落魄，不知所措，那姑娘，拎著自己的包袱，也神色倉皇地蜷縮在他們身邊。

六

「那是個猶太人！千真萬確，要不是猶太人，叫我天打雷劈，」迪瑪突然搶先說。他一面說，一面指著一個戴圓頂帽、穿一身破舊短小西服上衣的人。不過，他身邊站著的一個年輕的小

夥子，打扮得很時髦，衣著簇新鮮亮，完全不像一個小猶太。當那人轉過臉來，馬特維一眼斷定，這一定是個猶太人，而且是自己老家那邊的猶太人，是從莫吉廖夫或日托米爾，明斯克或斯摩棱斯克等地來的，好像剛剛趕集回來的，只是換上了一身德國式服裝。

他們見到這個人，真是喜出望外，如同見到親人一般。連那猶太人，見到他們身著白袍，頭戴皮帽，也一逕向他們走來，鞠躬致意。

「喂，歡迎光臨。身體好嗎？先生們。我一眼看出，你們是老鄉，從老家來的。」

「是吧，」迪瑪興高采烈地說，「我沒說錯吧？瞧，他們這才是好人哪！哪裡需要他們，他們就出現在那兒。你好，猶太大哥，我不知道，該怎樣稱呼您。」

「啊！我過去叫鮑魯赫，現在叫鮑爾克，鮑爾克先生，願為您效勞，」那個猶太人說，矜持地捋捋鬍子。

「啊，你呀！喂，我告訴你，別爾克……」

「鮑爾克先生，」猶太人更加趾高氣昂地改正他。

「嘻，管它什麼，先生不先生的，沒有人追查你的名字……這裡有什麼好的客棧嗎？不要太貴的，也不要太孬的，……因為，你瞧……我們雖然身穿普通長衫，但我們並不是莊稼漢……我們是獨院小地主……再有，你瞧，跟我一塊兒的，還有一個姑娘……」

「嘻，難道我不明白，我在跟誰打交道，」鮑爾克先生很有禮數地答道，「您對我是怎麼想的？……嘿，鮑爾克先生是個傻瓜，鮑爾克先生不懂人情世故……得，我要告訴你們：算你們運氣好，一下子碰見了鮑爾克先生。因為，我並不是天天到碼頭上來，幹嗎我要天天來碼頭上呢？……你們馬上會在我那裡找到好的住處，對這位姑娘我會專門安排一個房間，跟我的女兒住在一

起。」

「啊，你們看，一切不是很好嘛，」迪瑪邊說，邊四下張
望，彷彿這個鮑爾克先生是他發現的。「好吧，既然這樣，請帶
我們去你的客棧吧。」

「也許，需要給你們拿行李？」

「嘻，什麼行李？給你說實話，這裡就是我們的全部東
西。」

「啊，東西不太多！約翰！……」他喊了一聲那個像他兒子
的年輕人，「唉，老站在那兒幹嘛，像個傻瓜似的。給這個姑娘
拿著行李。」

這個年輕人看起來還不倨傲。他有禮貌地抬抬帽子，從安娜
手裡接過包袱，於是，他們一塊兒離開了碼頭。

他們過了一條街。又進了一條胡同，這裡叫過路的人看起來
像窯洞似的。房子黑黢黢的，很高很高，出口很窄。而且，有一
半的房子臨街立著柱子，上面鋪著板子，擋著天空……

「啊，老天爺，我的聖母！」安娜突然驚慌失措地尖叫一
聲，一把抓住馬特維的手。

「神靈保佑，喘氣多厲害呀，」馬特維小聲說，「這又是什
麼東西？」

「哎呀呀，你們怕什麼啊，」猶太人說，「這是火車。喂，
喂，走吧，沒有什麼值得大驚小怪……讓它走它的道，我們走我
們的路好了。它不會撞著我們，我們也碰不著它。我告訴你們，
在這個地方，不容你打哈欠、眨眼皮的。……」

鮑爾克先生向前走去。我們的人們快快地跟著走。四周的柱
子在顫慄，街道在轟鳴，上面鋼鐵碰撞鋼鐵，咯咯直響。就在洛
津人的頭頂，在空架鋼板上，有一列火車在全速飛一般地行駛。
他們目瞪口呆地望著，只見那火車在空中蜿蜿蜒蜒，轉彎抹角爬
去，差一點撞上高樓的視窗，——又在空中一直往前，奔馳而

去，時而伸直，時而彎成弧形……

　　要知道，我們的洛津老鄉，只是聽慣了故鄉松林的颯颯聲，蘆葦在清靜河畔的低語聲，以及原野裡車輪的軋軋聲。可現在呢，他們感到掉進了一個火爆火燎的世界。那些高樓大廈——如此之高，抬頭一瞧，就要掀掉帽子；回頭後看——輪船桅檣，密密麻麻，如燒掉枝葉的樹林一般；舉目望天——天空熏得黑黝黝的，何況，上面還蒙著大片空中輕軌的鋼板，使得街上昏沉沉的，暗無天光。再朝前看，另有一列火車，橫行穿節飛奔而過；整個空中充滿嗡嗡聲，哼哼聲，嘩啦聲，呼哨聲，——各種機械的聲音。

　　「我的神耶穌啊，」安娜嘴唇蒼白，喃喃道。馬特維咬住鬍髭，迪瑪黑沉著臉，垂頭喪氣，躬身提著包裹，邁著大步。他們身後，追趕著成群街頭小淘氣鬼，有時候，竟然全是黑孩子，黑得跟剛擦過油的皮靴一般，鋥光發亮。這群小癟三瞪眼直勾勾地望著那些外來人的臉，跳著，笑著，其中有一個年齡稍大的小壞蛋，竟然向迪瑪擲過來一塊咬剩下來的果子。

　　「唉，這簡直叫人難以忍耐，」迪瑪把包裹放在地上，說：「你聽我說，別爾科……」

　　「鮑爾克先生，」猶太人糾正他。

　　「怎麼，鮑爾克先生，你們這裡員警是幹什麼吃的，治安是怎麼搞的？」

　　「您找員警幹嘛？」猶太人有點不快地說。「為什麼這點小事我們還要打擾員警？這裡不是那種地方，動不動就喊員警。……」

　　「不錯，這就是所謂自由，」迪瑪無限懊惱地說，「朝人家臉上投剩果子，是自由……哼，既然這裡的自由是這麼著，那麼，聽著，馬特維，把這個……把這個千刀萬剮的小傢伙，給我狠狠地踹他一腳，那時，他們就不再找荏了。」

「啊，請不要這樣，」鮑爾克先生說，他的名字前面，現在總要加個「先生」。「我們快到了，很近了。他們這般小鬼是因為……怎麼跟你們說好呢……可能他們看見你們不大順眼：穿得那麼破，毛茸茸的，不刮臉大老爺兒們。我那裡附近有一個理髮匠……嗐，他叫你們花最少的錢，會把你們修飾一新……他可是全紐約最廉價的理髮師啊。」

「我要告訴您，這是一種好聽的自由——讓它見鬼去吧。」迪瑪說著，一邊氣衝衝地把包裹揹在背上。

碰巧這會兒，又有一塊香蕉皮飛到迪瑪身上。只好忍耐，向前走吧。不過，沒走多遠，鮑爾克先生便停下來腳步。

「喂，請吧，現在我們上這個樓梯吧……」

「我想知道，我們這是朝哪兒去呀？」迪瑪說。一點兒不錯，這梯子是從街上通到上面的——一直通他們頭頂上半空中高架鋼板上的。

「啊，我們要坐一段火車。」

「我不去，」迪瑪堅決地說，「上帝造人，就是讓他在地上行走的。在該死的海上航行那麼久，已經把人折騰得夠受了。這會兒又要學喜鵲那樣，在空中去飛。帶我們步行吧。」

「唉，唉！」鮑爾克先生不耐煩地說。「你們叫我怎麼辦好呢？走吧，求你們啦！」

「不走！」迪瑪果斷地說，他扭過臉又對馬特維和安娜說，「你們也別去！」猶太人匆匆忙忙地跟他兒子說了句什麼，那年輕人只是笑了笑，隨後，鮑爾克先生轉過身來，對迪瑪說，口氣很硬：

「好吧，既然你這人這麼倔強，總是照自己的意思辦事……那就請便吧，想去哪裡就去哪裡吧。我自個兒上火車，隨便你們去哪兒吧。……約翰，把行李交給那位小姐。每個人都可以走自己的路。」

約翰微微一笑，但不急於把行李交給安娜。馬特維拉一拉迪瑪的手，說：

「嘻，那有什麼！走吧。」

「求您，咱們走吧，」安娜膽怯地說。

「哈！有什麼辦法！在這種地方，看來，幹什麼都得順著人家。」迪瑪回答說，又把包袱扛到肩上，悻悻然上了樓梯。

在頭一個轉彎處，一個美國人漠然地坐在辦事處門口。猶太人給他一塊硬幣，他便給猶太人五張票。鮑爾克把這五張票塞進一個玻璃匣子裡，他們便向上升起來，來到一個平臺上。

火車還沒來。那月臺跟三層樓一般高。下面走著行人，跑著運貨大卡車；還有叮叮噹噹響的有軌馬車，穿梭來往。頭頂，藍天上飄著雲彩，白白的，亮亮的，完全跟我們那裡的一模一樣。馬特維想到：「你瞧，大地上、海面上，雲彩在飛，掠過洛津村，窺探著洛津河明亮的河水，巡視著洛津的房舍、田野；俯瞰著從這塊地到那塊田趕著雙套馬車的人們。洛津的鄉親，有誰會想到；這會兒，有兩個人孤零零地正站在外國一個城市裡，他們現在正受到揶揄和嘲弄，難道他們不是基督徒，好像到這裡來專門叫人取笑似的。……他們不是站在地上，也不是站在山上，正要坐上機器在空中飛馳。」「老天爺，」安娜這陣兒也在想，「哎喲，車要是翻了，那麼，大家會和這機車一塊兒飛著下去，直摔到石板街面上！耶穌神啊，聖母瑪麗呀，聖約瑟啊！上蒼保佑。」迪瑪呢，兩眼瞪著，咬住長鬍髭。

這時候，鋼軌遠處，出現了一個圓形物，在滾動，在長大，在走近，鋼軌轟轟價響，腳下大地在震動，於是，月臺前，立時飛過來一列火車。……那火車發出刺耳的尖叫聲，停了下來，車門打開了——於是，幾十上百的人們，匆匆忙忙地下了車，打我們洛津老鄉身邊過去。接著，他們上了火車，找好空位坐下，火車馬上全速開動，簡直是飛的一般，只見兩旁房屋的窗口一閃而

過……

　　馬特維閉上了眼睛。安娜在頭巾下面劃十字，嘴裡喃喃祈禱。迪瑪用探詢的目光環視四周。他想，這些坐在車廂裡的美國人，也將會盯住他們的帽子和長袍，向他們擲香蕉皮吧。可是，看來，這些美國人挺正經的：誰也不瞅他們，誰也不恥笑他們。迪瑪對此感到高興，心慢慢安然了。……

　　火車又停了下來。我們的洛津人順利地走出火車，又沿著梯子下到大街上……

七

　　鮑爾克先生的客棧，和我們俄國的客棧風格完全不同。我們的，比如說，沃倫、莫吉廖夫、或是波列斯等地的客棧吧，要好得多了：房子不高，但很長很大；白牆上，立著寬闊的黑漆大門，看起來又親切，又舒心，馬走到這裡情不由己地向它們轉過身去。進了大門，就是有蓋的棚舍，上面高高地鋪著草蓬；樑橼中間，飛著成群的小雀兒，鴿子在附近咕咕地叫，它們到底在哪裡叫，──你也看不見。……旁邊，有一口帶轆轤的水井，餵馬的「水槽」，還有雞呀，羊呀，牛呀，空中彌漫馬汗味，焦油味，和乾草的香味……一想起來，心頭就感到快意、美滋滋的。

　　要知道，馬特維和迪瑪在當地老家被認為是老成持重的人，他們懂得，怎樣處人。他們不止一次地不管到哪裡：在集市上，在節假日，路過小鎮上，或在大路旁的小酒館裡，碰見再多的人，一點也不慌頭。可不是嗎，他們每個人都瞭解自己，知道該怎麼辦。比如說吧，常常，一個人把馬拴好，從大車上給馬灑些草料，或者給馬嘴上繫上草料袋，然後，把鞭子別在腰袋上，他這麼著，用意很明顯，就是叫別人看起來，他不是個二溜子，也不是浪跡天涯的流浪漢，而是一個有自己的牲口和大車的真正小

地主；然後，走進小屋，坐在凳子上等著，看什麼時候桌旁騰出空位。這當兒，他舉目環視眾人，馬上看出來，迎面來的是什麼人，於是，立刻打招呼，開始適當的談話：一種話頭是跟農民唸叨的，再一種話頭是跟自己哥兒們──獨院小地主或小市民攀談的，第三種話頭是跟地主的管家敘說的。不用說，他們也明白自己的身份：如果桌旁大搖大擺地坐著一個過路的老爺，那當然，他們就耐心等待，儘管空位有的是。總而言之，他們總是睜開大眼看世界、闖天下──他們瞭解自己，也瞭解別人；因而，他們從平起平坐的人們那兒得到的是熱情與尊重；碰到驕傲自大的人，他們躲得遠遠的；不錯，有時候也難免跟貴族老爺發生點什麼不愉快的事兒，但這不常有。

可現在呢，他們一下子變成了真正的瞎子。他們不是像過去朝聖那樣，一步一步走到這裡；也不是坐車來到這裡；而是從空中飛過來的。鮑爾克先生的客棧也不像個客棧，簡直就是一個大屋子。裡邊黑黢黢的，怪彆扭的。鮑爾克拿鑰匙打開房門，他們上了樓。他們進了一個窄巴的穿堂，那裡有幾個門兒。我們的洛津老鄉，照著鮑爾克的指點，走進一個門兒，站在門口，把包裹放在地上，脫下帽子，東張西望地打量著。

房間又寬又大。裡面有幾張床，床很寬，上面擺著白色枕頭。有一處，床旁邊，立著一張小桌；另外幾處，放著幾把椅子。有一堵牆，上面掛著一張大畫，畫的是「自由」女神舉起火炬的模樣，旁邊，有幾張石印畫，印著五支燭臺和猶大碑碣經文。這種石印畫，馬特維在沃倫老家見過；他想，可能是鮑爾克從家鄉帶到美國來的。

窗子開著，可以看見外面有一條沿街的空中鐵路，他們就是坐那趟火車來的。再遠一點，現出了一個火車頭的外殼，那車頭越近越大，洛津人看著它心裡只發慌。叮噹聲、隆隆聲越來越近，他們覺得，那火車馬上會闖進房間裡來。可是，正當這個時

候，突然一陣涼風掠過視窗，就在跟前，極近極近，好像有一堵帶窗的牆從相反的方向飛騰而過；這是迎面而來的另一列火車。列車的視窗，晃動著人頭，帽子，面孔，裡面還有些黑人，黑得跟煤煙似的。過了幾秒鐘，一切聲音都消失了；火車遠去了，變小了，拐彎不見了；可是，這時候，先前那趟火車反而大起來，過了一會兒，也從窗前奔馳而去。團團蒸氣，縷縷黑煙，像散開的綢帶一般，飄過窗口；甚至，還有幾縷，直沖房內……

「一息尚存，蒼天保佑！」馬特維一邊說，一邊心驚膽顫地畫十字。只有當兩列火車完全不見了，他才定下心來好好地觀察一下這新的住處。

房間裡約莫有十來張床，可房客只有一個。至於這位先生的身份，洛津人還不能分辨出來。他身上穿的，是「城市打扮」，和鮑爾克一樣：淺色方格短褲，又大又重的繫帶淺口皮鞋，漿硬的襯衣，和淺色西裝上衣。他躺在床上，用一大張報紙蓋著臉；他把報紙露出一個角兒，好奇地看著新來的客人。從外表看，這個人是一個真正的「老爺」；如果是在家鄉，迪瑪一定過來向他深深鞠躬，並且會說：

「請原諒……也許，這是那猶太人領錯地方了，把我們帶到這裡來。」

無論如何，洛津人總認為，他們面前的這人一定是個美國老爺或什麼長官。不過，鮑爾克先生把安娜送到樓上，很快從旋轉樓梯上下來了，他把兩位洛津老鄉帶到跟那位大老爺緊挨著的床邊。

「瞧，這張床，」他說，「每週要兩塊美元。」

「鮑爾克先生，我跟你說，」迪瑪小心地低聲對他說，「瞧，我們能行嗎？」

「嘿，」鮑爾克先生有點生氣地回答，「一個禮拜兩塊錢還要咋的？也許，你以為，要你一個人掏？不，是兩個人的。還管

飯……」

「隨你吧，」迪瑪又喃喃地答道，「如果你不能再便宜一點兒。不過，不會叫這位先生不高興吧？反正，我們是普通人出身……」

鮑爾克只是撇嘴噓了一聲，作為回答。接著，他以毫不掩飾的輕蔑瞧著那美國佬兒，說：「呸！關於這一點，你們請放心。這裡的情況，完全不像你們想像的那樣。這裡講「自由」；大家人人平等，只要為自己付錢。你們要知道，我還要告訴你們；你們說，你們是普通人，可我更看重你們……因為，我認為，你們在我這裡——是顧主。這是顯而易見的。那位是一個混飯吃的騙子，要不是《坦慕尼》² 協會替他付錢，我早就不讓他在這裡呆了。嘿，這管我什麼事！他們的『老闆』錢多得很，我每週從那裡照領不誤。」

迪瑪一聽這話，馬上就明白他在這裡看到的新情況，於是，他琢磨一下，但並未全懂鮑爾克說的話，瞟了一眼床上躺的那位先生，說：

「鮑爾克先生，你說話我明白了，這個人不是什麼老爺，而是一個遊手好閒的懶漢，就像我們那裡集市上常見的那種人。別看他戴著像樣的帽子，穿著白襯衣，繫著領帶……稍不注意，就有人錢包少了好些錢……」

鮑爾克笑了笑。

「嗯，你老是搞錯，說得不對頭，」他一邊說，一邊捋捋鬍子。「不是這樣。說到錢包，您蠻可以不必擔心。這不是他幹的行當。我是說，每個人都應當找正式的、誠實的工作幹。有人要出賣自己的選票……是真正的選票也還罷了……但有人把選票賣

2　坦慕尼協會（Tammany-hall）——美國民主黨在紐約市的中心組織，實力很強。

給坦慕尼協會，為了錢，幹賄選的事兒，我認為這就不地道，不是正派人。」

他歎了一口氣，接著說：

「我在這裡開這個店，是正正經經的工作。唏，有什麼辦法！生意破產了，租房快到期了。只得守著一些破爛兒在貧困中掙扎罷啦。」

迪瑪並沒有完全弄懂，選票怎麼能買賣，哪怕是真的；是誰需要這種選票；他發現自己又搞錯了，因而感到很惱火──不過，他故作姿態，裝出他明白一切，很懂的樣子，大聲說：

「既然這樣，那很好。馬特維，把包裹放在這兒。真的！要知道，我們的錢並沒有缺口呀。讓這裡的『自由』見鬼去吧！」

他又開兩腿，坐在自己的床上，臉對著那個美國人。馬特維有點怯氣，害怕那美國人不高興。可是，那美國人顯見得是一個單純、隨和的小夥子。當他聽見，他們談話中提到坦慕尼協會，他便放下報紙，坐到床上，善意地露出微笑；有一陣兒，他倆，還有迪瑪，坐在那裡，乾瞪著眼，互相望著。

「Good day（你好）！」美國人首先開腔說，拍了一下迪瑪的膝蓋。

迪瑪回過來也拍了他一下，連想沒想，順口答道：

「Yes（好）。」

「Tammany-hall，」美國人滿臉堆笑，熱情地說，「Very well！」

「Вэрц-у（very well），」迪瑪點頭說，他這話的意思是：「很好……喂，你這位先生！請你教教我，怎麼把自己的選票賣給這個魔障──坦慕尼協會，叫它供你吃喝，白養活你。」

「Well！」那美國人哈哈大笑說。

「Yes，」迪瑪也笑道。

那愛爾蘭裔的美國人又一次擠眉弄眼，拍拍迪瑪的膝蓋；看

起來，他們很快就成為好朋友了。

八

馬特維對迪瑪感到驚奇：他想，「這個人真有本事」；不過，他自己坐在床上，低著頭發愁，心裡想道：

「人是到了美國……可現在該怎麼辦呢？」

實話實說──美國這裡的一切，馬特維都不喜歡。迪瑪也不喜歡。自打他們從碼頭上了大街，他一直氣呼呼的。然而，馬特維心裡有數，知道迪瑪這個人性格隨和：今天他對某某人不高興，說不定，明天就同他成了頂要好的朋友。瞧他這會兒，笑眯眯的，正在找話談心，眼睛含笑地望著那美國人。馬特維心煩氣悶，很不痛快。

是啊，現在到了美國！昨天夜裡，這個美國還像一大片雲彩似的，橫臥在他面前；並且他不知道，當這片雲彩散開之後，將會出現什麼景象……但是，他仍然翹盼美好、奇妙的現象出現……「說實在的，」他想道，「人活在世上，總想改變現狀，出現新的情況；如果事先知道，情況是這樣的；那麼，寧願一輩子守在洛津老家過貧困日子。」現在雲彩散開了，美國看見了；但姐姐不見了，以前睡思夢想的那個美國消失了──他在靜靜的洛津河畔多麼深情地想它啊；當輪船在大海航行時，看見船在浪頭顛簸搖晃，聽著大洋唱著隱隱約約的歌，高空的浮雲隨風飄蕩，時而從美洲大陸飄到歐洲，時而又飄回到美洲，……此時此刻，他是多麼地癡心地憧憬著美國喲……他心底泛起過去的渺渺思緒，那時還在遙遠的故鄉，他幻想著在海外將是什麼樣子，他將如何在那裡探尋新的幸福……

在這塊競爭激烈、戰鬥方酣的土地上，現在就去尋求這個幸福吧。這裡的人，瘋子似的，在地上，在地下，甚而──上帝饒

恕他們——在高空，飛一般地奔忙。……這裡的一切，顯然跟我們那裡都不一樣；這裡的人，很難分清他們的身份、職業；這裡人說話，很不容易一下子弄清楚它的意思；這裡基督徒（好人）走路，經常有一大群孩子跟在後面跑，就像我們那裡孩子們追趕土耳其人那樣。……

「喂，迪瑪，」馬特維擺脫掉惱人的思緒，對迪瑪說，「我們得趕快給奧西普寫信。在這裡只有他是親人了。讓他給我們出主意，怎麼去找姐姐（如果她還沒到他那裡的話），還有，我們現在該怎麼辦。」

「沒有別的法子，只好這麼做了。」迪瑪答。

他們向鮑爾克要來筆和墨水，坐在窗前，寫起信來。信是迪瑪寫的。他的手不習慣捏這麼小的玩藝兒（鋼筆），所以，寫了好長時間。

信寫完了，迪瑪擦擦額頭上的汗，突然，目瞪口呆地楞在那裡了。馬特維也回頭一看——高興得心臟彷彿要停止跳動。

房間裡正站著一位年長的太太，披一件舊的絲綢斗篷，戴一頂綴著黃花的老式女帽，手裡提著一個包。此外，她手裡還牽著一條白毛小狗，那狗四下裡轉圈走動著，聞來聞去。

「是我們那裡的人，」迪瑪對馬特維小聲說。

果然，太太在門口找張椅子坐下來，喘了口氣，開言道：

「這個鬼地方，該死的城市，可惡的人群。喂，請你們告訴我，為什麼要到這裡來呢？」

我們的洛津人，聽見有人說家鄉話，真是喜出望外，他們急忙撲到太太身邊，差一點碰著頭，吻他的手。

看來，太太很喜歡這一套。她坐在椅子上，並不忙著把手抽回來。她凝望著洛津老鄉，不停地對他們點頭致意。

「波多利斯人，還是從沃倫來的？」

「是洛津人，尊敬的太太。」

「洛津來的！好啊！準備到哪兒去呀？」

「明尼蘇達州有我們的親友。」

「明尼蘇達呀！知道，知道。那裡有沼澤地，森林，蚊子，森林火災，印第安人⋯⋯嘻，人呀，人呀！你們到美國來幹什麼？呆在洛津老家哪裡不好⋯⋯」

「這話兒，別看，說得很對，」馬特維心裡這麼想。可迪瑪卻說：

「魚向深淵遊，人——向高處走。」

「原來如此⋯⋯可是，這麼著，魚會掉進網裡，人到美國會⋯⋯太糊塗了。不過，這不干我的事兒。老闆在哪兒呢？⋯⋯啊，別爾克來了。」

「鮑爾克先生，」猶太人進屋來，糾正她的話。

「喂，別爾克先生，」太太說。洛津人看出來，她有點不耐煩了。「請你告訴我，對不起，我忘了！算你有理，」『尊貴的』鮑爾克先生！在這個該死的地方，人人都稱『先生』，不管你是什麼人，猶太人也好，下等人也好，老爺也好，上下不分⋯⋯瞧，這幾位（她用手指指洛津老鄉），明天一脫掉烏克蘭長袍，就會忘乎所以，也要求別人，稱呼他們為『先生』了。」

「這是他們的事兒。人人都該照自己的意願料理自己的事情，」鮑爾克慢條斯理地說；然後，捋捋鬍子，又接著說：「我能為您幹點什麼，找我有什麼事兒？」

「對了，」太太說，「在這個美國，誰也別想著自己的親友⋯⋯每個人想的只有自己，至於別人——哪怕他立時死了，或是將來完蛋了，沒人去管⋯⋯啊，我是為這事兒來的：我聽說，你這裡來了一個我們那裡的姑娘。請原諒，鮑爾克先生⋯⋯能不能把這位年輕的外來女士——我們的農村姑娘，請過來見見？」

「喂，您要怎的，艾尼小姐？⋯⋯」

「看來，你自己要干涉別人的私事了？別爾克先生。」

　　鮑爾克聳聳肩膀，過了一小會兒，安娜便從樓上下來了。老太太把眼鏡架在鼻樑上，把這姑娘從頭到腳打量一番。兩個洛津人也定睛凝視這姑娘。他們覺得，太太對這姑娘的一切會滿意的；安娜驚慌失措的臉，淚珠滾動的眼，結實的身段，還有，她用裙邊擦手的姿勢。

　　「你會打掃房間嗎？」太太問。

　　「會，」安娜答……

　　「會做飯嗎？」

　　「我常做飯。」

　　「會不會洗衣服，熨襯衣，添油燈，因為我討厭這裡的瓦斯；會不會生茶炊，或者，煮咖啡……」

　　「是的，您老人家，我都會。」

　　「你是來這裡打工的嗎？」

　　「那還用說？」姑娘說話的聲音極低。

　　「為什麼我要問，來這裡幹什麼？……也許，你來這裡，是打算嫁給總統呢……不過，親愛的，他已結婚了……」

　　安娜長長的睫毛底下，湧出了兩大滴淚珠，滾到白圍裙上，那圍裙一直在她手裡揉搓著。馬特維覺得這姑娘怪可憐的，便說：

　　「您老，她呀，是個孤女。……」

　　迪瑪補充一句，說：

　　「她父親死在船上了。」

　　「一廂情願，聰明誤事！」太太泰然道。「有多少傻瓜，像蒼蠅一樣，飛到這塊蜜餞上……啊，好吧。我沒工夫。你既然到這裡為找活幹，那麼，我從明天起就雇傭你。這位鮑爾克先生知道我的住處，他會指給你……這幾位——是你的親戚？」

　　「不是，尊敬的太太，不過……」

　　馬特維看見，姑娘受驚嚇的目光落在他身上，目光裡含著恐

懼和疑問。

「不要說什麼『不過』，我不容你交什麼男友，或什麼表兄弟。我事先告訴你：我很嚴厲。就是為了這個，不要美國姑娘做廚娘，我才要你。瑞典姑娘也是爛貨……聽清了嗎？喂，這會兒再見吧，有護照吧？」

「有……」

「行，行。」

太太站起來，傲慢地點點頭，走出房間。

「是我們那邊的人！」馬特維說，深深地歎了一口氣。

「看來，這裡的情況，和世界上到處別的地方是一樣的，」迪瑪接下去說了一句。

安娜悄悄地用圍裙擦了擦眼淚。

猶太人帶著惋惜的神情，望著姑娘說：

「喂，艾尼小姐，您哭什麼？我乾脆告訴您：這事兒成不了，沒什麼值得哭的……」

「怎麼成不了？」思索一番，反駁道，儘管他也覺得，確實不值得到美國來，以致於落這麼一個嚴厲的太太手裡。看來，興許會可憐可憐這個孤兒……不過，這個洛津人心裡還摻雜著一種別的感情。「我們那裡的太太，她是我們那裡的，」他對自己說，「儘管她很嚴厲，終究還是自己人，她不會讓這姑娘失落，也不會寵她……」

「呃，為什麼成不了？」他重複了一下自己的疑問。

「哈！既然艾尼小姐到這裡是為尋求幸福而來，那麼，照我說，就該到別處找活幹。我對這位太太很瞭解：她喜歡別人給她多幹活，而她卻付最少的錢。」

「嗐，鮑爾克先生，世界上哪個人不喜歡這麼做呢？」馬特維歎口氣說。

「嗯，說得對，不過，這裡的人都喜歡多掙點，少幹點。也

許，您的想法不同，那麼，我鮑爾克先生只好閉嘴……這不關我的事兒。……」

鮑爾克從座位上站起身來，穿好衣服，馬上就出門，上街去了。

他是一個正派的猶太人，但運氣不好，他的事業經營得不夠好。他的客房來住的人不多，隔壁的小賣部營業不佳。女兒以前在工廠上班，兒子在一個職業學校讀書；可是，工廠倒閉了，鮑爾克先生本人換過三種職業，現在又正在考慮幹第四種。別說這個。只說在美國，人們確實不喜歡干預別人的事務，所以，鮑爾克先生不再給洛津人多說什麼。只說，眼前艾尼小姐可以幫女兒幹點家務活兒，他不收她的住宿費用。

「我們再等等也好，孩子，」馬特維說，「再說，洛津斯基很快就有回信，那時，或許，你會在鄉下找到活幹。」

「但願如此，」姑娘和迪瑪齊聲說。

「那麼，現在，」馬特維補充道，「迪瑪，寫地址吧。」

但是，突然發現一個意外情況，叫洛津人心涼半截、血管凝縮了。事情是這樣的；寫著位址的那張紙條，原來保存在馬特維裝煙絲的荷包裡。眼見得，磨來磨去，紙條上的鉛筆字就磨得看不清了。頭一個字還能看見，是明尼蘇達州，下邊一點也不行了。起初，馬特維把這個紙團反覆地瞧來瞧去，後來，迪瑪看，再後來，叫來鮑爾克的女兒，問她能猜出來點什麼，最後，把迪瑪新認識的朋友愛爾蘭人叫過來參加辨認——可是，連他在這張紙條上也看不出任何名堂。

「現在該怎麼辦呢？」馬特維懊喪地說。

迪瑪氣呼呼地望著他，帶著十分責備的神情；同時，用手指敲著自己的額頭。馬特維明白，迪瑪不好意思當著眾人的面罵他。他僅僅表示出，他對馬特維笨頭笨腦的想法。在另外的場合，也許馬特維會說點什麼；不過，他這時深深感到，由於他個

人的錯誤，他們三個人都完了——於是，只好默不做聲。

「唉！」迪瑪煩得抓耳撓腮。馬特維也直搔腦袋；可是，那個愛爾蘭人，看來，是個有見地的、果斷的人，抓起信封，在上面寫道：「明尼蘇達，來自俄羅斯的農場工人，約瑟夫·洛津斯基」，並說：

「Allright（就是這樣）。」

「他說的對：OllPai，」迪瑪大喜，就是說，信能寄到。

「謝天謝地，真是神靈顯聖。」馬特維說。

並且，那個愛爾蘭人，還表示願意跟迪瑪一塊出去送信。他們出去的時候，——那個愛爾蘭人戴上圓頂禮帽，手裡拿起文明手杖；迪瑪呢，穿著他的烏克蘭長袍，戴著羊皮帽子；這叫馬特維覺得，他們倆人有點怪模怪樣，恰如在夢境中一般。特別是，愛爾蘭人邁過門檻的時候，彎著腰，讓迪瑪先出去的模樣。迪瑪也弓起腰，讓愛爾蘭人先走。然後，他們一起抬步，可迪瑪盡可能地走在前頭。愛爾蘭人，狠狠地拍了一下他的肩膀，哈哈大笑起來……迪瑪神氣十足地朝著馬特維這邊望望。

九

這天是星期五，午飯後。

馬特維在等迪瑪，可迪瑪同愛爾蘭人一塊出去，好久不見回來。馬特維坐在窗前，向外眺望，只見大街上人群熙來攘往；巨形帶篷卡車，有房子那般大，跑來跑去；火車也在奔馳。天上，屋頂上空高懸著星星。羅莎那姑娘——鮑爾克的女兒，在隔壁房間擺好桌子，鋪上白桌布；在潔淨的燭臺上插好蠟燭；又放上兩大塊麵包，用白毛巾蓋好。

看到她這些準備，馬特維心頭突然有一種親切的感覺，油然而生。他想起來了，今天是星期五了，在他的故鄉，猶太人也是

如此這般做準備，去迎接星期六節日的。

真是的，鮑爾克不久就從猶太教堂回來了，態度嚴肅，不言不語，馬特維覺得他顯得很犯愁的樣子。他站在桌前，輕輕搖晃著身子，嘴裡念念有詞，兩眼緊閉，在祈禱。這時，從窗外街頭飛來一陣喧鬧聲和轟隆聲；第三個房間裡傳來了年輕人約翰的笑聲，他剛從「學校」回來，正在給姐姐和安娜講什麼有趣的事兒。那姑娘聽到父親一聲呼喚，馬上跑進房來，給他端來洗手水。他洗洗手臂，又洗洗手指，把水灑灑，喃喃地念起祈禱詞來；姑娘呢，顯然想起了什麼可笑的事兒，兩眼瞅著弟弟。弟弟走到桌邊，轉動著腳跟，等著。接下來，兩人便坐下了。青年人繼續快活地談他們的。只有鮑爾克一人，時不時地，在喁喁自言自語；他一面嘰咕，一面切蔥頭或麵包，並且常常深深歎氣。

洛津人望著這猶太人，心裡想念起故鄉。故鄉過安息日可不是這樣——他心裡暗想。於是故鄉的情景栩栩如生地浮現腦海中。逐漸冥茫的森林上空，閃爍著薄暮的星光，小鎮慢慢沉寂下來，猶太人的房舍的煙囪已不再有炊煙繚繞了。這會兒，猶太教堂裡燈火輝煌，小茅屋的視窗也現出昏黃的燭光，猶太人安安穩穩地各自回家去了，街頭的人聲和腳步聲停息了；不過，從每個視窗都可以望見，家裡的主人，正在向團團圍坐桌前的全家人祝福。這時候，戶戶房門大開，為了讓亞伯拉罕·雅各 [3] 以及別的族長們 [4] 能夠隱蔽地從一個簡陋的茅屋小戶人家到另一家，並且，能走進大戶人家。熟識的猶太人，告訴馬特維，此時此刻，天使和亞伯拉罕在這裡行走；而化成烏鴉的魔鬼，只得在房頂上盤旋，不敢靠近門口一步。

3　亞伯拉罕·雅各——聖經故事中，猶太人的祖先。
4　族長——舊的傳說中的「族長」，是指雅各的兒子。他共有十二個兒子。
　　每人各為十二族中本族的祖先。

　　不用說，馬特維根據自己的生活習慣，覺得這些亂七八糟的事兒十分可笑；基督徒也虔敬的亞伯拉罕，完全沒有必要到猶太異教徒的骯髒小茅舍裡去！現在，他為鮑爾克感到羞侮，那些有牢固信仰的這裡的猶太人，竟然忘記了自己的風俗習慣……那幾個年輕人匆匆忙忙吃過晚飯，又跑到另一間房中去了；鮑爾克剩下一人在這裡了。眼睜睜地看著這位猶太人的孤獨、憂鬱的身影，心裡覺得十分難受。

　　鮑爾克先生彷彿猜透了洛津斯基的心思，從桌前站起身走過來，跟他並排坐下。

　　「我看，鮑爾克先生，」馬特維轉臉對他說，「你的孩子不大尊重你們的節日啊？」

　　「啊！您想知道嗎，我要跟你說什麼？美國——是這樣一個地方……這個地方，好比一盤好磨，它能把人磨成粉。」

　　「看起來，這裡的人不很愛見你們的信仰嘍？」馬特維用教訓的口吻說。

　　「嘻，你說的完全不對頭。要是你樂意，我可以領你到我們教堂裡看看。……您會看到，我們有多麼好一個教堂。我們的拉比[5]受到的尊敬，一點不比神差。有時，人們請他出來參加評議，那時，他和主教平起平坐，談論風生……哦，那樣親熱，就像堂兄弟似的。」

　　「您反正要拋掉自己的信仰吧？」洛津人又說。他沒法相信；怎能把拉比和神甫比成一樣呢？

　　「啊，很難跟您說清楚。您瞧，美國是一個很鬼的國度，它不干涉任何信仰。可別這麼想！美國這個地方能夠感化人。當一個人被改造成另一個人，那麼，他的信仰也就變成了另一種信

────────────

5　拉比（Rabbin）——猶太教內負責教規、教律和主持宗教儀式的人。其職責類似東正教的神甫、基督教的教士。

仰。明白嗎？那麼，好吧，我換個方式跟您解釋一下。說的是，我的女兒從學校畢了業，正好這時候，我的事業搞得很糟。於是，有人跟我講，教你的女兒進工廠吧。工資每週十美元，學徒滿了——工資每週會漲到十二美元。喂，你怎麼看呢！這等於每週二十四盧布呀，——錢不少吧？」

「錢可真夠多的，」馬特維接著說，「這個數目在我們那裡，一個工人得掙好長時間，從聖母節 6 直到復活節……不過，東家得管飯。」

「那好。她去工廠裡找到老闆貝爾克利先生。老闆說：「好吧。猶太女孩幹活並不比別人差。我可以要這個猶太女孩。不過，禮拜六我不能叫我的機床閑著。不幹不給錢。你禮拜六也得來上工……」

「後來呢？」

「後來麼……我說：我哪怕餓死，或者到街頭賣火柴、要飯，我也不許我的女兒壞了過聖禮拜六的規矩。好啦。這時候，有一位莫澤茲先生到我們這裡來了。當然你不瞭解莫澤茲先生是哪個。他是路易斯維爾那裡的一個猶太人。他這人，腦子跟火一般亮堂，舌頭跟錘子一般硬邦。他在路易斯維爾教育、感化所以當地的猶太人，又到了別的城市。我們大家都聚集到猶太教堂裡，聽他講道，他說：「我聽說，你們中間有好多人窮得要命，快餓死了，也不肯破壞禮拜六。」我們說，「是呀，是真的。禮拜六是神聖的呀！禮拜六是聖母日，以色列之光！」可他說：「你們就像一個出門旅行的人，事先倒騎在驢後背上，抓著尾巴。你們也是那樣，只管向後看，不朝前看。所以，總是落入陷阱。如果你們好好回顧一下過去，那時，你們可能明白，該向哪裡走。歷史告訴我們，過去異教徒大肆殺戮以色列的子孫——事

6　聖母節——指東正教的聖母帡幪日（俄曆 10 月 1 日）。

情發生在麥加附近，你們祖先像綿羊一般被殺害了，就是因為禮拜六他們不願拿起刀劍。那時，主是怎麼說的？主說：長此以往，因為禮拜六過節，我們的人民像牲口一樣被屠殺，那麼往後就沒人來慶祝禮拜六了……讓我們在禮拜六也拿起劍來，如此我們的人民就可以活下來。現在你們自己好好想想；禮拜六既然可以拿起刀劍去殺人，為什麼不能上車床幹活，這樣，可以免得餓死異鄉？」「啊！我告訴您：他真是一個很聰明的人，這個莫澤茲。」

馬特維看那個猶太人眼睛閃著光，一邊望著他的臉，一邊說：

「看來，你現在開始嚮往那裡。可我認為你是一個穩重的人。」

「嗯，」鮑爾克歎口氣說，「我們這般老頭子總能支撐著，還能沉住氣；可年輕人怎麼……啊！有什麼好說的！於是，我的女兒來找我，說：「父親，隨你的便，反正我們不能就這樣完了。我禮拜六去工廠。讓我們在禮拜天過禮拜六節吧。」

鮑爾克兩手抓著自己的長鬍鬚，目光久久地凝視著馬特維，然後說：

「您還不瞭解，美國究竟是個什麼地方！您會看到，將來你對什麼才感到興趣。莫澤茲先生把他的教堂改造成真正的以色列人大會堂，就像美國人幹的那樣。你知道嗎，他幹些什麼？他主持基督教徒和猶太人的結婚儀式！」

「你聽我說，別爾克，」馬特維說，開始生氣了，「你，好像在嘲笑我。」

但是，鮑爾克仍然一本正經地望著他，馬特維從他憂鬱的眼神中明白，他不是在開什麼玩笑。

「是啊，」他歎口氣說，「你自己以後會瞧見的。你還年輕，」他神秘地補充說，「我們這裡的年輕人早已成了改革派，

或者，更糟，成了享樂至上主義者。……約翰，約翰，你過來一下！」他叫了一聲兒子。

隔壁房間裡的笑聲和話聲聽不見了，年輕的約翰走出來，手裡玩著鏈子。羅莎好奇地從門縫裡朝這邊瞥了一眼。

「聽我說，約翰，」鮑爾克對他說，「瞧，這位洛津斯基先生批評我們說，你們為什麼不遵守祖先的信仰呢？」

約翰顯然對這個話題不大感興趣，手裡撥弄一下鏈子，說：

「怎麼，這位先生也是猶太人嗎？」

馬特維挺起身子。要是在老家，很可能，他要狠狠地教訓教訓這個乳臭小兒，他竟敢說出這樣侮辱人的話；可是，這會兒，他只好說：

「我是基督徒，祖輩、父輩都是基督徒——東正教徒……」

「All right（好）！」年輕的約翰說，「那麼著，你對我說：猶太人還有救嗎？」

馬特維尋思一下，有點著慌，然後說：

「青年人，我是憑良心對你說話：我不認為……

「Well（好）！為什麼你想教我保持著老一代的信仰，我的靈魂為這種信仰會毀掉的……」

他見馬特維好久答不出話來——便轉身走了，又到妹妹那邊去了。

「嘿！您怎麼看？」鮑爾克問，用犀利的眼光盯著洛津斯基。「他們這般青年人很會辯解。您信麼，對你的每一句話，他馬上就強嘴答上來，叫你的舌頭翻不過個來。照我們看來，一個人最好的信仰，就是生下來繼承父輩和祖輩的信仰。我們這些傻老頭子，都是這樣想的。」

「可不是麼，」馬特維答，高興起來。

「喂，知道麼，他們對這點是怎麼說的？」

「怎麼？」

「嗯，他們這樣說：如此看來，世上可以存在很多好的信仰，因為，你們的祖先按照你們那一套去信……怎麼著？哼？我們的祖先──我們那一套。下邊又是怎麼說的？下邊接著說：什麼是最好的信仰？最好的信仰，是人民按照自己的思想進行選擇的……這就是他們那些青年人的說法……」

「讓他們這些人馬上完蛋！」馬特維說，「他們的意思是，有多少人，就該有多少信仰唄。」

「您以為怎樣──這裡這種人還少嗎？不管到哪裡──不管哪個大街上，都是他們這號人群（會眾）[7]不信，你禮拜日特意去布魯克林一趟看看，那麼，您會大笑一場的……」

「笑？在教堂裡？」

「是呀！他們一面祈禱，一面嬉笑，一面聊天，談私事兒……接著，再去祈禱……我跟您說──美國就是這種地方……您以後自己會瞧見的……」

這兩個人──老猶太和年輕的洛津人，這天晚上坐在一塊兒談了很久；談論的內容是美國人們的信仰問題。隔壁那間屋裡，年輕人也談興正濃、開心大笑；戶外傳來了這座大城市轟轟隆隆的喧囂聲。

城市在轟鳴。洛津斯基祈禱完上帝，早早上床睡下了；他堵著耳朵，免得聽見這種可怕的、沉重的喧囂聲。他努力忘掉這一切，只想著：將來找到奧西普以後，並且和他一起在農村安了家，那時候該怎麼的……

---

7 會眾──這裡是英語 congregation 的俄語音譯。指教堂中舉行會議的會眾，或指某教區全體教徒大會。

　　他把奧西普所在的農村，想像成福地、樂土，看成第二故鄉。這裡對他極為珍貴，就如同老家一樣。這種想法，他們在洛津時似乎就模模糊糊這樣感覺來著。與這個美國農村相比，洛津故鄉顯得既貧窮又簡陋；他們才千里迢迢遠渡重洋，他們看到了汪洋大海，他們心懷朦朧的幻想；就是為了尋求這個農村。

　　他想像著，這裡的一切和過去一樣，只是，更加美好……

　　他想像著，這裡的人民也是一樣，只是更和善些。他想像著，農民和故鄉的一樣，也穿著那種長袍；不過，他們更像老一代的洛津人，沒有忘掉自己舊的風俗習慣，穿的長袍要瘦些，乾淨些；孩子們健康一些，都在學校裡上學；他想像著，這裡的土地要多些，農業生產和我們那裡不大相同；只不過這裡的馬匹更壯些、更肥些；犁耕地更寬些，更深些，牛成桶成桶地產奶，量多一些……

　　他想像著，村落也是那樣，只是更大一些，街道更寬些，更清潔一些；農舍也大一些，更亮一些，房頂蓋的不是茅草，而是薄板……可能，房頂也蓋草，而是比較新鮮的草。每家房屋旁邊，想必都有一個小花園；在村口，有一個和藹可親的美國猶太人開的小酒館；那裡每天黃昏都響起低音管弦樂曲，還有小提琴在細聲伴奏；春天溫暖的夜晚，舞步聲和歌聲頻頻傳來，直到破曉，——所有這些，宛如古時洛津村情況一樣。村莊正中間，有一所學校，離學校不遠——是一座小教堂，也許就是東正教、天主教合併會堂。

　　他想像著，村裡的姑娘和小夥子，也和安娜一樣，只不過穿得乾淨些；他們的面容不像安娜似的，帶著擔驚受怕的樣子；兩眼帶笑，不是淚汪汪的。

　　一切都是這樣，只是更好。當然，村裡的領導也是那樣；村文書（管事的幹部）也一樣，只不過他更怕上帝和上級，不敢胡作非為。這裡的主子興許更善良些，他們一心一意希望看到；村

裡的普通老百姓能生活得好一些……

　　這個洛津人浮想聯翩；帶著紛亂的思緒，漸漸入睡了；他不再聽見：四圍的嘈雜聲──那嗡嗡的，不間斷的、深沉的喧囂。一列夜行火車，像樹林中勁吹的大風，又從窗下呼嘯而過，接著，窗櫺震得咯吱亂響，後來，便銷聲匿跡了──在洛津斯基看來，這彷彿又像輪船船舷外面的海洋的咆哮聲……這時他抱著枕頭，偎在床上，耳邊又響起咚咚聲、翻騰聲和轟轟聲……這是因為，地上、地下機器不停地在鳴響，鐵輪在轉動，鋼索在翻滾……

　　這天夜裡馬特維夢見，有人站在他床頭，那人個頭很大，看不見臉，不大像人樣子；他站在那裡喊叫，宛如剛才他耳邊聽見的夜風吹打海洋的響聲：

　　「傻頭傻腦的人們啊，愚昧無知的人兒喲。世上哪兒有這種農村，哪兒會有這樣的農民。也沒有這樣的老爺，更沒有這樣好的村文書（村幹部）。這裡的田野也並非如此，地裡長的東西也不是那樣，人民也不一樣。沒有你，你，馬特維．奧格洛勃利並不存在，沒有你的好友迪瑪，也沒有安娜！……以前的馬特維已經死了，迪瑪也死了，你過去的信仰完了，你的心變了樣子，靈魂變了，信仰也變了……在洛津樹林中僻靜的墳地裡，如果你的母親能從荒蕪的墓穴裡走出來，那麼，當她在這裡看見你的兒子時，她不會認孫子的……因為他們既不像你──不像父親，不像祖父，也不像曾祖……要知道，他們已成了美國人……」

　　馬特維醒來，一身大汗，坐在床上。

　　他揉揉眼睛，記不清，他在哪裡。房間裡很黑，有人在走道，有人在跺腳，有人鼻子呼哧呼哧地響，有人站在他的床邊。

　　過一會兒，突然間房內亮了，有人用火柴點著了煤氣燈。房間裡明晃晃的，可馬特維依然坐在那裡，什麼也不明白，心驚膽顫地念叨：

「一息尚存，感謝上帝。」

「喂，怎麼啦？……你怕什麼？」聽見一個熟人的口音說。這好像是迪瑪的話聲，但是，話音有點奇怪、異樣。站在馬特維床頭的那個人正是迪瑪，但又好像是另外一個人，不像迪瑪……馬特維尋思，他還在做夢吧，於是用拳頭擦擦眼睛……當他睜大眼睛，一看，房間裡更亮了……房子裡人頭攢動，他們成群結隊地剛剛回來……那是一些奇怪的人們，陌生的人們，不可知的人們，不認識的人們。他們這些人身份不明；面孔都是那樣，很難分辨，他們是好人或是壞人，叫人喜歡不喜歡。……他們呼呼地湧進房來，彷彿是一群幽靈，就是有時人在夢中會夢見的那些鬼影——悄沒聲兒地，沒有一點響動找到自己的床位。馬特維好久好久弄不明白——這些人是誰，從哪裡來，在這裡幹什麼，他在他們當中該怎麼辦……

後來，他才想起來：原來這幫傢伙都是美國人啊。這正是那些在空中飛行的人[8]，在教堂裡嬉笑的人，在拉比[9]主持下娶猶太女子的人；這是那些想選擇什麼信仰，就信仰什麼的人……這是那些一旦志同道合，馬上就改變信仰的人……

站在床頭的那個人——不是迪瑪嗎？是的，正是迪瑪，可他的模樣竟然是他夢中見的那種樣子。他匆匆忙忙脫下衣服，轉過臉去。然而迪瑪脫下來的不是自己的衣服，這一點並沒有逃過馬特維的眼睛。現在，他身上穿的已經不是白色長袍，也沒紮臨行前在鎮上買的紅腰帶，沒穿擦得油光鋥亮的長筒皮靴，紫紅布的寬大燈籠褲也沒有了。代替這一切的，是他現在換上了一件德國瘦小的夾克，這上衣，還不如一件像樣的便服，連上身也蓋不嚴實。他的脖子被漿硬了的襯衣領子高高撐起，瘦腿褲把兩條腿箍

8　指在天橋上乘坐高駕火車的人。

9　拉比（Rabbin）——猶太教神職人員，這裡指主持宗教儀式的人。

得緊緊的⋯⋯他最後脫好衣服，上床鑽進和馬特維夥用的被窩裡——這時，馬特維連忙躲開，因為，迪瑪的面孔變得十分陌生。頭髮剪得那樣短，一綹頭髮耷拉到前額上，鬍子只剩下嘴唇上一撮毛，長鬍變成了狹長的美國小鑽子。

「你不怕上帝呀，迪瑪！」馬特維定睛注視了他一會兒，說，「你這是像什麼人呀？看你把自己弄成什麼樣子？」

看來，迪瑪也覺得，自己好像是一個沒穿褲子光著屁股去上街趕集似的那樣尷尬。⋯⋯他不知為什麼，總把臉扭到一邊，用手捂著嘴帶著抱歉和甜蜜的口吻，說：

「嗯，你瞧我⋯⋯我跟那個該死愛爾蘭人去理髮店，本想稍稍理一下。掏良心說，馬特維，我確實是想稍稍地⋯⋯可是，變成了這個樣子。進了理髮店，叫我坐在椅子上。要知道，那椅子真棒，一坐上——就萬事大吉。馬上，兩條腿被固定住，朝上翹起；頭被翻向後面，一點不假，就像屠宰場宰綿羊似的⋯⋯我瞧見，那個德國理髮師幹活，和我們那裡不一樣，可我又動彈不得。後來，我一照鏡子，照見，鏡子裡不是我了，就這麼著。我說，「你這個狗日的，把人家弄成了什麼樣子了？」不過，他們兩人都很滿意，拍拍我的肩膀，說：「Well（好），Well，Very-well（很好）！」

迪瑪悄悄地鑽進被窩，努力安穩地躺在床邊。後來，房間裡燈熄了，最後一個美國人也躺下睡了；然而，這時，他先是假裝後悔地歎了一口氣，然後在自己睡的地方整理一下，終於說道：

「啊，反正，你得承認，馬特維⋯⋯這麼著，畢竟更像美國人呀。」

「為什麼一定得像美國人呢？」馬特維冷言冷語地說。⋯⋯

「要知道，」迪瑪不聽他的，連忙接著說，」我在集市上，跟一個猶太人把衣服交換了⋯⋯不錯，外加一點添頭，占了點便宜⋯⋯於是，街頭便有一個先生說著英語一逕向我走來⋯⋯」

「唉，伊凡，伊凡哪[10]，」馬特維的話語是那麼痛苦，使得迪瑪很受刺激，他在床上不停地翻身。「看來，那個別爾克說得對：你將很快就會忘掉自己的信仰的。……」

「有些人，」迪瑪轉過身，惡聲惡氣地說，「是那樣的頑固，簡直像洛津老家的狼……街頭用硬麵包砸他們，他們會好受些。……」

「你現在，對你的出生地——洛津老家，也罵起大街來了，」馬特維說完，便不再做聲了。迪瑪還在嘮叨，翻身，歎氣，然後小聲地說，口吻有點兒詭諓的味道：

「誰叫你聽別爾克的話呢。你看他，把這個愛爾蘭人罵得狗血噴頭……完全沒有根據……我告訴你，我打聽出來，那個坦慕尼協會[11]是什麼樣的組織，以及他們如何出賣選票……事情本來很簡單……你瞧……他們選自己的首腦、法官和其他官員……哦，你明白嗎，人人都想爬高升級……於是，他們就掏錢……只不過，他說聲，選我吧……有人搜集到十張選票，有的人搜集到二十張……馬特維，你在聽我說嗎？」

儘管馬特維沒有言語，他仍然繼續說下去：

「照我看來，這很公平：自己想嘛——就給別人嘛……你還想知道嗎？……」

這時，迪瑪壓低嗓門，把身子完全向馬特維轉過來，小聲喃喃道：

「他們——這個愛爾蘭人、還有我買他衣服的那個猶太人說，其實我們也可以……當然，選票並不完全是真的，可是，也是值錢的……」

馬特維正想回答他一些很關鍵的話，然而，這時，鄰近的床

---

10 伊凡——伊凡為俄羅斯民間最常見、最通俗的名字。這裡叫他伊凡，意思是：你是地道的俄國佬，何必學美國人那一套？！（譯者注）
11 坦慕尼協會（Tammany Hall）——紐約市民主黨競選組織所在地。

位上傳來一個美國人忿怒的喊叫聲。迪瑪只聽清了一個英語詞de-vil（鬼）；不過，由此他明白了，人家在罵他們，影響了睡覺……他蜷起身子，鑽進被窩裡了。

在樓上一個小房間裡，羅莎和安娜都睡下了。當她們躺下時，羅莎望了望安娜，問她：

「大概，你不樂意跟猶太女孩睡在一個床鋪上吧？」

安娜臉紅了，侷促不安起來。

她打算祈禱，掏出來小神像，剛想把它放在角落裡，這時，羅莎的話提醒了她，說她現在正待在猶太人的住家裡。她手裡拿著神像，猶豫不決地站在那裡。羅莎直楞楞地瞅著她，然後說：

「您要做禱告……我會妨礙您……我馬上走開。」

安娜覺得很難為情。她真心實意地盤算著，在猶太人跟前，做禱告是不是合適，這個猶太女孩允許不允許在她房間裡作基督教禱告。

「不，」她答，「只不過……我想，你不至於心裡不痛快吧。」

「您就禱告吧，」羅莎乾脆說了一句，便去鋪床。

安娜念了一陣兒禱詞，於是，兩個女孩子開始脫衣服。羅莎隨手關了煤氣燈，燈光熄滅了。過了一小會兒，窗口顯出來一點光暈，只見窗上高懸著一輪不大的、蒼白的月亮，屋外，那龐大城市仍在不停地轟隆隆地響。

「您在想什麼？」羅莎跟安娜並肩躺著，問她。

「我在想……在我們那個小城裡，人們現在是否也看見這同一個月亮。」

「不，看不見，」羅莎回答，「你們老家這會兒正是白天……你們的城市叫什麼？」

「我們的城市，是『杜布諾』……」

「杜布諾？」羅莎馬上搭腔道。「我們也在杜布諾住過……

為什麼你們離開那裡？」

「幾個哥哥早走了……我跟父親和小弟住在一起。後來，我弟弟……被流放了。」

「他出了什麼事兒？」

「他呀……您別以為……他沒做賊，也沒幹別的……只是……」

她支支吾吾說不下去了。她不想說出真相：那年發生虐猶事件 [12]，人們打、砸、搶了猶太人的家，他也參加了，後來，又跟軍警打了起來……她心想，最好別再提這個，所以，她沉默不語了。

「也是的，」羅莎說，「人人都會發生不幸的事兒。我們本來安安穩穩地住在那裡，也不想走遠。可後來……您也許知道……那時大肆虐猶……嗐，人們究竟要幹什麼？我們家全被毀了，而且，我母親……」

羅莎的聲音顫抖起來。

「她身體很弱……他們把她嚇壞了……她受驚嚇死了。……」

安娜心想，她幸虧沒有把弟弟的所作所為全都告訴羅莎……不知怎的，她忽然感到心口一陣憋悶、難受……她不言不語在床上躺了很久。她覺得，好多東西使她感到奇怪、令人迷惑不解——這座喧鬧的城市，這裡的人民，她竟然和一個猶太姑娘同衾共臥，她在猶太女孩的房中做了禱告；她還發現，這個人，和她在老家時所見的猶太女孩，完全不同……

天快亮了，兩個小女孩終於沉沉睡著了。這時候，馬特維有點迷迷糊糊，在床上欠起身子，努力去追想，他現在在哪裡，出

---

12 虐猶事件——俄羅斯革命前，經常發生俄國平民集體毆打、搶劫猶太人的事件。

了什麼事。牆外邊，剛剛安靜下來不久的城市開始蘇醒了。附近某個車站上，火車飛馳而過，鐵輪在快速地轉動，轟隆隆價響，像是雷雨降臨前的早晨，大風在松林中呼嘯。跟他並排的另一個枕頭上，放著迪瑪的腦袋，但是馬特維好不容易才認出自己的朋友。迪瑪夜裡睡時，沒脫漿硬的襯衣，那硬綁綁的領口把他的臉撐得通紅。以前哥薩克式的長鬍子已經剪短，留下一小綹，向上撅著，染了顏色。總而言之，馬特維瞅見這張陌生的面孔，心裡很不是滋味，有點煩氣……在他看來，迪瑪這人變了……

#

第二天早晨起來，伊凡·迪瑪的性格的確變得不成體統了……

他一覺醒來，匆匆忙忙穿上衣服，首先走到穿衣鏡前面，把鬍子撚捲起來，這樣一來，他完全不像迪瑪先前的模樣子了。接著，他隨便跟馬特維打個招呼，便向那個愛爾蘭人帕地走去。看來，他為結識了這個朋友感到驕傲，兩個人開始閒聊起來，彷彿他要對馬特維炫耀一番自己放蕩不羈的態度。然而，馬特維感到，所有的美國人都在笑眯眯地盯著迪瑪。

鮑爾克先生公寓裡的住客形形色色。那裡住有德國人，義大利人，兩三個英國人，還有幾個愛爾蘭人。在馬特維看來，有一部分人是規規矩矩的正派人。他們一大早就起來，在洗漱間洗完臉，很少言語，走到隔壁那間屋子裡去喝咖啡，那裡有羅莎和安娜招待他們，然後，出去上班，或去找工作。但也有一些人，整天呆在家裡，抽煙，嘴裡嚼煙草，嚼了一會兒，拼命朝外吐，有時越過鄰座的頭頂，盡力吐到壁爐裡去。他們沒有固定的工作時間。有時，他們成群結隊地出去，同時，叫上迪瑪一塊去……從他們的談話中，常聽到「坦慕尼協會」那個字眼兒……顯而易

見，這一夥人的工作，在這會兒，是很順利的。他們幹完事回到鮑爾克的公寓裡，常常高聲哈哈大笑……迪瑪也跟他們一塊大笑，馬特維對此十分反感。

如此這般過了兩三天。

迪瑪的性格變得越來越離譜了。不錯，他在學話方面，大有進步，甚至有驚人的進步。在海上兩周，來鮑爾克這幾天，他已學會了說完整的句子，可以問路，能在小商店裡買東西，利用手勢及別的種種動作，他可以跟帕地暢所欲言，帕地也能完全聽懂，並能把他的話轉告別人……當然，這個禁不起挑剔。但是，讓馬特維傷心和生氣的是：迪瑪不僅說外國話，而且面部表情令人作嘔，彷彿不停地在扮鬼臉，挑弄別人：伸出下嘴唇，咀嚼，發噓噓聲，發音不清……「如果模仿起來猶太人的樣子，」馬特維想著他，心裡說，「他也可能會跟美國人說他們的話，但是——作為一個正派、規矩的人。」可是，迪瑪連說「鮑爾克先生」也發音很不準了——說成了「米司特‧別克」。有幾次，他忘乎所以，竟然把馬特維喊作「米司特麥琪」……此時此刻，馬特維投過來責備的眼光，久久瞪著他——弄得他很難為情，有點驚慌失措。

有一天，帕地目送著馬特維，和迪瑪談些什麼，談了很久；說完話，他們兩人走了，不知道上哪裡去了，也可能去那個猶太人小店主那裡了，那個人常為他們話講不通時擔任翻譯。他們回來以後，迪瑪走到馬特維身邊說：

「你聽我講，馬特維。我們兩個在這裡乾坐著，無事可幹，白花血汗錢。何況，我們確實可以找些事幹幹，掙點錢。」

馬特維抬起頭，睜眼望著他，什麼也沒說，等著他朝下講。

「您瞧出來沒有……這六個人——都是坦慕尼協會的代理人，或者，照我們的說法，是他們這個組織的經紀人……你瞧，他們是這樣一個團體……很快就要舉行選舉了。他們想選自己的

人當市長。這樣一來，所有的官吏都可以任命自己人當……到那時，他們在這個城裡，想怎麼幹，就怎麼幹……」

「嗯，那麼怎樣？」馬特維問。

「他們現在正在徵集選票。他們說，如果我們能出兩張選票，就比我一個人，錢要給得多……這費我們什麼？只要在一個地方登記就行，不過，不要說出，我們剛來。以後……他們會辦理，並且，指點怎麼幹……」

馬特維想起來，迪瑪曾經有一次提到過這件事；他還記得鮑爾克一臉嚴肅表情，眼睛含著鄙夷鬱悒的神色，當他談到帕地工作性質的時候。馬特維想到這裡，便下了決心，他的決定猶如強牛一般，頑強得很。於是，他堅決予以回絕。

「你為什麼不樂意幹？說呀！」迪瑪心懷不滿地問。

「我不想幹，」馬特維堅決答道，「一個人的聲音（選票），是天生的，不是為了出賣的。」

「嘿，真糊塗！」迪瑪說，「幹完這事，你的聲音，毫無損傷。嗓子不會變啞的。既然有人要買，為什麼不賣？反正錢袋裡的錢不會減少，反而會增加……」

「你還記得嗎？當年，地產總管勸我們，跟他簽訂土地契約的事……可後來怎麼來著？」

「嗯……是啊……」迪瑪有點著慌，喃喃地說，「差一點丟了全部世襲租地！在那種情況下，是會有損失的。而現在這會兒……我們會怎麼著？給錢，去他媽的，完事大吉。」

馬特維無話可答，但他是一個執拗的人。

「我不幹，」他說，「要是你願意聽我的話，我勸你也別幹。你可別再跟這個二流子混在一起。」

馬特維用手指朝著帕地所在的方向戳戳，那個帕地正在注意地瞅著他倆談話；他瞧見馬特維在指他，高興地點點頭。當然，迪瑪並不聽他的。

「好吧，」他說，「既然你這樣，我只好一個人幹了。畢竟，會有點出息……」

就在那一天，他回來報告，他已經簽名登記了……

十二

日子一天一天地過去了，信還沒有來。馬特維大部分時間坐在家裡，等著有朝一日他會到美國農村落戶；迪瑪呢，常常出門，回來之後，便對馬特維講些新鮮事兒。

「今天帕地領我去拳鬥的場面了，」有一天迪瑪說，「你，馬特維，簡直難以想像，這裡的人多麼愛鬥。只要有兩個人一爭起來，馬上就有別的人圍過來——有的人叼著煙斗，有的人夾著煙捲，有的人嚼著口香糖站成一圈兒圍觀。那些好鬥的傢伙，馬上把上衣一脫，捲起袖子，摩拳擦掌，搖晃拳頭——於是，撲通一聲打過來了！有的人機靈點，趁別人稍不留神，便重擊一拳，打得人家鼻青臉腫……不錯，這幫人最喜歡打臉、鼻子，要是打不中，就打耳朵。至於腦袋瓜，或心窩——千萬不能打！看得出，他們打架，並不是氣惱，當一個人四腳朝天倒下，馬上有人把他攙起來；擦淨臉，又坐在一起玩鬧或喝酒，好像什麼事也沒有發生似的。於是，人們開始議論，某某人是怎樣擊敗對手的，怎樣才能打得更好些。」

「嗯，說得對，」鮑爾克聽了迪瑪這番話，接口道，「拳擊在全美是人們很喜歡的運動。如果發現幾個超群的大力士，便讓他們從一個城市到另一個城市巡遊，當眾互相拳擊，以此來賺大錢。你們知道嗎：每逢這時，便有一些報社記者跟在他們後面採訪。甚至發出這類的電訊：「在兩點十五分四秒之時，約翰如此這般打傷了傑克的右眼，但過了半分鐘，傑克卻把約翰摔倒在地。」這時候，就有好多城市的人們在飯館裡看這條消息。他們

辯論得很熱鬧：怎樣才能把約翰或傑克打得更得手些……你們想到沒有：有人為這樁事輸了大錢！」

「淨是些遊手好閒傢伙，吃飽了撐的！」馬特維對此發表意見說。

有一天傍晚，迪瑪回來說，今天他們選新市長投的票，正是坦慕尼協會要選的那個人。

「可惜，O well（也好）！」他誇口道，「反正，我們贏了……你知道嗎，帕地對我說，我們這些『假選票』幫了不少忙。」

這一天，帕地和他一夥的人，特別高興、歡騰。他們去小酒館裡，喝了很多酒，並招待迪瑪一道喝酒。迪瑪和他們一塊回來時，喝得滿臉通紅，說話大喊大叫，舉止極端放蕩不羈。馬特維坐在鋪上，靠近煤氣燈，弄張小桌，在讀聖經，儘量不去理睬迪瑪的一舉一動。

過了一小會兒，迪瑪走到他身邊，把手擱在他肩上，湊近他的臉（靠得那麼近，酒氣熏人）說：

「你聽我說，馬特維，」他用一種巴結的口吻說，「喂，我想告訴你：他們……想請你的客。」

「謝謝，我不去，」馬特維從書本上連頭也不抬，回答道。

「你瞧，還有……請您，不要把人家幹什麼……都朝壞處想。每一個民族都有自己的習俗，俗話說得好，不要死抱自己的信條到人家廟裡燒香，要入鄉隨俗嘛。」

「你想幹什麼？」馬特維厲聲問道。

「是這樣的，帕地想跟你搏鬥……」

馬特維這一驚非同小可，弄得他目瞪口呆。這兩個朋友互相瞅著，默不做聲，約有半分多鐘。隨後，迪瑪眨巴眨巴眼睛，把目光移開，說：

「人家這裡就是這樣的規矩……」

「我告訴你，迪瑪，」馬特維一本正經地說，「為什麼你覺得，他們的習俗一定好呢？照我看來，一個基督徒，對他們的好多規矩，都不應該學。馬特維·洛津斯基呀，我跟你說這話，是為了你好。瞧你，已經模仿人家，改變了自己的相貌，在這之後，你會以自己的信仰為恥。等到你到了陰曹地府，你母親不會認得你是洛津的小子呢。」

「嘻！」迪瑪滿心不高興地說，「克里木是克里木，羅馬是羅馬，老爺的酒館又是一個樣。幹嘛你把我死去的老母拉扯上？人家教我：去傳話，那我就說了。幹不幹，隨你。」

「嗯，我告訴你：跟你的朋友們說一聲，要我跟他們打鬥，他們可別哭鼻子求上帝⋯⋯」

「啊，瞧你說的，」迪瑪樂了起來，「可巧，我跟他們念叨過，你是我們那裡力氣最大的人，不僅在洛津鄉下，就是在全縣，也很出名。不過，他們說，你不懂得正確的打法，不懂拳法。」

迪瑪走開，到他的愛爾蘭朋友那邊去了，馬特維轉過身子，又全神貫注讀起聖經來。

他嗡動著嘴唇，默念聖經，他讀到：兩個年輕人去了索多姆，來到洛特那兒，那邊城裡居民想把他們弄到家裡當雇工。讀到這裡，過一小會兒，他抬起頭，沉思起來。他想，他和迪瑪在這城裡正好就是這種人。不過迪瑪的心性一下子就變壞了，只好由他自己去這城裡居民那裡罷了⋯⋯

正在他這樣胡思亂想的當兒，突然有人把他跟前的燈弄滅了。馬特維回過頭來一看，在他身後不遠，站著帕地先生，正是迪瑪的朋友，那個愛爾蘭人，他天真地嘻嘻笑著。

馬特維找見火柴，點著燈，又讀起來。可是，他早已猜到，帕地一定不肯就此甘休——於是，他連忙轉過臉去。帕地站在後面，又伸出嘴唇，想從馬特維肩後再把燈吹滅。

　　馬特維沒有使勁，稍稍抬動一下胳膊肘，那帕地立即就倒在床上了。

　　「All right（好）」——他一邊說，一邊站起身來，脫掉上衣。

　　「Very well（好極了）」——他的同伴齊聲說，一邊推開椅子，湊到跟前。

　　「All right，」迪瑪興沖沖地，跟在他們後邊起哄。「這會兒，馬特維，過來，到當間來；最重要的，要保護好臉部。他會打你的鼻樑和嘴。我知道他這一套打法……」

　　然而馬特維好像沒事兒人似的，又坐下來，打開書本。

　　這一幫愛爾蘭人感到很尷尬。可是，他們有自己的一套原則。於是，帕地馬上走到馬特維跟前，蹲下來，舉起雙拳，舞動得跟風車似的。

　　「嘻，」馬特雅想道，「既然你要這麼著，沒有辦法。」

　　帕地還沒有來得及施展他的本事，那個洛津大力士便挺身站直，好似狗熊撲向獵人，在帕地頭頂高舉雙手，然後抓住他的不太長的濃髮，把他的頭按下，用兩膝夾住，在不硬的地方，啪啪響地撞了好多次。

　　這一切發生得如此之快，就在一瞬之間，誰也沒有注意到。帕地站起身來，舉目環顧，顯得像一個新生嬰兒似的，不知此前出了什麼事——這時，大家不由得哄堂大笑起來。

　　鮑爾克先生的這間大屋裡，各式各樣的笑聲，各種不同的話語，延續好幾分鐘。甚至那個高個瘦臉的美國人，留著紅褐色的鏟形長鬍子，穿著破舊的花格上衣，他那乾枯、多皺紋的臉上從來沒露出過一絲笑容，這會兒也現出難以想像的怪相，活像無意中喝了一口醋，從他喉中迸發出來一聲怪叫，很像結巴得十分難受的聲音。前不久，剛住上鮑爾克先生最後一張床位的未留鬍子的年輕人，倒在床上，大聲狂笑不止，在半空中踢蹬著兩隻腳，

好像他擔心，不這樣，笑聲會把他嗆死似的。喧鬧聲如此之大，使得隔壁屋裡的羅莎和安娜，先後跑了出來。羅莎只看見，帕地在房間裡舉頭環顧的窘狀，便趴在門口椅子上，垂下兩手，仰起頭，笑起來。可是安娜什麼也沒瞧見，不過，由於受到大家哄笑的感染，看到那個乾瘦的美國人，還在那裡結結巴巴、好像喘不過氣來，她也不覺笑了起來。

迪瑪也笑了，他為自己的好友，感到十分驕傲。

「喂，怎麼樣！我不是跟你們說過麼，」他轉臉對著大笑的美國人說，他竟然忘記把話翻成英語。「嘿！在我們洛津地方就是這樣打鬥的。」

可是，當笑聲漸漸停息了，大家熱烈討論剛才發生的事以後，迪瑪的臉色陰沉起來，過了一會，他卻這樣說，他的話叫馬特維聽得一清二楚：

「好是好，無話可說；這種打法，簡直就是狗熊在自己洞穴門口打架……這叫有教養的人看來，很不光彩，……」

「沒什麼，」馬特維平靜地說，好像什麼事也沒發生，他又念起聖經來，「就算是狗熊打架，可打得過癮，夠意思。下一次你的朋友帕地就會明白……」

那群愛爾蘭人吵吵嚷嚷一陣子，然後向兩邊閃開，讓出道，把帕地推出來。這位帕地又跳向前直奔馬特維，聳起肩膀，縮著脖子，垂著手，躬著身子，像條蛇似的。站在那裡，望著帕地奇怪的鬼臉，覺得有點奇怪，於是，正想重複他那先前的老一套手法，說時遲，那時快，帕地突然向下一蹲；馬特維的兩隻胳膊白白地放空了，兩條腿不自覺地舉了起來，他滾過床，仰面朝天摔在地下。

那床被軋得咯吱吱地響，這個洛津大個子一下倒在地板上。

「All right（好）」這一群愛爾蘭人發出喝彩聲，帕地呢，非常得意，穿好上衣。馬特維好不容易吃力地翻過床，站起身來。

他一下子變得叫人認不出來了：平素溫和的眼睛這會兒射出一道凶光，頭髮亂蓬蓬地直豎起來，牙咬得咯吱吱響，他四下張望，恨不得把人抓到手裡。

這些愛爾蘭人把帕地拉到他們中間，團團圍住，顯得驚慌不安，彷彿羊群看見狗熊一般。他們眼睜睜地瞅著這個巨人，等待可怕的事情發生。再說，迪瑪也嚇壞了，站在那兒，臉色發青。

很難說，下邊會出什麼事。可巧，這當兒，安娜穿過房間，跑了過來，一把抓住馬特維的手腕。

「看在上帝份上，」她只說了這一句，「噢，千萬可別！……」

馬特維起初用昏沉的，惶惑的眼光，瞪了她一會兒，但過了一剎那，他深深地噓了口氣。然後，轉過身來，坐到窗邊。

那夥愛爾蘭人這才放下心來。帕地想過來到馬特維跟前，伸手道歉；可是，迪瑪攔住了他，於是，他倆撇下馬特維，叫他獨自安靜一會兒。

外邊，整個大千世界，張著黑沉沉的夜幕。這黑暗中，又四處點綴著明亮的窗戶。窗子有大，有小；有的在下邊閃亮，有的高懸天空；窗子有光明、悅目的，也有暗淡、模糊不清的。許許多多窗子在放光，又熄滅，最後，飄然而去；窗子中間，有人影忽而一閃，忽而掠過，最後消失了；不光是人影，還可以看見人的頭部，某些人清楚的面容……

十三

夜色朦朧。馬特維枕著兩手，躺在床上，瞪著兩眼，皺著眉頭，在想什麼。這時，迪瑪輕手輕腳，小心翼翼地也上了床，和馬特維並排躺著。等大家都睡下了，迪瑪才鼓起勇氣說：

「幹麼對你的老朋友生這麼大氣……難道我錯了麼……既

然，有那麼一個乾瘦的帕地能夠把洛津一帶的力大無比的強漢能擊倒……嘻，這說明，人家這地方在這方面都有文明教養……太不值得為這事生氣，光生氣也沒用，明擺著，得想想點子，學些巧勁……他們這是印第安人的打法！要知道，這在他們這兒，叫做印第安式拳擊……」

馬特維從床上仰起身來，扭過臉，向迪瑪問道：

「迪瑪·洛津斯基，你事先都知道嗎，他們準備好了印第安拳法來對付我？……」

「啊……難道我英語全能聽懂嗎，」迪瑪支支吾吾地回答。後來，看馬特維說話口氣溫和些，他高興了，大膽地接著說：「喂，你聽我說，明天你就去找理髮匠。就像這裡人說的，修整打扮一番，得啦。真的，我說的是實話！」他用甜美的口吻補充道，準備去睡。

可是，他突然驚恐萬狀地從床上跳起來。馬特維也在坐著。順著街上透過來的光亮，他見馬特維的面色鐵青，頭髮直豎，兩眼閃光，一隻手向上舉起。

「迪瑪，你好好聽著，馬特維·洛津斯基要告訴你什麼。讓響雷把你的這夥朋友們——包括那個坦慕尼壞蛋都轟了！叫響雷把這個該死的城市劈了，把選出的市長擊死。叫響雷把島上的自由之神銅像炸了……讓魔鬼精靈把他們統統抓走，包括那些出賣靈魂的傢伙……」

「請你小聲點，馬特維，」迪瑪試著攔阻他，「人家都在睡覺，這裡人們不喜歡，夜裡有人大聲喊叫……」

可是，馬特維仍然不停地說，直到把自己要說的話說完。真的，這時候，那夥愛爾蘭人一個接著一個從床上跳起來，有人點著了燈；後來大家都醒了，直勾勾地望著那個怒氣衝天的洛津人。

「你們瞧也罷，不瞧也罷，我說的都是實心話，」他轉臉對

著他們說，同時舉起拳頭威脅他們，然後又躺在鋪上了。

　　這群美國人驚慌失措地互相談論著，然後，把迪瑪叫過來，問他，你那位朋友理智是否清醒，夜裡他不會惹出什麼危險吧。不過，迪瑪穩住了他們，儘管放心：馬特維現在馬上就要睡覺，不會找誰的麻煩。他這人很善良，只是不懂這裡的規矩；現在兩三天內，大家不要惹他。……這麼一來，美國人四下裡盯著，紛紛散去，各自回到自己的床上。燈全熄了，鮑爾克先生的公寓裡，一片闃寂寧靜。只有街上縷縷朦朧的燈光，忽明忽暗；光線如此暗淡，在鮑爾克先生房子裡，誰睡，誰沒睡，一點也看不清。

十四

　　馬特維睜大眼睛，在黑暗中躺了很久。只是在黎明前，他才睡著；這時候，這座龐大城市的所有街道也沉寂下來，進入睡鄉了。但是，他的夢境充滿痛苦與驚恐：他一向自重，怎麼也不能忘記，那個壞蛋帕地整了他這一下。他剛一入睡，便做起夢來，他夢見：他站在那裡，手也不能動，腳也抬不起來；有一個人，蹲著，屈膝，像蛇一般蜷著身子，向他走來——這人不像帕地，不是捲髮的黑人，也不是約翰。但他無能為力，無計可施，只有在轟轟響中，在嘈雜聲中飛跑過去，這時，他眼面前，卻閃現出安娜驚恐萬狀的面容。

　　隨後，一切突然全都沉寂下來，於是，他瞧見一猶太人的結婚場面：米澤斯先生——那個從路易斯維爾來的極醜陋的猶太人，正在為安娜和年輕的約翰舉行婚禮。約翰正在興高采烈地用腳踹酒杯（猶太人婚禮上常見的儀式），四下裡，這夥愛爾蘭人大汗淋漓，疲憊不堪，睜大眼睛，正在吱吱呀呀拉小提琴，吹笛子，彈低音大肚子提琴……不遠處，站著別爾克，他滿面沉思，迷惑

不解地說了句：

「呃，你們對這要說些什麼呢？……你們怎麼能容許呢？……」

馬特維在夢中，咯吱吱地咬牙，迪瑪被弄醒了，便驚慌地從他身邊挪開……「嗨，嗨！」馬特維大聲說著夢話……「基督徒在哪裡？難道你們沒有瞅見，那夥猶太人把基督徒的羊羔抓走了！……」

迪瑪聽著馬特維的喃喃夢囈，把身子再離遠點，——但馬特維卻不做聲了，因為，夢境又變換了……馬特維夢見：基督徒們從街頭，從市場，從小酒館裡，從載穀物的大車上，——從四面八方跑過來。基督徒們大聲呼叫，吵吵嚷嚷，抱住石頭，拿著棍棒……這時，猶太人趕快關上店鋪門窗，於是，窗上的玻璃乒乓直響，到處聽見婦女兒童喊救命的呼聲，猶太人的幼兒和各種雜物從窗口被扔了出來，街上鋪滿了羽絨衣被的絨毛，宛如雪絮一般。……

隨後一切都寂然了。馬特維在沉沉的酣夢中，感到有一個人向他走過來。那人用鄭重、尊敬的語調說了些什麼。馬特維雖然在夢中，可他聽了以後，臉上露出極端的驚訝和慌張。

夢做到這裡，他便醒了。……那夥愛爾蘭人，匆匆忙忙地在隔壁吃過點心，喝完咖啡，又慌慌張張到別處去了。迪瑪呆在一邊，儘量不看馬特維。馬特維狠命地去回憶，夢中那個人跟他說的話，急得一頭是汗，揩罷汗珠，依然連一句也想不起來。過了一會兒，鮑爾克先生公寓裡的人都走空了，——可是，他忽然站起來，上樓到姑娘房間裡去了。

他在那裡碰見了約翰。近些日子，這個年輕人常去那裡，一坐就是半個鐘頭，多半是對安娜熱烈地談論什麼。這一次，馬特維剛上樓梯，又聽見這個小夥子的話聲。

「嘿，您瞧，」他說，「在這個新大陸，人們生活如何？難

道不好嗎？」

　　他一見馬特維，馬上就告別走開了，為了去趕火車。馬特維留下了，他的臉有點蒼白，目光憂鬱，於是，安娜低下頭，等他說話。兩個姑娘望著他，有點忸怩不安；彷彿不自覺地想起了他被打的情景，她們擔心，這個洛津老鄉可能會猜到這一點。他沉重地坐到床鋪上，眼神有點迷惘、望著安娜說：

　　「孤苦伶仃的孩子啊，你願不願意聽聽，馬特維·洛津斯基對你說幾句心裡話？」

　　「請您說吧，我一向把您當作親人一般，」姑娘小聲答道，她努力讓馬特維覺得，經過昨天的鬥毆之後，她仍然照舊敬重他。

　　馬特維痛苦地沉思一會兒，說：

　　「孩子，這個鬼地方，沒有什麼好的。請你相信我——這裡不好……這裡是『索多姆』和『戈莫拉』[13]。

　　羅莎不覺微微一笑。可是，馬特維說得那麼慘然，使得安娜眼裡閃出了淚花。他想起了約翰說過的話，在美國生活並不賴，只要一個人會安頓、愛勞動。不過，她沒反駁，只是小聲說：

　　「現在，該怎麼辦呢？」

　　「咳，怎麼辦！如果可能的話，就肩上背包，手裡拿著棍，我和你，咱們倆向後轉，回老家去，那怕是沿途乞討也好……在故鄉，即使挨門挨戶要飯也好，或者，引領瞎子求乞，甚至，餓死在大路上也無所謂……死在大路上野地裡……只要死在故鄉……可是，現在，連這也做不到，因為……」

　　他擦了擦額頭，又接著說：

　　「因為有大海擋住……可奧西普到現在也沒來信……我們在

---

13 來自聖經傳說的兩個罪惡城市，那裡一切亂七八糟，荒淫放蕩，制度混亂。

這裡，什麼也不幹，乾坐著……坐不出什麼名堂……所以，可憐的孤兒，我要告訴你，我要領你到我們那個太太那裡……我看出來，這裡用得著能幹活的人……要是，我不完蛋，希望你能等我……我這一輩子從來沒撒過謊……如果我垮不了，我一定來接你……」

「您想的太可怕了！」那年輕的猶太姑娘急忙說，「我們瞭解這位太太……她總是儘量雇用新來的人。」

「上帝會對她論功行賞的，」馬特維冷冷地說。

「這是因為，」羅莎嗑嗑巴巴地說，「她總是給錢很少。」

「餓不死就得了……」

「並且，活很重，不停地叫你多幹。」

「上帝喜歡勞動……」

馬特維用高傲、鄙夷的目光瞧著羅莎。這位年輕的猶太姑娘深懂基督徒的這種眼神。她感到，她同安娜產生了友情，並且很同情這個沃倫女孩子，很喜歡她的藍眼睛。此刻，聽了馬特維這番話，她突然面紅耳赤，氣沖沖地說：

「隨您的便，想怎麼著就怎麼著……」說著，便從房裡出去了……

「我們那裡壞的東西，也比這裡好的強，」馬特維用教訓的口吻對安娜說，「收拾一下你的東西，咱們今天就走。」

安娜歎了一口氣，可是她順從了，開始收拾衣物。她從鮑爾克先生的公寓離開的時候，跟那個猶太女孩姐妹般地熱烈親吻告別，這使馬特維很不順心，不大高興。

十五

這一天，我們的洛津老鄉，同初來時那一天一樣，拎著包裹，又走上紐約大街的街頭。不過，這一次迪瑪沒來。他早已告

別了自己的白色烏克蘭長袍，經常跟愛爾蘭人混在一起，根本不知道他的同鄉們想幹什麼。然而馬特維和安娜依然故我，樣子一點沒變：——他仍舊穿著白色的繫帶長袍，她呢，還戴著淺色的頭巾。年輕的約翰認為馬特維的主意十分愚蠢。可是，作為一個美國人，他不想干預別人的私事，在送他們倆的時候，只是吹吹口哨，發洩不滿。

起初，他們只是步行。過了一會兒，坐在一輛兩匹馬拉的大馬車，上了坡，飛馳而去。馬車從一條街，到另一條街，走了很久。只見房舍漸漸稀少了，簡陋了；那些街道又直，又寬，又靜。

在一條街拐角，我們的客人下了車，一直向前走去。馬特維暗自思忖，這街道有點像似我們的故鄉：如果石頭再少一些，如果有些石頭縫裡鑽出小草，如果街心坐著撩起小褂的孩子們，如果有牛在走動，如果一棟破房的窗子陷進地裡，房頂又坍塌了——那麼，真像我們的故鄉啊。然而，這條街上的所有房屋卻是一個模樣：都是三層小樓，都是平屋頂，窗子都是一樣，同樣階層的臺階，相同的凸部，相同的飛簷。總而言之，這街上一排排的房屋，矗立那裡，簡直像孿生兄弟並排站在那兒似的，——只有從大門毛玻璃上顯示的不同的門牌號數查看，才能區別這家和那家不同。

約翰掏出日記本，找見門牌號數，然後按一下門鈕。房子裡聽到一聲響動。房門開了，我們這幾個人便進入前廳。

正在家裡等丈夫的那個老太太，自己去開了門。她，看樣子，正在擦地板。眼鏡架到額頭上，臉上累得汗津津的。她只穿一件單褂，裙子也很髒。她一見有人進來，便不幹活了，出來去換衣服。

「你瞧，」馬特維小聲對安娜嘁咕道：「看看，我們的貴族太太在這裡怎麼過日子，——更不用說平民老百姓了！」

「哼，」約翰答言，「你並不瞭解這地方的情況，馬特維先生，」他一邊說著，一邊走進頭一間屋裡，隨便找個椅子坐下，把另一張椅子推給安娜。

馬特維狠命地兩眼瞪著這個不禮貌的年輕人，於是，他和安娜仍然一直站在門口。自打同這個猶太小夥子談過宗教問題以後，就很不愛見這個年輕人。何況，他不會沒瞧見，約翰這傢伙常常溜到妹妹房間裡，幫兩個女孩子幹點什麼，左顧右盼，眼盯住安娜。當然，不用說，這姑娘長得不錯：一對藍眼睛，又大又亮；溫柔的目光，親切的微笑，和藹的面容；因為旅途勞頓或別的什麼，面色有點蒼白。住在鮑爾克家的沒有工作的這幫閒漢，對這個女孩子還沒有膽敢表現過什麼不規矩的行為。然而，且不用說迪瑪了，他穿著各種怪模怪樣的上衣在她面前晃來晃去；——就連那個帕地，要是在過道裡或樓梯上碰見她，總是千方百計地向她獻殷勤。何況，這裡還有個約翰，以及鮑爾克先生講的關於莫澤斯的各種事情。「恐怕，」馬特維心想，「在這個索多姆鬼地方，沒有任何人管這種事。你看這個迪瑪，——多年的、久經考驗的朋友，這一個星期以來，性格也完全變了。將來這個年幼無知的女孩子會怎麼樣呢？也許，她和葉瓦一帶的女孩一樣，性子還有一點輕浮……她可能不會幹什麼壞事……要知道，在這裡即使是好事，也得警惕，何況這女孩年紀又輕，沒經驗，還膽小。」

這時候，馬特維再加上又回想起來自己做的夢，他深深地歎了口氣，向四邊望望。謝天謝地，——總算把安娜帶到了老夫人的家裡。這所房子的一切，都使馬特維感到愜意。第一間房裡，放著一張鋪桌布的桌子。第二間，有一張掛著床帳的床，牆角是他熟悉的聖母塑像，這像在我們西部同樣受到天主教徒和東正教徒的敬奉。聖像後邊，插了一隻蠟燭和一束乾枯的小樹枝。那樹枝——柳樹不像柳樹，不過，總算表現了我們的風俗習慣，這時，

馬特維心裡頓感熱乎乎的⋯⋯於是，他一隻手抓著腰帶，十分傲慢地用眼瞟著這年輕的猶太小夥子⋯⋯這當兒，那夫人穿戴整齊，走進房間，鼻樑上架著眼鏡，手裡拿著編織的毛線；他一見此情景，立刻謙虛地彎下腰去，一躬到地。夫人的外表沉靜莊嚴，這使得馬特維忽然想起她剛才擦地板的模樣，簡直令人茫然不解。她在椅子上落了座，數數毛衣上的針眼，抽出來織針，然後向恭候那裡的馬特維和安娜發話道，對約翰連頭也沒點一下：

「啊，有什麼話，說吧？」

「聽您吩咐，請多關照，」兩人同聲答道。

「大概，你叫安娜吧⋯⋯？」

「叫安娜，尊敬的夫人。」

「你呢？⋯⋯叫馬特維？」

馬特維的臉上開了花，高興得露出微笑。

「你們的那個人⋯⋯第三位呢？⋯⋯」

「唔，甭提他了⋯⋯他找了一個工作⋯⋯參加到這裡的⋯⋯坦慕尼協會⋯⋯」

這位太太惋惜地望著馬特維，搖搖頭說：

「沒說的，一個好好先生！那些人是一幫無賴！」

「噢，天哪！」洛津斯基歎氣道。

「在這個國度裡，一切都反個過兒，」夫人又說，「在我們那裡，這幫年輕人都得蹲監牢，可是，在這裡，他們竟出來選那般該殺的去當市長，向誠實的人們徵稅。」

馬特維想起來，迪瑪也去選過市長，他又深深地歎了口氣。太太手裡織毛衣的針織得越來越快了——看來，她對什麼東西氣忿不過起來⋯⋯

「喂，親愛的，你有什麼要說的？」她轉臉對著安娜，帶點挖苦的口吻問道，「你是來找活幹的，或者，也許會找什麼坦慕尼協會？⋯⋯」

「她，是一個誠實規矩的女孩子，」馬特維護著她說。

「嘻，這二十來年，我見過的所謂規矩女孩子可多啦。過了一年，也許不到一年，她們在這個該死的國家裡就變壞了。……起初，人還像個人樣子：安安靜靜的，樸樸素素的，恭順聽話，敬畏上帝，幹活勤快，尊敬長者。過了一陣子……你瞧吧——就翹起尾巴來了，先是神氣起來，脖子裡紮上帶子和什麼破爛的家什，好像烏鴉插一身孔雀羽毛似的，招搖過市，裝腔做勢；過了些時，就要求加工資；再過些時，她就要一周休息兩天……再過一陣子，主家太太就得伺候她，她呢，什麼也不幹，在那裡閑坐著……」

「我的天，這樣可不行！哪裡見過這種事呢！……」馬特維恐慌地說。

年輕人約翰坐在椅子上，伸開腿，手插在口袋裡，顯得不愛聽這類談話的樣子。

「魔鬼並不像人們說道得那樣可怕，」他說。

夫人不再做聲，甚至停住了編織，目光直勾勾地盯住約翰。這時，約翰心不在焉地抬頭望著天花板，好像在凝視那裡什麼有趣的東西。片刻間，四下裡悄然寂靜。夫人和馬特維帶著譴責的眼神望著這位猶太青年。安娜臉紅了起來。

「這一切，都是怎麼來著？」夫人又安然說道，「這一切都是因為，在這個國家裡，沒有規章制度。比如說，那個猶太人別爾克，在這裡竟然不叫別爾克，卻稱呼鮑爾克先生起來，他的兒子約西加卻變成了尊貴的約翰了……」

「千真萬確，」馬特維信服地說，「安娜，你聽見了沒有？」

這姑娘不禁愕然，眼望著馬特維，臉紅得更厲害了。她覺得，這個猶太人約翰，坐在那裡確實顯得有點倨傲無禮；但當面說人家，總不大合適吧……

「是啊，這裡的一切都亂套了，一片混亂，就像在《禿山》上似的，」──夫人接著說。「我的一位朋友說得好：這個新大陸，簡直是剛從套索掉下來，又進了地獄一般⋯⋯」

「說得對極了，」馬特維連忙接著道。

「我看，你這人很通情達理，」夫人寬容地說，「很懂得這一點⋯⋯你說，我們這裡是嗎？⋯⋯舊世界平安無恙⋯⋯人們都知道自己的各自處境⋯⋯猶太人是猶太人，農夫是農夫，老爺是老爺。人人都恭順地理解，上帝對他的恩賜⋯⋯人人安穩地過活，感謝上帝⋯⋯」

「喂，這種閒話該告一個段落了吧，」約翰一邊說，一邊站起身來。

「哎呀，約翰先生，真對不起，」夫人微微一笑，「啊，親愛的，沒用的話真該了結了。如果價錢合適，我準備要你⋯⋯不過，我得先說明，好叫你明白：我喜歡一切照自己的意思辦，就是說，按照我們那裡的習慣，不是照這裡的樣子。」

「這樣更好，」馬特維插口道。

「我在大眾和上帝的面前表明，我對你負責。每逢星期天，我們一塊去教堂，至於那些集會和舞會，──決不能去。」

「聽太太的話，安娜，」馬特維說，「太太不會教你學壞⋯⋯她不會虧待孤兒。」

「一個月十五美元，是這裡的最低價錢，」約翰說，抬眼看看手錶，「十五塊錢，一間單房，一周休息一天。」

這太太，仍然不動聲色地織著毛衣，瞪著眼，鄙視地瞧瞧約翰，然後對安娜說：

「你知道，美元的價錢嗎？」

「相當於兩個盧布，尊敬的夫人，」馬特維替安娜回答。

「你過去給人家幹過活嗎？」

「幹過⋯⋯我給紮列斯加夫人當過女僕。」

「給你多少？」

「六個盧布。」

「在我們那裡，這錢數太多。」夫人歎口氣說。「我當年，從來沒聽說過這種價錢……你在那裡，如果想拿三十盧布，──那麼，你就去找他吧。他會給你三十盧布，單間住房，還有你愛要多少天，就要多少天的休息日……」

紅暈又漲滿了安娜的臉龐，那位太太，先把目光抬在鏡架上面，看了一眼安娜，然後，轉過臉來，又向馬特維補充了一句：

「離這兒走不遠：就在這條街上，有一個猶太人家裡住著一個基督徒姑娘。上帝賜福，讓他們生了一個孩子。」

「您是知道的，人家結婚來著，」約翰氣急敗壞地說。

「結婚了，不錯！……誰給他們舉行的婚禮，請問，你說呀？」

「在市政廳舉行的婚禮，這是您知道的。」

「嘿，你瞧，」太太扭臉對馬特維說，「他們把這也叫結婚，哼……」

馬特維按捺不住心頭的憎恨，瞟了猶太小夥子一眼，說：

「這姑娘留在您這兒了，就這樣定了。」

然後，他望著安娜，用溫和的口吻補充道：

「太太，她呀，是個父母雙亡的孤兒，虐待她可是罪過。」

太太逐個查看一下編織針數，點點頭。這中間，約翰對剛才看到的這一切，很不自在，並且，對馬特維對待他的態度，感到不快，便戴上帽子，一言不發，向門口走去。馬特維一看，這位滿心不高興的青年準備要甩開他一走了之，也著了忙。他匆匆忙忙地跟安娜告了別，又吻了吻太太的手，便奔向門口，不過，又站住了。

「喂，……對不起……我能打問您一下嗎？」

「什麼事兒？」

「您能不能給我找點活兒幹幹？最低的價錢……或者，掃掃院子，收拾收拾園子，要不，伺弄馬匹？哪怕在您棚子裡找個棲身之地就行了，錢不錢是小事兒。行嗎？……只要不餓死……」

「不是那回事兒，老兄。說什麼園子！什麼馬匹！這裡的大官——參議員花五分錢坐公車，同衣衫襤褸的窮光蛋並排坐在一塊兒……」

「啊，請原諒……在哪兒呢？……」

話未說完，便急急忙忙跑出門外，害怕約翰走遠，找不見他的人影了。

十六

他來到門外臺階上，已經找不見那個不愉快的年輕人了，只見牆角裡有個人影一閃。馬特維向那裡跑去，儘管他已覺察到，這已不是原來的地方。他轉彎抹角，趕上一個走在前面的人，但是在這個地區，和房屋一樣，人和人之間模樣太相像了。那個頭上戴圓頂禮帽，手裡拿著文明棍，連走路的姿勢，都和約翰一模一樣的人，向馬特維扭過臉來，一看，完全是一張陌生的面孔，帶著驚訝的面孔。馬特維一楞，目送著那個陌生人離去；這時候，馬特維抬頭一看，街兩旁的樓房的窗子簡直一模一樣，並且，都掛上了窗簾。

馬特維試圖轉回去。他還不明白，他這是怎麼一回事兒，然而他的心跳得很厲害，接著，開始氣餒起來。他呆的那條街，和老夫人寓所所在的那條街，看外表，毫釐不差。只不過，這裡的窗簾都掛在右面，房子的陰影在左面罷了。他走過一段街，在另一個拐角站了一會兒，抬頭四面望望，又轉回身，慢慢走去；同時，不住地東瞅瞅西瞧瞧，彷彿有一地方在吸引他，又好像他兩腿上掛著千斤砣。

　　年輕的約翰覺得，他毫無禮貌地把馬特維丟在後邊，這時候良心突然發現，感到慚愧，連忙回來，去按門鈴。並且氣急敗壞把洛津斯基趕快叫出來，因為他沒有時間再等：時間就是金錢。

　　老夫人望著他，覺得好生奇怪；安娜呢，早已把自己的包袱拿進廚房，把裙子的下擺捲起，正在去擦老夫人丟下的未擦完的地板，——慌慌忙忙理理頭髮衣著，也向約翰跑去。三個人出來站在臺階上，左顧右盼，東張西望。在這條寧靜的大街上，見不到有哪個人是像馬特維的。

　　「唔，他一定走另一條道，上車站去了，」約翰說。

　　安娜搖搖頭，她不信。

　　「不，」她說，「他這裡哪條道也不知道，他不認路。」

　　她舉頭仰望大街，看著一排排造型劃一的房舍，眼眶裡湧出了淚花。

　　「喂，親愛的，」太太發話道，「這會兒，沒有什麼可看的……什麼也望不見……況且，我也不是為他，才要你的……地板在那裡還沒擦淨呢。」

　　「也許……他會回來？」安娜說。

　　「怎麼！你就這樣一直站到晚上？」太太問道，有點不耐煩了。

　　「在這裡就他是我唯一的熟人，」安娜小聲哼嘰著。

　　「哦，謝天謝地，就他一個，」太太答，「對年輕的姑娘來說，一個就夠多的了。」

　　安娜朝街心瞟了最後一眼。拐角裡，有約翰的身影一晃，他正在向一個過路的人打問。隨後，他也不見了。大街上空蕩蕩的。安娜忽然想起，她連鮑爾克先生的住址也沒留下，現在她跟馬特維一樣，也是一個迷失的人了。

　　霎時間，她身後的門砰地一聲關上了。老夫人的家，剛才還是人心惶惶的，大門開著，人們站在大門口臺階上，向過路的人

詢問，——現在沉靜下來，和近鄰別家沒有區別，一個模子似的並排佇立那裡；這家門上鑲著毛玻璃，漆著黑字，門牌號數為1235。

當時，在附近不遠的一個胡同，約翰曾問過那個過路人，碰上了一個怪人。那人好像肩上負著千斤擔子，不住地東張西望。過路的美國人親熱地拽住他的衣袖，把他拉到拐角處，順著沿街的方向指著：

「沙——伍，沙——伍（35），」他和藹地說。說罷，他深信，已經這樣明確地指給他，不會再出差錯了，便匆匆忙忙跑開，幹自己的正事去了。馬特維想了想，向四下望望，便走到附近的一幢房子前，按了門鈴。開門的是一位陌生的太太，滿臉皺紋，腦兩邊垂著一綹綹黑色的捲髮。她怒氣衝衝地問了句什麼——又關上了門。

第二家依然如此，第三家還是這樣。他站在一邊，想了想，應當向後轉。於是，他轉過身來，又轉了一回，看見了噴泉，走過去，他感到，一個鐘頭前，他們打這兒過過，又轉彎拐過去。他面前出現的仍然是那樣的街道，只是陰面朝右，太陽從左直射窗簾。……遠處，彷彿隔著大山什麼地方，聽見火車的嘶嘶聲。……馬特維站在街心，茫然不知所措，好似一隻從碼頭脫開的平底船，順流漂泊而去。他感到沒有希望找見老夫人的住處，只得向有嘈雜聲的地方走去。正在這個時候，也有一個青年人穿越剛才洛津老鄉走過的地方，向前跑去，那人正是約翰，他惶惶不安，神情沮喪。1235號的家門又開了，門口臺階上又站出了兩個婦女、一個青年男子，互相商量著，向四下裡打量著。安娜眼睛裡淚水汪汪。約翰感到很難為情，直聳肩膀。

愁腸百結、淚眼模糊的安娜那天，直到天色很晚，才幹完頭一天的活兒。活兒太多了，因為太太家兩個禮拜已沒有女傭了。再說，每逢這一天，都有客人來太太家打牌。他們一直坐到深

夜，安娜憂心如焚、疲憊不堪只好還呆在隔壁房子裡，等候主人再次呼喚。

客人們散場的當兒，感謝女主人讓他們過了一個愉快的夜晚。

「啊，說實在的，只有在你們這裡，有時才會感到回到故鄉老家一般。」有一個男賓一邊說，一邊吻女主人的手。「您怎麼這麼會操持家務？」

「嗯，她真神了，能幹極了！」老夫人丈夫驕傲地說。他胖乎乎的，頭髮花白了，大鬍子中間剔了一塊，面頰兩邊翹出花白的絡腮鬍子。「你們看見新來的女僕了嗎？」

「怎麼沒看見。肯定是從我們國內老家來的。你看，她有一雙多好的、溫順的眼睛。啊，我們的人民是不會墮落的。」

「您還不如說：還沒全學壞。我們那兒，可笑的事兒多啦，簡直是對人的諷刺。連農村，也興起夾克衫來了，不再穿好看的家常上衣了。」

「可不是嗎！不過，這姑娘，確實蠻好；沒有那種粗野的挑刺兒樣子，這個……怎麼說呢……嗯，一句話，挺好哇。只要你看看一個人幹活的架式，便知道。」

「只要這樣長久下去，就好！」主人太太歎息道，「不信，在這裡，一切異乎尋常地，很快就變壞了。簡直不知道，從哪裡壞起來的。」

「空氣壞呀，空氣壞啦……像是流行病似的傳染啊，」一個房客說，快活地哈哈大笑起來。……他走過房間的時候，親昵地揪了一下安娜的下巴……

這天晚上，在鮑爾克先生的 Boarding House[14]（公寓）裡，喧嘩聲久久沒有停息下來。雖說迪瑪變了性、學壞了，但他現在感

---

14 美國供膳的寄宿場所。

到很慚愧，覺得對不住馬特維，自己辦錯了事兒。當初，他們動身到外國來的時候，兩人商量好：要生死與共。動腦筋——是迪瑪的；出力，動手，跑腿——由馬特維幹。現在可好：當兩腿在世間周遊之際，腦袋瓜卻跟別人攪混在一起了。這時候，迪瑪的良心發現了，他大聲呼喊，他咒罵約翰，咒罵自己和朋友們，他甚至把帕地推倒，當他死氣白賴地開玩笑的時候。帕地生氣了，提出要和迪瑪決鬥。起初，迪瑪讓他見鬼去吧；但是帕地把他的鼻子打得出了點血——那時，他自己也出手隨便打了對方幾下……然而，沒有同伴的有力幫忙，他覺得腦子也不大管用了，於是，他抓起一把椅子，大聲呼叫，說他蔑視一切規矩，說他聽了帕地的意見徹底把自己坑了……夜裡，他從床鋪上跳了起來，放聲大哭。

當然，這些舉措，無濟於事。他的朋友在這座大城市湮沒無聞了，好似一根針兒，掉進了塵土飛揚、車水馬龍的農村大道上……

十七

從下面我們的敘述中可以知道，洛津人馬特維‧洛津斯基後來有些日子成了紐約最著名的人物；他每走一步，在這些天裡，都準確無誤地受到跟蹤偵察。這位穿古怪白色長袍的陌生人最先出現在 4 Avenue（紐約第四號大街），後來，他在天橋路面上蹓躂了很久，一直走到布魯克林大橋橋口。看來，他之所以一心想去那裡，是因為那裡人多熱鬧。在百老匯和一個胡同交錯的拐角處，他走進一家麵包坊，指著一大塊白麵包，把掌心裡放錢的手伸了過去。他對賣麵包的德國人說了句什麼。當德國人把找回的零錢給他時，他竟想抓住那人的手，拿到嘴邊吻它。德國人忙奪回手，又忙著招呼別的顧客去了。那洛津人站了一會兒，用憂鬱

的眼光望望麵包師，還想說點什麼，接著，出去上了街。

這個當兒，正是各大晚報出版的時辰。在離《紐約論壇報》大廈不遠處，有一個怪人來到這個小廣場上，他在噴泉裡舀了些冷水，貪婪地喝起來。儘管在這個骯髒的水塘裡，有兩個衣衫襤褸的小癟三在游泳，他也顧不了這許多。那兩個小鬼正在互相投擲鎳幣和銅錢，這些銅板是過路人為了逗樂、取笑，朝他們扔過來的。等待報紙發行的無數報童，無所事事，什麼好玩幹什麼；正好注意到了這些游水的孩子，和穿著怪裝的人。他們沖著這個怪人，哇哇喊叫著，說了一大堆尖酸的俏皮話，這時候，廣場上來了一個畫報記者，他匆匆忙忙把這個場面畫在本子上。毫無疑問，如果這個記者先生能夠預見到以後的事兒，他也許會盡可能把這個草圖畫得更完整些。可是，第一，他很忙，他回去後得憑藉記憶把草圖完成，第二，他搞糊塗了，錯以為這些游水的孩子是和陌生人一家的。最後，他不知道，他這個速寫是不是能在報上派上用場，為什麼呢？那是因為：這個古怪的陌生人連最平常的問題也不能回答。

「Your nation（你是哪國人）？」記者問，他很想知道馬特維的國籍。

「我怎樣才能找見鮑爾克先生？」陌生人回答。

「Your name（你叫什麼名字）？」

「他住在這兒不遠，附近有他的住所。他是我們那裡⋯⋯莫吉廖夫州來的猶太人。」

「How do you like this country（你覺得我們這個國家怎麼樣）？」──這句話的意思是，這位記者想知道，馬特維喜歡不喜歡這個國家。──這個問題，在記者們看來，所有的外國人必須懂得。⋯⋯

可是，這個陌生人沒有回答，只管用眼瞅著他，滿臉愁雲，弄得記者先生十分難看。於是，他不再提問，拍拍馬特維的肩膀

以示鼓勵，然後說：

「Very well（很好）！您到這裡，來對了，這對您很有好處：因為，美國——是世界上最好的國家，紐約——是最棒的城市。您的可愛的子孫日後將成為這裡有教養的人。不過，我得指出，警方可不喜歡，讓孩子們在城裡水池中洗澡。」

緊接著，這位鉛筆畫家先生，用他天才的畫筆，在畫面上勾勒出洛津人的長袍，還添上了幾筆神秘的花紋；把洛津人蓬亂的、未曾修剪的、粘在一起的濃髮，連帶他的羊皮帽子，畫成一個整體；最後，畫家腦子裡突然匆匆來了一陣靈感，使他把這個古怪的髮式紮成一束，變作帶型。他把馬特維的個子加長了四分之一俄丈，畫家把水池裡的兩個孩子放在他腳旁邊，把他們的長相描摹得跟他們「父親」一模一樣。

於是，他匆匆地寫了幾句題詞：「在百老匯，有一個野人，帶著自己兩個孩子，在噴水池裡游泳。」隨後，他把小本子塞進口袋裡，急急忙忙到編輯部上班去了；至於他這個離奇的題材是否有用，他把這個問題留作以後再講。

Tribune-building（《論壇報》大廈）的牆上，俯瞰著大街，有一個不大的陽臺。恰當這時，晚間副刊出版了，於是廣場上以及臨近胡同裡人們的注意力，一下子都集中到這個小小陽臺上。有好些人拿著成捆的報紙出現在陽臺上。他們從擠滿下邊胡同裡的報童手裡接過牌子，然後，作為交換，把成捆的報紙給他們。這事兒，二十分鐘就結束了。千百個報童，帶著幾萬份報紙，向各個方向飛奔而去；他們嘹亮的吆喝聲從這裡響徹了整個這座大城市。

小廣場上，只剩下洛津老鄉和兩個衣衫破爛的孩子。那兩個小癟三，在水池裡摸來摸去，把裡面的銅板全撈出來了。過了不久，有一個身材高大的先生朝這邊走來。這人身穿便服，戴著鋼盔似的灰色大禮帽，手裡拿著一個短短的棍兒，這棍兒很像赫特

曼 [15] 的權杖，上面還栓著線繩兒和纓絡穗兒什麼的。這就是員警霍普金，他在全紐約名氣很大。為什麼呢？因為他過去是一個拳藝十分高超的拳擊家，為著他，曾經舉行過多次著名的拳擊賭賽。關於這，報紙短訊多次報導過，就連我寫這段可靠的故事，資訊也是從這份報紙上得來的。然而近些年來，他幹的這種職業，卻遭遇了幾次大的挫折。有一次，他甚至被打斷了鼻軟骨，傷勢嚴重，不得不上醫院治療。這就引起了霍普金先生改換職業的念頭。身體條件和熱愛強有力的活動，決定了他的選擇。於是，他向員警署署長申請，願意當一名員警。那還用說，他這個請求很受歡迎，馬上被接納了。因為現在時局十分不穩定：經常發生罷工，失業者舉行群眾大會（正如一家明智的、思想可靠的報紙所指出的：繁榮、發達的國家，有責任利用這類現象，對愛妒忌的外國人，進行狡點的勸說）。所以這一切，對霍普金先生天賦的才能開闢了新的廣闊空間，他的或多或少帶有危險性質的體操本領，也有了用武之地。何況，這位員警手裡拿著的「club」（棍棒），是由梣木或橡木做成的，沉得很呢；用它對付任何的拳擊家，都具有絕對的優勢，所以，霍普金先生再次名聲大振，他的名字又常常出現在報紙的簡訊欄內。有一些工人日報對他寫道：「霍普金是一個著名的、濫用棍棒的員警。」然而，另外一些報紙卻興高采烈地指出：「霍普金先生，用他的棍棒，像鼓點似地，在鬧亂子的無政府主義者們的腦袋瓜上，乒乒乓乓急促地，照打不誤。」

　　事有湊巧，這位著名的員警和洛津老鄉偶然之間竟有兩次狹路相逢。第一次就發生在上文描寫的噴泉旁邊。霍普金先生，和平時一樣，大大咧咧、神氣十足地走來，一邊走著，一邊手裡舞

---

15 赫特曼（Рейман）——指 16 世紀哥薩克公選的「首領」。或指：17 世紀烏克蘭的「統治者」。有時指 16-18 世紀波蘭、立陶宛軍隊的「統帥」。此處像指後者。

弄著他的警棍。忽然，他那警惕、留神的眼光落在一個陌生外國人奇怪的身影上。據他後來的報社的採訪記者說：「我還沒見過，有什麼法律根據，對任何人起說服作用。」於是，他決定走近那人，去做仔細觀察。但是，此時那個陌生人莫名其妙的舉動，使他大吃一驚：「忽然，他從腦袋瓜上取下頭上的頂戴（顯然，是羊毛做成的），深深地躬下腰去，直彎得和霍普金先生的腰帶持平，然後，一隻手猛地抓著霍普金的手，拉到嘴唇邊，不知道想幹什麼。霍普金先生不能肯定，這個陌生人是否想咬他的手，但也不能否定。」

這個問題不明不白，暫且按下不提。因為在這一剎那，噴泉水池水面上突然露出了兩個戲水的孩子。當霍普金來的時候，他們潛入了水中；現在他們又泅出水面，想看看，他走了沒有。他們的行為，顯然違犯了文明規矩。這位員警立刻抓著這兩個淘氣鬼的衣領，把他們高高提上地面，開始抖摟他們，就像摔打兩個拖把似的。此時此刻，他的面容十分莊重、威嚴。就在這時，以前那個忙忙乎乎的畫報記者又穿過廣場跑來。他站定，在原先畫的洛津人像旁邊，又匆匆忙忙添上幾筆，草草畫上霍普金手裡抓著兩個野孩子的形象，並且，加了個補充說明：

「員警霍普金向野人解釋說，孩子在城市噴水池裡洗澡，是違犯本國的法律的。」

這位記者寫完之後，把小本子塞進口袋裡，拔腿快跑，去上纜車，以便及時趕到火災現場。他的腦海中，已出現了整個短訊的佈局：「眾所周知，我們的城市是世界上最大的城市。它吸引著世界上最邊遠地區的人們來我們這裡。前不久，我們有機會遇到了一個野人……」

當天才的記者腦子裡裝著這個短訊的構思，坐著纜車飛速奔馳之際，霍普金先生已經把兩個孩子弄到馬路上，輕輕地打他們幾下耳光子，惹得過路的人讚賞大笑，然後，轉身去找那個陌生

人。說不定，霍普金會想方設法弄清楚這個陌生人的國籍。可能，還會問他：「喜歡不喜歡這個國家」……這麼一來，馬特維這天晚上或許就會回到迪瑪身邊。要知道，迪瑪和帕地整天跑遍全城，亂轉，為了找他，……如果，這時候，正當霍普金和孩子們糾纏之際，我們的洛津老鄉不逃匿的話……

　　洛津人心裡明白，從霍普金的一舉一動來看，他一定是個員警，並且，顯然，還不止他一個。這個念頭一閃，又引出另外一個念頭：馬特維記得，他的護照留在鮑爾克先生家了……因為他還不知道，在這個國家裡，人民並不清楚護照的作用；想到這裡，身背後像是被捅了一捶。他開始向後退了幾步，接著，又向後走走，後來，如同俗話所說，「把兩腿掖在腰裡」，邁開大步，連頭也不回，飛快走了。他愁腸百結，滿腦憂思，他想：這可好，他在這個國家裡，現在成了沒有護照的流浪漢了，——於是，他融入了百老匯的熙熙攘攘、人煙輻輳的人群中。

十八

　　這會兒，又有一線希望，溫暖著他的心。他正走在擠滿人群的大街上，忽然有個人輕輕地、親熱地拉了一下他的袖子。一個黑人站在他跟前，用手指著人行道上放的一張椅子，嘰哩呱啦對他說了些什麼。黑得發光的臉，紅嘴唇，閃光的眼睛，捲曲的頭髮，這一切叫馬特維看起來，好像很熟悉似的。他甚至以為，莫非這個黑人，就是他頭一天來到時，糾纏著他的那個街頭閑漢麼？他現在要幹什麼？也許，他認出來了馬特維，也許，他認識鮑爾克和迪瑪，也許，他親眼看到了，他們在到處找他，跑遍了全城？也許，這黑人叫他在這裡等著，然後，他打發人去找馬特維的朋友？

　　的確，這個黑人讓馬特維坐下，便對他身邊的孩子說了句什

麼，那孩子馬上向什麼地方跑去，不見人影了。顯然，他跑去找迪瑪或鮑爾克去了。馬特維暗自歡喜，坐了下來，向黑人點了點頭。這黑人的臉現在使他感到親切：那眼神多麼憂鬱、溫存呀，嘴唇多麼善良啊。總之，他喜歡這張臉，不錯，這黑人是醜了點，黑了點，但和藹可親，殷勤熱情。黑人也向馬特維點了點頭，然後坐在他腳邊，想要給馬特維擦皮鞋。馬特維起初不大願意，後來，想了想，人世間各種習俗都有，也罷，別委屈了這個黑人。於是，他同意了，讓這個善良的黑人隨意吧，何況，他這雙鞋經過一路風塵，實在太髒了，已經發紅了。這黑人溫存小心地用刷子擦擦馬特維腳上的鞋，塗上鞋油，吹了吹，又擦。大約經過五分鐘光景，馬特維的皮鞋鏡子一般地亮起來。馬特維點了點頭，又更舒服地在椅子上坐下來。這時，黑人拽了拽他的袖子，用大拇指在手心裡比劃比劃。馬特維明白了，這黑人是在要「小費」（酒錢），他從椅子上起來，摸摸口袋。

「值，」他大聲說，「真的，值。對這樣熱情的服務，給多少都值。」

於是，他從口袋裡掏出兩塊錢。可是，那黑人只拿了一塊。

「再拿一塊把。」馬特維和善、好心地說。

黑人搖了搖頭。「多麼誠實、正直的民族啊，」馬特維想道。這時，他還想大搖大擺地坐到椅子上，可是，有一位先生搶先了一步，回來的孩子，走了過來，給黑人端來一杯啤酒。這黑人開始喝啤酒，黑孩子給剛來的那個美國人擦起皮鞋來。氣得馬特維怒髮衝冠。

「迪瑪呢，鮑爾克呢？」他轉身向老黑人問道。

那人扭轉臉來，望望馬特維，然後指指他的皮鞋，說：

「Well（好啦）。」

「歪爾（Well），意思是『很好』，」他想起迪瑪給他的解釋，「有什麼好的？咳，該死的！他說的意思是，鞋擦得很好。

他就是幹這個的……」

「你這個狗才，黑狗，」他傷心地想道，「人家把你當做好友、當做兄弟看待。對你寄託滿懷希望……甚至，像對親生父親那樣信任你！我把你看作天上的安琪兒（天使）。可是到頭來，反而是——你只給我擦擦皮鞋……」

這個可憐的人兒，只得快快向前遠去了。他的皮鞋像鏡子一般鋥光明亮，可是他的心底卻是漆黑一團，愈來愈陰暗了……

十九

他又來到海灣邊，站在岸上。那裡有一個圓形的小廣場。廣場上有一座小花園。行人頭頂上，盤旋著空中鐵路，蜿蜒蜒蜒架在柱子上。火車在鐵路上奔馳，彎成弓形，繞過海灣上空，沿著海岸一往直前，向水面噴出一團黑煙，在一幢灰色大樓的一角，消失不見了。馬特維坐在長凳上，望著海灣。海水碧波蕩漾，閃閃發光，耀眼明亮。不遠處，有一隻小輪船，長笛一聲呼嘯，裝滿了人群，離岸駛去。馬特維的目光，情不自禁地隨船馳去。這隻小火輪直航到豎立和平女神銅像的小島上去了。這女神像是他熟悉的。正在這時，又有一艘巨型海船經過海島緩緩駛去，形狀和洛津人來時坐的大船一模一樣。有一面旗子嘩啦啦迎風拓展，這旗子好似在女神銅像腳下張開翅膀一般，旗子上端是女神手中拿的火炬……馬特維眼睜睜地看著這艘歐洲航船用胸脯輕輕推開巨浪，於是，眼眶裡湧出了淚水……還在不久之前，他就站在這樣龐大的航船上，騁目瞭望著這座塑像，看到天亮，直到塑像上的火光熄滅了，太陽光開始在它頭頂閃爍金光……那個當兒，安娜彎著腰兒，撫著她的包袱，靜靜地入了夢鄉……

離這個地方不遠，有一座類似雜技劇場的不高的圓頂建築物。現在這個建築已經封起來了。可是，不久之前，這裡曾用作

安置歐洲移民的住處。他們是乘坐移民船隊來這裡的。如果馬特維當時知道這一點，肯定他會朝跟前走走。如果他向前走，說不定，他會碰見姐姐。這時候，他姐姐快快活活、一身盛裝，挽著奧西普……洛津斯基的手臂，正從大門口出來。一身打扮，像個紳士模樣；穿著和迪瑪差不多，不過，奧西普身上的衣服已經舒展、習慣，不再鼓鼓囊囊，翹起撅著；像馬鞍搭在牛背上，不配套似的。他們出來之後，便沿著海岸向右，朝碼頭那邊走去，也許，希望看見馬特維和迪瑪乘坐從德國來的移民船來到這裡。此時，這條大船剛剛駛過「自由女神」。可是，不巧得很，這會兒馬特維站起身來，沿著海岸，在急駛的火車後邊，向左走去。

　　大約又過了四個小時，人們在大橋旁邊又看見了這個怪人。空中火車剛剛過來，車頭轉了一個彎兒；於是，從對過方向來的美國人，成群結隊地走下樓梯——這個怪人，站在人流當中，大聲呼叫，引起了人群的注意：

　　「上帝的信徒們，救救我吧！」

　　不用說，那時候，誰也聽不懂他的話。如果擱到現在，要是有人這樣大聲喊叫，肯定，人群中會有人呼應；因為，最近幾年來，我們那裡有好多人，一船接一船地航海前來這裡：有波蘭人，反正教的族群，以及猶太民族。他們從這裡散居到沿海岸的整個濱海區；有的人在移民區種地，有的給人家當夥計或管事的，有的在工廠幹活。一些人成功了，一些人發財了，一些人在土地上得以安身立命。再過幾年，有些在莊園裡長大的，都成了強壯的農場工人，你就認不出來他們是猶太人的孩子了。但是，也有很多人運氣不佳，遭到失敗；這些人，一貧如洗，手足無措，他們又奔進城市，苟延殘喘，過起舊生活。有的人在地排車上擺攤，賣小刀，鎖頭；有的人沿街叫賣，兜售各種小商品；有人帶著紐約、尼亞加拉瀑布城和交通要道的地圖和畫冊；有的給自己一夥的熟人，或者新來這裡的人們當當聽差，跑跑腿兒。有

的人拿著一堆破爛兒，有時是一捧火柴，只要能用什麼東西遮掩一下窮途潦倒罷了。他們披頭散髮，衣衫襤褸，邋邋遢遢，一身污垢；他們步履蹣跚，垂頭喪氣，兩眼無光，神態悒鬱；根據這些，你就會馬上認出：他們正是我們老家那裡來的猶太人。不同的是，現在他們流落異國，更加不幸而已；因為，這裡生活費用更加昂貴，何況，機遇和成功不是人人能碰上的。

可是，那時候，這種不幸的人還不多。當馬特維站在人群當中，大聲呼喊之際，並沒有人答理他。算他倒楣，沒有碰到一個這樣的猶太人。好多美國人都停下來腳步，不勝驚訝地瞅瞅這個怪人，然後，又向前走了……當員警又走近這塊地界的時候，我們的洛津老鄉又慌慌張張離開這裡，消失在橋頭人群中了……

他過了橋，順著布魯克林大道一直向前走去。他期待著，過了河，這座該死的城市就到盡頭了，那裡就是郊外野地了。可是，他竟然走了三個鐘頭。後來，房舍越來越少，房舍中間，拉開很大距離，種著一排排樹木。

洛津斯基深深地呼吸著新鮮空氣。他貪婪地觀看野外的景致：地裡莊稼苗開著黃花，四野一片綠草茸茸。他估算著，若是在老家，現在草籽熟了，到割的時候了，莊稼也該灌漿了。他心理思忖著：

「嗯！我朝頭一塊田地裡一走，拿起鐮刀，揮它一兩下子，不用說話，人家也能明白，是跟哪號人打交道……何況，在地裡幹活的人兒，可能純樸些，村裡人一定不會要護照。只有到那個時候，才能跟這個該死的大都市最後一刀兩斷……？……」

此時此刻，放眼望去，大道兩邊，排列著獨家獨院的簡樸小住宅，有的是一層小樓，有的是兩層。有的住宅房門上或視窗，跟我們那裡小店一樣，懸掛著簡單的招牌。一個個小花園，越來越多呈現眼前；房舍形狀整齊劃一，都是一個模樣；石板路真像鋪在大地上的畫布一般，直直向前。大路兩旁，綠樹成蔭，搖曳

垂拂。偶而，好像路上出現了一輛車廂，宛如小黑盒似的，在太
陽光下閃閃搖晃，越現越大，又搖晃了過去；接著，遠處又出現
了另一輛……一會兒，彷彿是，一眨眼，一切都消失了，開闊的
遠景展現眼前：那裡出現了大馬路，在田野中間穿過，馬路旁
邊，矗立著一排排電線杆；上邊走著郵車；路旁田野裡，成熟的
莊稼，像大海一般，無邊無涯，一直延伸到天際地平線。那邊
廂，還有一條明亮的小河，小橋，小牧場——和藹可親的農人正
在地裡幹活……

　　但是，情況並不是這樣。而是：成堆成片的樓房，又突然從
綠蔭中，拔地而起。於是，彷彿又陷身於新的大城市中；雖然，
偶然間也會看到一些簡樸的小住宅，但是，它們中間，卻矗立著
六、七層的高樓；過一會兒，又出現了一片片小樓房和石板路，
似乎這座城市無邊無際，沒完沒了；好像全世界的地盤，都被它
占去了似的……

　　不過，這一切都顯得那麼生疏，和我們故鄉不同。有些花園
裡，長著奇異的花草。連成弓形的花芯中間，纏繞著爬蔓，——
馬特維仔細一瞧，原來是一串串的葡萄藤……

　　最後，附近樹枝杈枒中間，閃露出一塊黑絨一般的耕地。馬
特維連忙奔向那裡，站在路邊，透過掩映的樹林，向前望去。

　　可是，他在這裡見到的一切，使他心潮起伏，不能平靜。這
是一塊平坦的土地，有十五俄畝的樣子。這塊地的四周，既沒有
籬笆，也沒有木柵欄，更沒有竹竿；四下裡圍著的是帶刺的鐵絲
網。這塊地裡的一角，有一個黑黢黢的工廠，煙囪裡還在冒煙。
另一角，立著鍋駝機——這是一台帶輪子的機器，很好看，鋥光
明亮。飛輪在迅速轉動，忙忙亂亂地敲打著柱塞，一縷白煙在空
中散出細細的、勿忙的、斷斷續續的圈圈。在那裡，傳動纜在半
空中有節奏地浮動著。馬特維用一隻眼仔細瞭望，看見耕地的另
一角，還有一臺機器。這個鐵玩藝兒，爬來爬去，正在怒氣衝衝

地翻掘土地，它又啃，又挖，把黑土地面上刨了一個大寬溝。

馬特維畫了一個十字。一息尚存，祈求上帝保佑！現在在這種地方，鄉下農人有什麼用處呢？像馬特維這樣種地的莊戶人，他需要的是一匹聰明的馬，一頭壯實的牛，有勁的手臂，明察的眼睛，熟練的把式——這些，哪還用得著呢？既然是如此這般地耕種土地，他在這兒還能幹些什麼呢？

有幾個人注意地看著地裡的活兒。也許，他們來這裡是試機器，也許，來耕地；不過，他們之間沒有一個像我們那裡的莊稼人。馬特維離開，向另一方向走去，透過綠蔭，有一派水光閃現眼前……

他連忙彎下腰去，貪婪地喝起來，可是水是鹹的。這裡是濱海區，——舉頭一看，只見有兩三個帆影，在海岸和小島間浮動。小島盡頭——水面上空，繚繞著輪船煙囪的輕煙，似隱似現。馬特維臥倒在地，趴在岸邊斜坡上——趴在阿美利堅大地上的一隅，用貪婪的、發炎的、乾濕的眼睛，向遙遠的海外望去：在那裡，留下了他整整半生的生活印記。這時，海上輪船的輕煙，緩緩散了，徐徐散了，終於，消失不見了……

這時，太陽沉沒在海島後面了。海水前浪擁後浪，撲向岸邊。海浪顏色黝黑，濺出的泡沫和浪花，變了顏色，越來越白。馬特維似乎覺得自己是在睡夢中：他夢見，奇怪的海浪，拍岸擊水，嘩啦啦地響；他彷彿夢見，晚霞消散，一輪圓月，高懸在暮色冥冥的夜空；那月亮，呈淡紫色，輕微透明；那月亮，看起來很大，好像在沉思……海水仍在推波逐浪，嘩嘩作響。有時白色的浪花，在海浪頂峰，形成圓圈，搖晃起伏；有時，又好像有一個人，駕一葉輕舟，在海水中穿梭來往，不知為什麼他在海面上空到處點火：一會兒他燃著湛藍天空，使那裡顏色變幻；一會兒放映月亮銀白色的返光，最後，又現出燈火輝煌的紅光……

後來，仍然像似在夢中：聽見人聲嘈雜，喊叫喧嚷，還有，

響亮的笑聲。這時，從建在岸上木結構的小亭中，出來一群男子、女人和姑娘，他們穿著奇特的衣裝，裸露出胳膊和兩腿（直到膝蓋），手拉著手，隨著大聲歡笑，投入水中，潑水戲耍。水在他們腿下亂濺，嘩嘩作響，迸出大滴水珠，這水珠兒，簡直像熔化開的金豆兒。起伏的浪峰搖晃得更凶了，火光在水中跳躍得更快了，那火光和天空五顏六色的雲團、以及月光混合一起，煞是好看；還有那燈影下的葉葉扁舟──黑黝黝的，宛如整塊煤炭一般，在浪峰之間進進出出和歡蹦雀躍。……

　　馬特維總是覺得，他是在睡夢中，或者，是幻覺。異鄉的天空，生疏的外地大自然的美景，他們叫別人不解的快樂，外國的落日，異邦的大海──所有這一切，使他疲憊的心靈更加孱弱……

　　「上帝啊，耶穌呀，聖母喲……祈禱神靈……寬恕我這有罪的人吧。」

　　這個怪人的喃喃絮語，漸漸地沉寂了。

　　他背靠斜坡，仰面躺在那裡，真的睡著了……

二十

　　正睡著，好像有人突然在他肋骨上捅了一下，他馬上醒了。他霍地站起來，糊裡糊塗又朝前走去，也不知道去幹什麼，要到哪兒去。海面完全看不見了，岸上沒有一個人，路上也空蕩蕩的。一座座小洋樓，被天上的月光照得明晃晃的，現在入睡了；佈滿稠密、濃重綠蔭的不知名的高大樹林，也睡著了；圍著鐵絲網、尚未耕完的方塊土地，睡了；直直的、發白的道路，閃著暗淡的條紋，也睡了……

　　傳來了一陣叮噹響聲。一列車輛，突然從樹林綠蔭深處闖了出來，又跳，又叫，又鬧；宛如黑夜的甲蟲，飛馳而去，馬特維

瞪大兩眼，目送它離去。這車兒，不用馬拉，也沒煙囪，不冒煙，不冒氣。只是車頂上，從前朝後，拉拉著，豎起一跟上細下粗的鐵棍，它像一隻怪獸的觸角，是用玻璃、金屬和木料做成的。它好像抓著夜空朦朧中剛剛看得見的細鐵絲，每次，碰著接頭的結兒時，上端便閃出明亮的、淡藍色的火花。

車廂變小了，吭吭的聲音消失了，火花漸漸泛白，在遠處熄滅了；可是，從綠蔭中，又出來一輛，也是吭吭噹噹，嘩嘩直響。

無疑，這已經是最後一輛車子了，並且，整個車廂幾乎是空的。睡眼朦朧的乘務員，忽然瞧見路上有一個孑然的人影，鳴了一聲笛；車廂顫抖了起來，在鐵軌上咯吱咯吱地響，減速慢行。乘務員探身朝外，抓著洛津斯基的胳膊肘，把他拉上來，按他到座上。洛津斯基交了錢，計錢器裡響了一下金屬的聲音，於是，車子又開動了；一座座小洋房，花園，胡同，大街忽忽向後閃去。起初，一切都入睡了，或者，睡熟了。後來，好像又都蘇醒了，轟隆隆價響，大聲說話，光芒四射。天空泛出朝霞的紅光。一個個樓房窗口在閃動，越來越高，直上雲霄。

「這是 Bridge（橋），」乘務員說。馬特維下車出來，不能長久這樣多坐一會兒，感到十分遺憾。在他面前，現出了布魯克林大橋的出口，張牙咧嘴，好像一個岩洞似的。在它上面，又蜷著身子駛來一臺火車頭，拖著一列車。左邊，一輛輛纜車滾滾而過；右邊，對開的車紛紛駛出了並行的，開來好多輛帶篷卡車，還有少數人在步行……

馬特維走到大橋當間，站住了腳步。他耳朵裡嗡嗡直響，腦子裡天旋地轉。從他身邊，穿過一輛輛火車，車輛，馬車；大橋在轟鳴；從橋下傳來輪船汽笛的尖叫聲，聽起來叫人膽顫心驚；這些船看起來離這兒還很遠，在一個什麼無底深淵之處，那裡是一派往返移動的火光……兩個巨大的橋跨，直沖高空，從那裡，

垂下粗得難得一見的纜繩。從纜繩上拉下來整塊鋼筋網，支撐著
橋的重量。這些鋼筋，從船上遙望，真像美麗的蜘蛛網，——馬
特維不由地這麼想。透過鋼絲網，勉強可以看見河面。河水注入
海灣，形成一條明亮的光帶。忽而，輪船上的燈火沉沒在這光帶
中，忽而，又從那裡出現，閃閃發亮。再遠一點，河面上空，高
懸著千萬支燈光，宛如星斗一般，直達新澤西城，與那裡剛剛點
燃的新燈光，匯合一起。馬特維睜大眼，通過燈火的海洋，剛剛
分辨出遠處女神圓形的綴滿燈光的花冠和手中的火炬。他彷彿覺
得，看見了女神銅像的頭和舉起的手，映在淡藍色的光暈裡。但
因光線很弱，只是微微閃現；這一切宛如前些時他在夢中，幻想
的異邦的幸福情景……

　　洞穴一般巨大的黑色橋跨中間，守橋人的窗口，亮著燈。他
本人好似一隻微小的螢火蟲，手提著燈籠，從洞穴中爬出。他一
眼就瞧見橋頭站著一個外國人，美國人總是非常喜歡遇到這種情
況。守橋人拍了馬特維的肩膀，說了幾句恭維話。

　　「能不能在你那兒住一夜？」有氣無力地問。

　　「Ｏ well（好）！」守橋人用自己的話來回答。他開始向馬
特維解釋，說，美國比世界上任何國家都大，這是人人皆知的
事。而紐約，是美國最大的城市；這座橋，又是紐約最大的橋；
馬特維當時如果能聽懂守橋人的話，可能會得出這樣的結論：所
有其他的橋，和它相比，簡直太渺小了，不值一提。

　　後來，守橋人仔細端詳一下這位怪人，看出他滿面愁容。這
守橋人並不感到驚奇，因為忽然想到另一面去了……他想，如果
一個人生活遭到不幸，他很可能想不開，從這條世上罕見的大橋
上投水，那可是頂轟動的事了。不過，第一，這很難做到：因為
這厚厚的鐵絲網和纜繩，是不能穿越的；第二，橋也不是為此而
建，是跳不出去的。守橋人把這些情況，清楚地講給馬特維聽，
接著，使勁地把他扭轉過身來，從後面推著他，送他走開。再

說，這怪人很聽話，像上弦的機器一樣，順從地走向晨曦初現的城區。朝霞像王冠似的，懸浮在報社大樓上空，與那裡一串串的電燈光匯成光環⋯⋯

過了橋，馬特維不經乘務員的邀請，便上了電車，車廂上掛著一個牌子：「Central Park（中央公園）」。車子舒適的座位，平穩的運行，使這個無家可歸的人不覺神往；至於車子駛向何方，他倒無所謂。只要車子朝前開，越遠越好，什麼也不去想它，讓兩腿能得到休息，就得了。這時候，隨著車輪平穩的滾動聲，漸漸地，一陣昏昏欲睡的倦意襲上眉梢⋯⋯

車輪不響了，他感到十分不快。乘務員站在他面前，在拉他的衣袖。他又去掏錢，但乘務員說，「No（不）」；用手比劃一下，叫他下車。

馬特維出來，車廂空了；它快快活活，轉了一個圈。乘務員熄滅了車裡面的燈，車廂的幾扇窗子好像瞇起了眼睛，模糊起來；於是，馬特維立時發現，電車進了車站大院，隨後停在有陰影的車篷下，那裡早停著一些別的車廂⋯⋯

這裡非常寂靜。月亮還很小；雖然天上有星光，可是藍色的夜空仍然很暗。中央公園附近尚未完工的廣場，在銀白色的月光下，朦朧地泛出白光⋯⋯遠處的樓房，空曠的場地，工地圍牆交替出現眼前。但是，有一個地方，一座十六層的龐然大物，黑黢黢地矗立那裡；這是某個強人建造的大樓；樓的周圍還儘是些樹林呢⋯⋯這個通天塔──摩天大樓輪廓分明地披著霞光，與城市的燈火交相輝映⋯⋯

馬特維耳邊傳來樹葉的颯颯聲。樹林常常使這無家可歸的流浪漢感到慰藉與神往，因為馬特維・洛津斯基完全認為自己是一個真正的流浪漢了。

於是，他很快轉身向公園走去。此時此刻，要是有人從廣場上觀望他，很可能看見：他的白衣服時而隱沒在樹蔭裡，時而又

閃現在月光下。他就這樣走來走去，走了幾分鐘，突然站住腳。
他前面，聳起一片密林。上面有一個龐大的、細鐵絲編成的籠
子，像個帽子似的罩在樹上。裡面有好多鳥兒站在樹枝上或橫木
上，有的正在安詳地打盹；它們遠看，倒像是一個個灰色的疙瘩
似的。朝近處走了走，一個巨大的鵰鷹突然抬起頭來，眼裡閃出
凶光，懶懶地展開翅膀。然後，又坐下來，把頭縮進脖子裡。

馬特維連忙走開，害怕驚動鳥兒，弄出響聲。他步子走得很
慢，不住地四下張望，尋找避身之處。不久，他面前閃閃發白，
現出了一座長方形建築物。這個建築物半邊是黑色的，馬特維以
為它是一個棚屋什麼的，也許可以蜷著身子在那裡湊合一夜，睡
到天明。但是，他走近一看，原來是一隻大鐵籠子，嚇得他往後
直跳。籠裡露出兩隻眼睛，火光閃閃，兇相畢露。一隻大灰狼站
在睡熟的母狼身旁，眼睛警惕地盯住這個身穿白衣的可疑生人。
──這人不知為什麼，三更半夜在狼窩跟前跟跟蹌蹌直轉悠。

正在這時，不知哪裡，從樹林深處，傳來一個人的話聲，說
的是英語，又急又氣，怒衝衝的。這聲吆喝，叫馬特維嚇得夠
嗆，感到比林中的野獸吼叫更令人難受。他混身一顫，膽怯地又
躲入樹林那邊去了。他站在那裡，揮拳洩忿。可是，他用拳頭威
嚇誰呢？這個，誰也不清楚。不過，一個不會說當地話的人此時
不覺感到，他內心裡真的有一種狼的情緒正在蘇醒……

二十一

這時，有一股細細涓流的潺潺聲，吸引著他，使他繼續朝前
走。這是未經封嚴的噴水池的水，向外滲出，緩緩淌到一個貯水
塘裡。水流不停地直上噴灑，像是夢幻一般，泊泊迸濺，忽而向
上，忽而下落，發出涼涼響聲。馬特維彎腰捧水，貪婪地喝起
來。隨後，他決定在樹林子裡躺一會兒，便脫下帽子，畫了一個

十字。忽聽得遠處有汽笛聲，越過深夜的寂靜，向他傳來……他似乎覺得，這聲音好像來自另外一個世界。那時他自己也是坐船來到這裡……也許，這還是從舊大陸——歐洲來的那艘船。人們坐這船來到美國，為了尋求自己的幸運，——現在他們望見的只是高舉手臂的巨大塑像，她手中的火炬幾乎是在雲層下大放光明……只是到了此刻，洛津斯基才想到，女神手中的火炬照耀的是進入巨大的墳墓的大門。

他萬分悲傷，絕望地覷著滿天繁星，脫下帽子，念著晚禱現成的禱詞，祈禱起來。在湛藍的、深遠無底的太空中，靜靜地燃燒著紅光；這天空，看起來，十分遙遠，又十分陌生。他不禁長歎一聲。他拿起那塊依依不捨的麵包，小心翼翼地放在身邊——在樹林中躺下了。廣場上，花園裡，動物園旁邊，一切都沉寂下來，一切熄滅無光了，萬物沉沉入睡了。只有那細細水流，仍在潺湲作響，還有不知哪裡的籠中小鳥發出夜鳴，樹林裡有一個白色東西也在蠕動；時不時的，有人在夢中喃喃囈語，聽得出：像一聲聲既悲傷、又憤慨的夢話；也許，是祈禱；也許，是怨言；也許，是咒罵。

黑夜邁著它徐緩、沉穩的腳步，繞行大地。高空飄浮著白雲，這冉冉白雲，與我們家鄉的雲彩多麼相像啊。月兒滾滾西沉，藏到樹林後邊去了；涼意襲人，彷彿天邊已經泛白。一陣潮濕的寒氣，從大地上散發出來……

這時，馬特維遇到了一樁不小不大的意外。這件事使他後半生永誌不忘。固然，他並不認為自己有什麼罪過，但此事像石頭一樣，沉埋他心中，使他良心不安。

他正在打盹，忽聽得有人撥開叢林走過來。那人站在他身邊頭頂上，兩眼盯著他的夜間藏身之地。

這時，天色未明，朦朧昏暗。馬特維看不清這個生人的面孔。後來，他慢慢想起來，這人面色蒼白，兩隻大眼露出痛苦和

悲愁的表情……

　　很顯然，這也是一位夜間流浪漢，一個不幸的人。看來，他這一整天很不走運，也許，有好多天，運氣一直不佳，現在身上已經沒有付住宿費的幾個錢了。或許，這也是一個不會說當地話的人，是一個來自義大利的窮哥兒們。這些人，成群結隊地從他們美好的國家來到這裡。他們和我們一樣，貧窮、愚昧，也同樣思念遠離的故土，思念貧困的家鄉，想回到祖國的天空下。……他是許許多多失業者中的一員。這些失業者被不久剛剛停息湧進的龐大人流所拋棄，這些人流建成了這個國家。現在這裡聳立起來了一幢幢石頭摩天大樓。現在在這個國家裡，燈火輝煌，閃閃發光；彷彿黎明前的綺麗的朝霞。也許，這個人悲苦難言；也許，這個人疲累不堪，也許，這個人心中充滿孤獨之苦；也許，他餓得要命，很希望洛津斯基給他一塊麵包充饑。也許，他會給洛津斯基指出一條出路。……

　　也許，也許，……不要緊，就來個「也許」罷！也許，如果這兩個人，互相之間說幾句兄弟般的親熱話——在這個溫暖的、昏沉的、寂靜的、憂傷的夜晚，在異鄉，那麼，他們兩人，很可能會結成兄弟般的終生友誼。……

　　但是，這個不說話的人，只是在地上微微地挪動著身子，真和不久前他看見的籠中那隻狼動彈的那個模樣似的。他想，這就是剛才抱著敵意、尖聲喊叫的那個人。即令不是那個人，也可能是看花園的門衛，這人會把他從這裡攆走的。……

　　他抬起頭來，懷著敵對的情緒，於是，四隻帶著恐懼和不信任感的、充滿敵意的眼睛，相遇一起。

　　「捷爾曼？」陌生人的聲音低沉、喑啞。「弗蘭茨？泰苔科？義大利揚諾？」（德國人？法國人？義大利人？）他用聽不懂的話問。

　　「你要幹什麼？」馬特維答。「難道說，不讓人家在這裡安

寧一會兒？」

他們又互相問答了幾句話兒。只聽得，他們兩人的話聲裡，充滿敵意和怒氣。……

陌生人輕輕地撥開，叢林又合攏了，他消失不見了。

他走開了，他的腳步聲慢慢聽不清了。……馬特維猛地用胳膊肘支著身子坐起來，一陣恐怖襲上心頭。「他走了，」他想道，「以後會怎樣？……」他真想使這個人轉回來。可是，過一會兒他又想，叫他回來是不可能的，又何必呢。反正──一句話也聽不懂。

他仔細聽聽，只聽見腳步聲漸漸消失，隨後，完全停息了；只有樹林在黎明前愈益濃重的黑暗裡，沙沙作響。接著，從海面上湧來一團烏雲，於是，濛濛的細雨灑將起來。這陣溫馨的小雨，沒下多久，窸窣的雨滴打濕了花園中的樹葉。

起初，這中央公園的簌簌聲，是那兩個人都聽得見的；這會兒，只剩下一個人來聆聽這聲音了。……

另外那個人呢？第二天早晨天剛破曉，便發現他吊在一棵絮絮細語的樹枝上。他面色鐵青，十分可怕；兩眼瞪著，像玻璃球似的。

這正是那個人──當洛津斯基在樹林裡躺下的時候，他撥開林子，前來窺視的。不會說當地話的假啞巴，由於寒冷、潮濕、鬱悶的驅趕，他從地上爬起來，是這個上吊的人，第一個目擊者。他站在這人前面，呆若木樁，一動不動，不由地畫起十字。然後，慌忙沿著小路跑開，面色像白布一般煞白，兩眼飽含恐怖和癲狂的表情。……或許，他感到怪可憐的，也許，他怕當證人……他這個假啞巴、不會說當地話的人，沒有護照的人，怎麼向這個該死的國家的法官們解釋呢？……

在這時，一個守衛人正在棚子裡伸懶腰，打哈欠，他剛剛醒來，忽然看見了一個人。他對這個身材高大、身著怪服的人不勝

驚訝，接著，他想起來：夜裡彷彿在狼窩跟前見到過這個人。於是，他帶著好奇心和驚異的感情，去察看洛津斯基的腳印——他那大皮靴在這潮濕的沙徑上印下巨大的鞋印。……

二十二

這天早晨，紐約市的失業工人決定舉行群眾大會。時間訂得很早，以便讓遊行隊伍引起去辦公樓、工廠、作坊上班的人們注意。

近一周來，各大報紙對即將舉行的大遊行，都做了報導——詳載了集會的綱領和演說人的名單。報社預見到，群眾可能有「越軌行為」，因而採訪了警方首腦和工運領導人。交易所經紀人報紙和坦慕尼協會的報紙一致猛烈抨擊大遊行的「鼓動者」，信誓旦旦地說：在我們這個自由國家裡，只有外國人和懶漢、醉鬼才會失業。工人報紙進行反駁，但同時號召尊重人格、遵守社會秩序和法律。「不要給敵人以藉口，責備我們不文明，」——工人運動的著名領袖這樣寫道。

一家發行最廣的報紙——《Sun》（太陽報）承諾：它將用幾期的版面，詳細報導大會的實況。為此，每隔半小時，都將有大會花絮的特別補充報導。因此，有一名記者凌晨即被派出採訪，以便發回簡訊：《大會開始前的中央公園》。

這位記者很走運。首先他把公園的所有角落都走遍了。他碰見了馬特維，於是，馬上把照相機的鏡頭對準了這個人。儘管馬特維迅速地躲開了，記者還是拍到了一張快照相片。他打算在這張照片上加一個副標題：「第一個參加大會的失業者」。

他想像到，關於這張照片的人物，敵視工人運動的各家報紙，可能很快做這樣的理解：「他是一個穿奇裝異服的怪人，第一個來參加大會。我們國家，對這類人沒有任何責任……」

後來，記者敏銳的眼睛忽然發覺樹林裡吊著一個人。應對報社裡這位先生說句公道話：他首先想到的，或許，這個不幸的人還活著。於是，他連忙跑到屍首旁邊，從口袋裡掏出小刀去割繩子。但是，走近一摸，那人的手完全冰涼了——他慢慢向一邊退了幾步。於是，他選好位置，在畫冊上匆匆地把屍體勾出草圖來。……這一定會造成一種印象——雖然，要從另一個角度來看。工人日報派系的報紙會對此有充分理解。……「有一個人，更早一點來參加大會……這是世界上最富有的國家裡，又一個因貧困而犧牲的人。……」無論如何，這條簡訊將會引起強烈反響，引起普遍轟動，所以，報社編輯將會十分滿意。

果然不出所料，這條新聞以及死者的畫像，早早地在報紙上登出來了，這時，警方對此還一無所知呢。由於離奇的失誤（後來，有幾家報紙這樣寫道：「不過，最優秀的員警當局也有可能遇到這種情況」），參加大會的人群已聚齊了，都看見了屍首，可是員警，還不知道事情的原委呢……

馬特維·洛津斯基當然不知道今天開大會，因為他不能看報紙。可是，他卻發現，從四面八方熙熙攘攘，來了好多人。成群結隊的人從大街小巷聚集到廣場上。他們或穿著西服上衣，不錯，很破舊；或穿長禮服，不錯，油污斑斑；戴著禮帽，不錯，揉皺得不像樣子，身上的襯衣硬綁綁的，也很髒。這群人的一般外貌——疲憊不堪的面容，有的人，滿臉大鬍子，倒給洛津斯基一種欣慰的感覺。他感到似乎有點親切感和同情。他們大夥都聚集到噴泉旁邊，然後，聽說了有人自盡，馬上，像一群螞蟻似的，都擁到這個地方，他們憂心忡忡，愁腸百結，義憤填膺。

洛津斯基這會兒壯了壯膽子，走出樹林，到小廣場上來。那兒已經聚集了一群皮膚黝黑、頭髮濃密的人流，他們穿得比別的人們更加破爛。他們的眼睛猶如李子一般，面孔黑黑的，有的人還戴著尖頂寬邊帽，他們說話像音樂似的——柔和悅耳，頗有韻

味。這是一群義大利人。馬特維看到這些人，不由地想起從喀爾巴阡一帶來到洛津的那些斯洛伐克人，有點相像。他懷著信任感準備同他們聊聊。可是，他們那裡沒有一個人聽懂他的話。這般義大利人懶洋洋向他扭過頭去；有一個走到他跟前，摸摸他的白袍子，奇怪地張口咂舌，嘖嘖出聲。然後，高高興興地又摸了摸他手臂上的肌肉，便對自己的同伴不知說了些什麼。同伴們大聲呼叫，表示贊同……除此之外，馬特維從他們那兒一無所得。……他注意到，他們那些人的眼睛像火似的閃光，有的人，夾克下面腰帶裡還掛著不大的長柄刀。

不久，人群擠滿了廣場。廣場上空，綠蔭中間，蒙上了一層雲霧似的薄土。人聲鼎沸，在攢動的人們頭頂上嗡鳴。

吊著死人的樹邊，開始熱鬧起來。戴著灰帽的員警們雄赳赳、氣昂昂向這裡開來。人群譏笑他們，向他們呼喊敵意的話語和難聽話，揮動著報紙叫他們瞧，可是，他們毫不在意。這時，正好在那棵吊死人的大樹旁，發生了什麼騷動——在黑黢黢、紅褐色的、雜色的帽子中間，只見員警的灰盔奇怪地起伏碰撞，接著，木警棍又上下揮動，於是，人群一片混亂，你踏我踩，前撲後擁。隨後，屍首晃動一下，死者的頭忽然從陰地露到白地裡，頭耷拉著，身子好像故意地悄悄向下墜，跟人群一般高。

馬特維脫下帽子，畫了個十字。這時，從小廣場的另一方向，忽然傳來了音樂聲。洛津斯基扭頭朝那邊廂一看，只見一團金色黃土滾滾而來。塵土飛揚的地方是在大廣場那一邊，在一座大樓旁邊，穿過胡同，直沖花園而來。這漫天飛塵彷彿是人們趕著羊群過來了，或著像軍旅大隊人馬開拔。從雲霧騰騰的飛塵中，傳來了音樂聲。只聽見那聲音忽而停息，餘音嫋嫋——像是千軍萬馬清晰的踏步聲；忽而迸發，音調響亮，像是單簧黑管、銅號的嗚嗚聲，圓鼓的咚咚聲和大鼓的轟隆聲。街頭的野孩子排成兩行在前頭跑著，高個子鼓手揮動著指揮棒，邁著大步，走在

前面打拍子。他身後是樂隊，慢慢移動。那般樂師，個個紅臉頰，鼓起腮幫，戴著插羽毛的盔帽，穿著花花綠綠的制服，肩頭披著帶穗的大肩章。（那肩章做工極佳，刺繡、裝飾十分精美。可以說，肩章上沒有一處，沒有繡滿花邊，綴滿金銀邊飾的。）

馬特維以為，下面他會看到大部隊。可是，等到飛塵越來越近，空中越來越亮，這才發現，樂隊後面儘是人流——還是那些穿破衣、戴舊帽、灰塵滿面、神情沮喪的群眾。在這五光十色的人流前面，走著一輛帶輪的高板車，上面插著一面旗幟，高出人頭迎風飄揚。約莫有十來個人圍著旗子，同人群一道緩緩前進，他們大概是警衛……在隊伍明晰的步伐聲中，在等候的人群狂叫和呼哨聲中，旗子呼啦啦飄動著，最後來到噴水池旁，停下了。旗上的皺褶在徐徐搖擺，垂了下來，只有穗子迎風飄動，偶而，那旗面忽然嘩啦啦一陣價響，上面印的金字彎彎曲曲顯現出來……

到這時，群眾中才出現了真正的「安息」。一些人把新來的人群叫到死人上吊的大樹旁，另外一些人想呆在事先指定的地方。旗子又搖擺起來，插旗的大板車在人群後面移動，但不久又折回來，被緊靠樹邊的員警部隊頂撞、推退回去。

這陣推推撞撞、擠擠擁擁，弄得塵土漫天飛揚。當塵土飛向遠處，散到廣場上，這時，旗子又立在那裡不動了。忽然，旗子下面站起了一個人。這人光著腦袋沒戴帽子，向後披著長髮，黑眼珠閃閃發亮，像南方人。他個頭兒不高，但因站在板車上，所以高出人群很多。他的嗓音響亮驚人，馬上壓著人流的嗡嗡話聲。這正是查理斯·赫姆彼爾斯——著名的工人組織的演說家。

人群靜了下來，沒有一人出聲。他把手指著曾經吊死人的大樹，聲音不高，但十分清亮，慷慨激昂：

「首先，向一位同志致敬。他在這次艱苦的鬥爭中，已於昨夜犧牲了。」

　　成千上萬的人群中，好像掀起了一股旋風。數以千計的帽子忽然飛向半空，閃閃飄動。人們的頭都光光的了。旗褶猛地掙開，在死一般寂靜中，嘩嘩啦啦，發出低沉的悲鳴。於是，赫姆彼爾斯又接著往下講。

　　馬特維心口有個什麼刺痛他一下。他心裡明白，赫姆彼爾斯此刻講的正是「這個人」——不幸的、流離失所的人。那人同所有無家可歸的人一樣，苦喪著臉，疲憊不堪；也和他——洛津斯基一樣，深更半夜，流落公園。他講到，那些被這座冷酷無情的城市遺棄的人們；又講到，不久前用嘶啞、低沉的聲音向他提問的人……還講到，懷著深沉的痛苦流浪在這裡的人，並且，那個人現在已經離開了這個世界。

　　只聽見，風吹樹動，樹葉颯颯作響。又聽見，巨大的橫幅標語，迎風展開縐褶，忽閃晃動，發出沉響的摔打聲。……赫姆彼爾斯光著頭，站在高處，繼續講演；他的話語平穩，傷感；誠摯親切，感人至深……

　　然後，他轉過身來，忿怒地，威脅地對著這座城池伸出手臂。

　　於是，彷彿有一件東西，砰地一聲敲擊著人們的心——群眾中忽然發生了一陣騷動。大家的眼睛一致轉向那裡，那些義大利人，踮起腳跟，站起身來，握緊骯髒的、曬黑的拳頭，伸出青筋顯露的臂膀。

　　這座城市被它自己散發出來的薄薄的煙霧籠罩著。它靜靜地佇立那裡，彷彿在從容不迫地喘息，過著平凡的、毫無干擾的沉靜生活。廣場上奔跑、綿延著車隊，轟隆作響；不知哪裡，只聽見一列火車，氣喘吁吁，穿過地道，飛馳而去……一陣風來，刮得廣場上塵土飛揚，雲霧騰騰。這片雲塵，好像被太陽穿透、挑起的絲帶一般，懸在一幢未建成的通天塔似的大廈半空中。高處腳手架當間，有一群正在施工的工人，像螞蟻一般，正在上邊蠕

蠕爬動；下邊，龐大而又沉重的機器時不時地向上升起。煙霧迷蒙的塵土飛揚四起，慢慢消散，又向上飄去；這時，有幾臺巨大的起重機在自己的底座上，無聲地轉動吊杆，然後把地下裝滿磚石的平板車慢慢抓起……

晴朗的天空，明媚的陽光，普照著這大地上的一切活動。

有一種難以名狀的、未曾經受過的、強烈的感覺，在洛津人的心口浮動。自從來到美國大地，他還是第一次擠身在人群當中；他理解這群人的感覺，同時，他覺得，這也正是他個人的感情。所有這些，使他感到高興，使他得到奇異地心滿意足，他躍躍欲試，恨不得立刻去幹點什麼。他想要的更多：他想叫別人看到他，讓別人知道他的經歷；叫別人瞭解他，他也會理解別人；他很想，叫人家關心他，他此刻，對別人也有一股熱心腸。他熱望出現　種不同尋常的、令人陶醉的事物；他覺得，馬上就會發生什麼事兒；事情一發生，大夥兒就會好些——包括他，像一枚鋼針似的，沉沒、流落在異鄉的洛津斯基。他不知道，他想去哪裡，以及，他該幹什麼才好。他已忘記，他不會說當地話，他沒有護照；他忘了，他在這個國家裡是一個流浪者。他忘了，為了等待什麼，他才朝前面硬衝直闖；他忘了，經過一段時間的孤獨之後，他意識到同這個龐大人群結合的快樂——他同這群人懷有共同的感覺；這感情，就像陡岸下的海水，在起伏，在顫動。他彷彿在溫柔地微笑，他悄悄地咕噥什麼話語；但他又迅速地向前衝去——衝向站在旗幟下那個人跟前，要知道，那個人多麼清楚地瞭解大家的感情啊，他多麼勇敢地吼出深刻的洞察一切的、打動人心的話語……

二十三

馬特維·洛津斯基如果真走到大板車跟前，誰也摸不清，他

究竟要幹什麼。不知道，他向赫爾彼爾斯先生──打動他心靈的演說家，要說些什麼，如何表達他的情意。在他出生的那個小地方，有一種習俗，就是：穿粗布大袍的農夫向穿大禮服的先生們，表達敬意時，得彎腰抵地的深鞠躬，還得吻手。很有可能，赫爾彼爾斯先生會遇到這種對他令人感歎的演講技藝致敬的表態，如果不是那命定的事態改變了當時的情況的話。事情是這樣的：那個昔日著名的拳師，當今現任員警，搶先一步來到洛津斯基走過來的半路上。這樣一來，就比工人組織的代表、天才演說家赫爾彼爾斯先生提前和洛津斯基見面了。霍普金先生站在那裡，身邊還有幾位戴灰色盔帽、手持警棍的人；他一動不動、像雕塑石像似的，明擺著的是：他並沒被赫爾彼爾斯先生的伶牙利齒的高超口才所打動。紐約的員警們對這號時髦的先生知之甚詳，並且，對他們的雄辯才能另有一番自己的評價。員警知道，赫爾彼爾斯先生是一個非常老練的人，他在自己的演說中，從來「不出格兒」。然而，聽眾聽了卻常常不守秩序，亂成一團，──這種情況，是出於他語言力量的作用。失業的人們特別容易失控，加之今天那株該死的樹上還吊死了人。可是，員警卻沒注意到那個倒楣的死鬼，叫他「出格兒地」掛在樹上那麼久，從而，大大地刺激了群眾的情緒。再者，這裡很久沒有舉行過這麼多人的群眾大會了，所以，每個員警，面對可能發生混亂或鬧事的情況，不得不振奮精神，以一對百。

在這種情況下，員警百倍提高警惕，特別注意外來移民。一切合乎正規情況──即一切正常，亦即，僅限於言論，即使很激烈可怕也無妨；或者，僅限於動作，哪怕有點戲劇性地張狂；──所以，直到此刻，員警仍然戴著自己的灰色盔帽，乖乖地站在那裡；對演講人說到正好處，偶而甚至故作姿態，表示贊同。不過，如果有部分群眾稍稍企圖「越軌」的話，──於是，員警會立即站到進攻、彈壓的有利位置。於是，出乎意外、令人震驚

的是：警棍在人群中飛快、使勁地揮舞起來。群眾，有時聚集兩萬多人，面對一百多條打來的棍棒，刷刷後退；而那殿后的人則用手捂著腦袋，紛紛逃竄……不幸的是，馬特維當然不曉得這裡的規矩。他只管朝前走，心胸坦然，嘴頭上咕咕噥噥，滿懷希望。他看見，突然，一個戴灰帽的高個子先生轉身向他走來；他還發現，這個人就是昨天的那位員警；這時候，有一種感情湧進他的心田：即一種傷心、委屈又無助、希望得救的感覺油然而生。一句話，他很激動，你看他，俯下身來，想拉起霍普金先生的手，吻它。

霍普金先生猛地向後退了一步──於是，警棍在空中一聲呼哨……在人群中，只聽見尖銳的頭一下打擊聲……

洛津斯基馬上直起腰來，像是一隻瘋狂暴怒的野獸一般……他血流滿面，帽子也打掉了，兩眼凶光畢露。他比那次在鮑爾克先生家發怒還可怕。現在，再沒有任何人有力量，能夠攔住他了。這個高大的、強壯的、溫和的人，這時候，他的心靈再也沒法忍受這突如其來的侮辱和痛苦了。這一警棍打得非同小可，把一切苦與恨都集中這上頭了──洛津斯基在這一時期經歷的、承受的一切不幸，與各種苦頭，以及一個流浪者的仇恨與忿怒。他曾像野獸一般被追獵、被迫害。

不知道，霍普金先生是否像帕地那樣，懂不懂印第安拳術，不過，在各種場合他都沒有能夠及時用上它。突然有一個龐然大物，野性發作，站在他面前，以雷霆萬鈞之勢向他壓來──於是，員警霍普金被打倒在地，一下子躺到騷動、沸騰的人群中間……跟在霍普金之後，他的親近同伴也被打倒。這個身著罕見服裝、蓬鬆散亂、狂怒兇狠的巨人，在幾秒鐘之內，他一下摔倒了一大串紐約市員警隊伍。……他身後，首先跑過來一群義大利人，撲向員警，他們大聲吶喊，眼睛如火一般放光。美國人卻呆在旗子旁邊不動。赫爾彼爾斯先生站在旗子下，扯破嗓子拼命地喊，號

召大家安靜，要守秩序，——白費力氣；他同時指著一幅大標語：「秩序，尊嚴，紀律！」也是徒勞。

過了一分鐘，全體員警都被打翻在地，於是，人群湧向廣場……

發生在中央公園的事件，影響所及，使這座城市震動，它彷彿一陣兒在發抖。開走的車輛加快了速度，迎面來的車輛猶疑不決地站下了，各個吊車停止了轉動，建築工地腳手架上的人們不再爬來爬去，前後蠕動……工人們懷著好奇心和同情，瞭望著人群——他們擊潰了員警，現在正準備穿過廣場衝向附近的樓群和街道。

但這種情況，只有「片刻」。廣場被群眾所控制；但群眾完全不知道，該怎樣利用這個廣場。然而，大部分人仍然呆在旗子旁邊。人群的排頭，像蛇一般，本來想要向城內方向移動，漸漸地又靠近後續隊伍。大會組織者經過短暫考慮，決定終止遊行、開會，於是，匆匆忙忙做出了一個抗議員警行動的決議，便收兵回去。好像什麼事情也沒有發生，雇來的樂隊又整頓好隊形，走在前面；於是，塵土伴著音樂聲，又雲霧滾滾地穿過廣場飛揚起來。整理好衣裝的員警，排成嚴整的隊列前進，他們以讚許的姿勢揮著警棍，鼓勵掉隊落後的人們。

過了半個鐘頭，公園便空無一人了。起重機的吊車，又從底座上移動起來；工地的建築工人又在高聳雲霧的腳手架下來往蠕動，車輛又平穩地行駛；過往的行人只能從報紙上瞭解到，這裡半個鐘頭以前發生的事情。公園的守衛在噴水池旁走來走去，看著被踐踏壞了的草地直搖頭，並且罵不絕口……

二十四

由於洛津人馬特維的緣故，紐約市各大報社緊張地忙個不

停。因為他，印刷機多轉了幾十萬圈，數以百計的記者為了報導他的消息，滿城奔走，各大報社——《World》（世界報），《Tribune》（論壇報），《Sun》（太陽報），《Herald》（先驅報）——大樓前面的小廣場上，聚集了好幾百報童。跑遍了全城，四處尋找老友馬特維的迪瑪，來到一幢樓前，忽然看見一個檔板，上面掛著一張傳單（號外）：

> 紐約出現野蠻人
> 失業工人群眾大會上發生的事件。
> 是卡菲爾·巴塔哥尼亞，或者考斯拉夫人？
> 他比員警霍普金力量還大。
>
> 對文明的威脅
> 這是對本國法律的褻瀆！
> 這裡，提供打殺霍普金員警
> 的那個蠻子的照片。

過了一個鐘頭，這一張張傳單已經散發到報童人群手中。他們馬上向四面八方奔去。他們鑽進馬腿下邊，他們跳進正開行的電車裡；過了半個鐘頭，他們就來到了地道盡頭，進入郊外住宅區（布魯克林區）——到處都能聽見他們響亮的叫賣聲：

「紐約出現野蠻人！……請看野蠻人在失業工人大會上的照片！……他瀆犯了法律！」

昨天那個畫畫的記者——他畫了一張漫畫：一個野蠻人帶著自家的孩子，在噴水池裡洗澡——怎麼也沒想到，他的畫起了那麼快的作用。現在這幅天才作品被翻印了幾十萬份；連最嚴肅的美國人，剛出辦公室下班回來，邊走邊看報，正好翻到印著野蠻人像的地方，還有文字說明：「兩次觸犯本國法律！」因為很難去做偶然的比較，在沒有搞清楚這神秘人的莫名其妙的犯罪活動

之前，報紙提出自己的解釋時，不便堅持事實的可靠性。「昨
天，那個可憐的員警霍普金，關於不應讓孩子在噴水池裡洗澡的
因由，曾向野蠻人做過充分解釋。大家知道，一般說來，野蠻人
都是器量狹小，報復心重的。誰知道是不是，也許，霍普金由於
在百老匯熱心執行自己的任務，才被打倒做了無謂的犧牲品。」

另外一家比較嚴肅的報紙，對這個事件做了新的跟蹤報導。
該報的標題是《失業工人大會記實》：

「關於中央公園發生的事件，本報謹向讀者作一準確報導。
眾所周知，大會本來訂於早晨召開，但天剛破曉，廣場上及其近
處已聚滿了人群，數目極眾，因而引起員警某種不安。員警隊伍
中，有一著名成員霍普金先生，原為拳擊師，曾在本市名噪一
時。

不幸，發生了意外事件。當然，此類事件在本州任何城市均
可遇到，在本國任何州均可發生，在世界任何國家均可出現（在
那裡，貧富不均現象永遠存在，不管烏托邦主義者如何說）。這
一事件，嚴重影響了參加大會的群眾情緒。在大會會場附近，距
離噴水池不遠之處，當天夜裡吊死了一個窮人，該人的姓名、職
業、民族尚無從知曉。無論如何，此事顯示，員警當局無疑有失
職之嫌。在員警發現該死者之前，有一名記者已經描繪了自盡者
的相貌。當公園裡已經聚滿了人群，此時才把死者從樹上環索中
放下來。群眾的命運可以用這位貧困的不幸者的形象和命運充分
說明，因為，群眾由於偶然的、並且是悲慘的原因，往往會有這
樣淒慘的遭遇。員警企圖放下屍體，起初沒有成功，那是由於激
忿的群眾的強烈反對的結果。可是，後來員警加強了力量，終
於，得以完成任務——必須承認，儘管還是借助警棍的威力。至
於員警使用警棍，我們曾多次指出，在文明的國家裡，使用此類
工具，往往證明不見得是正確的。

著名的工人運動鼓動家赫姆彼爾斯先生，在指定的時間準時

到場。跟他一起來的有樂隊和彩旗。旗上印著標語：

　　　　要工作！

　　　　人民的忍耐已到盡頭！

　　　　向新市長請願！

　　為了公正起見，還要求補充以下內容：「『尊嚴，秩序，紀律』！」

　　報紙簡訊下面，還有另一欄目，包含三個標題：

　　　　《查理‧赫姆彼爾斯痛苦難言》

　　　　《他大力攻擊富有與奢侈》

　　　　《他譴責本國的法制，稱本市為巴比倫的蕩婦[16]》

　　「具有驚人演講天才的查理‧赫姆彼爾斯，很善於利用當時的情勢。伴隨著伊文斯優美的合唱隊 Second Avenue, No.300（第二大道，三百號），他來到現場，得知早晨發生的事件之後，馬上開始他出色的即興演說。他在演說中，用最陰暗的言辭描繪了失去工作的工人的現狀，講述了大多數不幸者瀕臨死亡的同樣命運。接著，他用對比的手法，一步一步地展開這個城市的內情，人所共知的世界上最大的和最富的城市。查理‧赫姆彼爾斯的演說的目的，是號召失業工人向市長請願，同時宣揚工人組織的思想——他的演說內容，顯然引起最壞的反響（情緒）。是的，原有的英國人和美國人（不過，他們的人數不多），甚至大多數愛爾蘭人和德國人族群都很守秩序，沒有亂動。最不文明的分子——乃是義大利人以及部分俄國猶太人，特別厲害的是一個國籍不明的野蠻人——他們在這場事件中，就像是火柴引著了火藥——突然爆發，一哄而起。」

　　　　《羅賓遜參議員對這次事件的看法》

　　「我們記者受到羅賓遜參議員在家中親切接待。他認為，在

---

16 巴比倫的蕩婦——源自《聖經》，指淫蕩女子，轉意為墮落之地。

這次事件中，我國法律制度鮮明地表現了約束力量。羅賓遜先生
對我們的記者說：先生，您怎樣看待這次事件呢？暴亂的人，因
受到危險蠱惑者的煽動，對員警大打出手。威武的霍普金及其夥
伴們和這些暴亂者之間，有一堵障礙物坍塌了。那又怎麼樣，
——暴亂者沒有得到任何好處，於是，主動地回來遵守秩序。然
而，我想向赫姆彼爾斯先生，包括和他同樣的鼓動者提出一個問
題，我希望，我這個問題不致使他們做難：先生，為什麼你們要
煽動群眾鬧事的情緒，事情的結果，無論如何不可能對自己有什
麼好處？」

　　編輯部補充寫道：「對於尊敬的參議員先生這個致命問題，
我們希望在本報下期能刊出赫姆彼爾斯先生對讀者的答覆。」

　　次日早晨，報紙兌現了自己的諾言。報紙首先登出赫姆彼爾
斯先生的照片，然後刊出本報記者同他談話的詳細記錄。據本報
記者描述，赫姆彼爾斯先生與參議員先生一樣，是位非常討人喜
歡的人，對記者的態度極其親切熱情，但他對這次事件，批評十
分激烈有力。赫姆彼爾斯先生責備本市員警當局在各個方面均未
能克制。至於他本人，一切按「規矩」辦事。不錯，正如本報記
者完全正確地指出，他這人在演說中，相當「尖酸刻薄」。對
此，他並不否認。不過，在這個國度裡，從什麼時候起，人們應
該光說甜言蜜語？要是有人不喜歡把這個城市比做巴比倫蕩婦，
那麼，他禮拜日就不必去聽教士佈道，例如，去聽可尊敬的 rev-
erend-Johns（約翰斯牧師）的講演，因為牧師喜歡用這個比喻。
然而，並沒有人為此譴責這些教士們，說他們蠱惑人心，煽動邪
惡情緒，或者，說他們污蔑國家。應當認為，Tammany-ring（坦
慕尼集團）——大家知道，羅賓遜先生是該集團的一個活躍分子
——尚無力量限制本國的言論自由，這種自由是憲法偉大締造者
所賦予的。記者在這裡表示遺憾，說他既不能表達談話者優美的
姿勢，也不能描繪赫姆彼爾斯先生說最後一句話所表現的高尚熱

情。（然而，他敢斷定，他們會給予該國一流演說家以榮譽。）
赫姆彼爾斯先生對發生的事件深表遺憾，但他認為，他的朋友們
是此一事件的受難者，因為大會因而中斷，並且，集會的權利被
他們粗暴侵犯。暴亂如何開始，他未能親眼目睹。他並不想去懷
疑那位描繪野蠻人的天才記者的認真態度。然而，不管是那個野
蠻人的外表或服飾，都是員警當局發明的舞會化裝，這是顯而易
見的。關於向他提出的那個問題，滿足可尊敬的參議員的好奇
心，比闡明坦慕尼集團幹的那些勾當要容易得多。從上述可見，
他並未挑唆任何人去攻擊員警，也沒有鼓動員警熱衷於使用警
棍。但他深信，貧富不均的問題必須在言論自由和工會的基礎上
加以解決。至於宣傳鼓動，其效果，現在已經顯現。兩年以前工
人大會（他有幸曾是大會的主席），會員的數目比現在正好少一
半。成績實為可觀。至於今後如何，大工廠主兼參議員羅賓遜先
生對此會有話可說，因為，在他的工廠內，從去年起，在工資未
減的情況下，工作時間已經縮短。「我們驕傲地預見，」赫姆彼
爾斯先生用獨具一格的諷刺口吻說：「羅賓遜先生不得不增加工
資、同時並不增加工時的一天即將到來……」赫姆彼爾斯先生最
後說，他準備向聯邦法院提出訴訟，告他們破壞工人大會的不可
侵犯性。他說，大家知道，我們的專家直到如今還沒有弄清這個
神秘野蠻人的民族。然而，赫姆彼爾斯先生並不灰心，希望法院
會辦成此事，同時，警察局長（不過，他對局長沒有表現出應有
的尊重）現在關於此事已經知道某些情況。

　　報紙短訊組後在結束語中寫道：「總而言之，如果把某些招
致非議的棘手問題（也許，被批判得正當）擱置一邊，——那
麼，赫姆彼爾斯先生不僅是一位優秀的演說家和精明的政治家，
而且是一位十分討人喜歡的對話者，他並不否認慷慨陳詞和高尚
思想。赫姆彼爾斯先生表示深信，他和同志們會對國家真誠效
力。他們會對社會團體在組織、制度、意識形態和希望等方面給

予幫助。這些社會團體因為貧窮、絕望和忿怒很容易成為無政府主義的犧牲品。……

連日來，中央公園發生的事件一直未離開紐約各大報的欄目。記者滿城轉悠，於是，有各色人等到報社反映，說他們在各個不同的地點見過一些怪人。這些人疑似那個野蠻傢伙。因而，紐約市出現了很多野蠻人。有些一知半解的學究先生，根據報紙最初的描繪，開始對這個野蠻人的國籍和民族，提出自己的看法，意見是各式各樣的。由於消息來源越來越廣泛、確切，因而，學究先生們的結論範圍愈加縮小。首先是阿特金松先生。他根據「這個陌生人的破壞行為傾向和他極端仇視文明及文化的特點」，得出了最接近事實真相的結論。他按照這些特徵進行推斷，認為這個怪人屬斯拉夫民族……遺憾的是，阿特金松先生在提出這些假說之後，卻把「高加索一帶的切爾克斯人和薩莫耶德人」，說成是生活在「冰天雪地的西伯利亞腹地」的斯拉夫民族。

圍繞神秘人物的討論範圍，越來越緊湊、縮小了。在報紙的簡訊中（越來越短，然而越來越精確），有關這個野蠻人的情況，不斷有新的報導——有的報導他出現過的地點，有的描述他接觸過的人們。例如：在百老匯擦皮鞋的那個黑人；那個大橋的守護人，他懷疑有一個陌生人企圖破壞布魯克林大橋；公車上的售票員（馬特維去中央公園時，曾在他車上過夜）；另外一個電車乘務員，在布魯克林荒涼的郊外，面對面地和野蠻人單獨呆在電車上；最後還有，鬢角上垂著捲髮的那位老太太，曾看見一個高個子、外貌嚇人的野蠻人按她的門鈴，顯然是不懷好意，那時，正好她孤身一人呆在家裡……幸而，這位年邁的老夫人及時關上了大門，總算救了自己一命。

二十五

報紙上沒有提到 1235 號公寓的那位老太太。也沒有提到安娜。當她一想起沒有消息的馬特維時，她有時感到很傷心。那個人物杳無音信，如石沉大海一般；她呢，像一葉小舟，沉進寂靜的深潭。每天，當老夫人的丈夫和房客出門之後，她活像菲亞似的，無形無影，來往於走人的房間，收拾床鋪，打掃地板，每週擦一次玻璃，清洗煤氣燈口。她每天把垃圾倒到垃圾箱裡，然後由市政清潔工人取走；她還給主人和另外同她們一起共餐的兩位先生做飯。她每月有兩次跟太太一塊去教堂……對她來說，她在這塊小地方，基本上和在老家一樣。一切的一切，和故鄉如此相像，因此，這女孩子感到十分痛苦：幹麼她來到這裡，為什麼她抱有幻想、滿懷希望、耐心等待；怎麼她會遇見那個沉著的、古怪的高個子，他總是說：「我的命運也就是你的命運，孩子。」年輕的約翰和迪瑪再沒有來過。她日子過得很寂寞，生活總是老樣子，像兩滴水一模一樣……她在這裡遇上了鄉親（洛津斯基也有同樣的感覺），她想到這裡，每天晚上在小廚房裡，或在又低又窄的地下室裡，痛哭不止……她不止一次地想起，她聽馬特維說話的情景。她很願意聽他談話，不想聽年輕的猶太女孩的絮語……回到原來的住地，開始過新的生活，尋找另一種命運（哪怕是不好的命運，但，是另外的一種）——她多麼想望呀……

有一天，郵差給她送來一封信，使她感到十分驚奇。信封上用英文準確地寫著她的位址，上面還蓋了一個戳子：「家務工人協會」。她不懂英文，只好請求老夫人給她讀信。老夫人疑神疑鬼地瞅著她，說：

「祝賀你！你已經跟這些搗亂分子勾搭上了！」

「我不明白，一無所知，」安娜回答。

信封裡只裝著一張印好的表格，邀請她參加協會。並通知她

協會的地址，以及會員納費的金額。當夫人用挖苦的口氣把這封邀請信口譯出來以後，會員費的數目把安娜嚇呆了……儘管如此，這女孩子還是把信小心藏好，並且，傍晚時時拿出來，心裡充滿驚疑反覆地去看：是誰注意到她到了這個國家，又是誰在信封上準確無誤地寫上她的姓名？

這些事發生在她來這裡幹活不久。又過了幾天，老夫人態度嚴肅地告訴她一件新聞：

「幹的好事，看你的那個……馬特維，幹什麼來著！」她說，「你以後，就以貌取人吧。外表看起來倒恭恭順順，安安詳詳的。」

「怎麼啦？」安娜驚慌地問道。

「他殺死了員警，差不多是那樣。」

「這不可能！」少女不覺失聲叫道。

老夫人把他丈夫帶回來的一疊報紙拿給她看，這時候，報上已把馬特維的個人情況弄清楚了。對洛津人用想像來描寫，當然很難反映這個善良人的真實面目，然而，儘管如此，這些描寫總還保留著他的某些特徵，例如又寬又密的大鬍子。在隨後幾期報刊上，還登出了迪瑪的照片：這是他穿著烏克蘭長袍、戴著羊皮帽照的，外表和他的失蹤、已成名人的同胞一模一樣。老夫人戴上花鏡一天到晚來讀報，把報上登的消息時時告訴安娜。當她本人從報上得知，馬特維參加了工人大會，並且當了義大利暴徒們的頭頭，老夫人由衷地感到驚奇。（那些義大利人打敗了員警，並且煽動失業工人群眾搶劫附近的店鋪）。

「本來是那麼一個恭恭順順、安安靜靜的人，」老夫人沉思道。這時候，她記起了馬特維順從的樣子，想起了他溫柔的眼神，和對她說的話堅信不疑、唯唯諾諾的態度。——是啊，是啊！光看外表來輕信是不行的！

她疑慮重重地斜眼瞅瞅安娜，打算把她看成那個強人的同謀

者，可是，這姑娘坦率的目光消除了她的擔心。

「他脾氣很暴躁，」安娜想起他和帕地發生衝突的那一陣兒，她憂心忡忡地說。「而且……要知道……正像報上所說的：他向員警的手臂伸出嘴唇……是不是他想……請您原諒……他想去吻員警的手呢，真是的……」

「想去吻手？……可把人家打死了？……這事總是有點蹊蹺，」老夫人說，「不管怎麼著，把他一逮住，非吊死不可……瞧，這些形形色色的團體呀。協會呀……把事情弄到了什麼地步……我要把這般赫姆彼爾斯之流統統剷除！……當心，他們正想把網套在你身上……」

安娜看出來，老夫人話說得真心實意，因為，馬特維出的事兒加深了她的話的分量。事有偶然，碰巧老夫人不在，她又收到一封寄給她的信，蓋著同樣的戳子。這一回她不找老夫人了，她去找另外一個房客念信。這是一個沉默寡語、神情嚴肅的人，他這人從來晚上不到主人那裡打牌，也從來沒跟安娜多說過話。他老是坐在自己的房間裡，整天抄抄寫寫，計算什麼。公寓裡的人都說他，「自以為是個發明家。」因此，安娜對這個嚴肅的人，十分尊敬和信任。

他從她手裡接過來信，認真負責地逐字翻譯出來。信的內容叫安娜大吃一驚：信中寫道，雇工協會得知，安娜工作的處境，第一，待遇有損人的尊嚴，第二，報酬太少，低於一般水準。按照任何一個「家務勞動雇工協會」所規定的起碼要求──每月工資不得低於十元，每週休息一整天。為此，再次建議她參加協會，並向女主人提出增加工資的要求，不然的話，她的同行，不得不認為她是「階級敵人」。

安娜聽了這句奇特的話語，嚇得要命。

「我該怎麼辦呢？」她兩眼瞪得滾圓，望著讀信人問。她不知道，是誰寫的這封信，那人有什麼權利這麼寫。

　　「啊，我不干預這些事兒，」那個不愛說話的房客板著臉兒答道，隨後，轉過身兒又幹自己的資料工作。但在他的眼神和紙張中間，那個嬌好姑娘的恐懼的臉色似乎一閃，他發現是那樣可憐巴巴地孤立無援，於是，他又樂意地轉過身來，用習慣的動作把眼鏡架在額上。

　　「你還在這兒幹嘛？」他說，他用自己的近視眼直勾勾地盯著安娜。他那眼神彷彿向空處張望，又好像去看她背後的什麼東西。「真怪，你的臉兒攪擾我……你在徵求我的意見？嗯，好吧：我以為，一切都是瞎胡鬧，閒扯淡！……我過去也相信這些瑣碎的小玩意兒，並且有一陣兒還沉迷呢。後來，我明白了，只有科學能改變人際間的關係。你懂嗎：科學！一切問題不能在街頭解決，只能在科學家的書齋裡解決……瞧，這裡(他把手放在紙張資料上)才可以解決一切問題。不久，大家都會知道的，也包括你。嗯，這會兒，你走吧。你的臉兒會妨礙我……我的工作，對你說來，比一切亂七八糟的事兒都重要。」

　　他一面伏案又去搞自己的圖紙和計算，一面用左手招呼安娜離開。安娜轉身到廚房去了，心裡直犯嘀咕：這裡的一切，總是和老家不一樣，再者，她從來沒有遇到過這種古怪的先生——他說話是那樣激昂慷慨，叫人很難聽懂。她上教堂，要路過鮑爾克先生的門口，她已經認得路了。有一天，老夫人呆在家裡，讓她一個人去教堂，這姑娘就趁機跑到她熟悉的那個公寓去了一趟。羅莎和約翰都不在家，鮑爾克先生在幹活，很忙。她從他那裡得知，迪瑪走了。他發出的信人家終於接到了，洛津老鄉們把他帶到明尼蘇達州去了。這件事來得正是時候。因為他的義大利朋友都各奔前程了，坦慕尼協會也不再需要他的選票了，然而，工作一直沒有找到……在報紙暫時出了風頭，連像片也登出來了——這並不能穩住他丟失朋友的焦慮心情。何況，公眾這時候對中央公園發生的事件已不再發生興趣了。特別是在得知霍普金先生安

然無恙之後。他並未打死，健康已恢復正常。

　　報紙上登載野蠻人鬧事的新聞漸漸稀少了，退到第四版、第五版、第六版上面去了。報紙上因為缺乏聳人聽聞的消息，過了幾天，登出了一對年輕愛侶——Miss Lizzie（莉齊小姐）和 Mister Fred（弗雷德先生）惹人注目的照片。他們倆自作主張在巴爾的摩結了婚——這使他的紐約市的百萬富翁的父母感到「十分突然，萬分意外」。照片上莉齊小姐的快樂的滿頭捲髮的臉龐，用她那一雙狡黠的黑眼睛，在原來的版面上望著讀者。不久之前，我們的畫家曾在那裡用鉛筆速寫，畫下了那個野蠻人。

　　由此可見，在這個國度裡，人們多麼容易嶄露頭角，名躁一時；不過，也是多麼曇花一現，不能長遠……

　　報紙上登載的關於馬特維的新聞，迪瑪和洛津斯基那些老鄉都看到了。他們現在一心一意地琢磨著，怎麼著去尋找這個可憐的人，他現在又沉沒在人海中，無蹤無影了……

二十六

　　那天，在值得紀念的群眾大會上，使輿論譁然、群情激動的肇事者，現在正坐在快速火車上，經過底特律、拜法羅、尼亞加拉、向芝加哥方向進發。

　　過後，他記不清了，他是怎麼上這趟火車的。在群眾鬧事之後，當人們安靜下來，當他知道，不會再發生什麼事；同時，他明白，除了麻煩之外，再不會有什麼好事；何況，最終他看見霍普金躺在被他摔倒的地方，臉色慘白，雙眼緊閉，像具死屍一般；這時，他站定那裡，兩眼向四周張望，終於感到，他在這個城裡呆下去，最後將面臨真正的滅亡。此時此刻，他又成為孤獨無助的孩童。只見前面跑過來一個又高又瘦的義大利人，那人伸手拉上他，領著他走。於是，他乖乖地跟著這個義大利人向前奔

去了。

　　他們同別人一起，穿過廣場，跑進一條胡同，隨後又下到一個地下室裡，那裡已聚有十來個跑過來的人。他們中間有一部分人神情沮喪，另外一部分人顯得對今天發生的一切感到十分滿意。感到沮喪的，是一些年長的人，滿意的是一些年輕的孤身漢，其中包括救馬特維那個瘦高挑男子。這位，原來就是清早起在大會開始前，拍馬特維肩膀、摸他發達的肌肉的那個人。這是一個快活的小夥子。看來，馬特維對待員警的態度，他很欣賞。他和他的幾個夥伴們一直跟在前面開路的馬特維的身後。後來，他見人群不再騷動，大家不知道下一步該怎麼辦，——這時，他意識到，此時不躲開，更待何時，因為，事情急轉，發展得更嚴重了。他認為，自己有責任，理應關注這個古怪的陌生人。

　　馬特維被人從小胡同裡，領到一個地方，那是一個又長、又窄、十分黑暗的房子。已經有二十來個人聚在那兒，他們是不同民族的人，這時候覺得自己已經安全了，於是，便談論起來今天發生的事件。他們熱烈爭論著：有的人認為今天的大會白白地被破壞了，另外一些人指出，恰恰相反，一切順利，因為，同員警直接發生衝突，就事情本身來說，它起到的作用就比赫姆彼爾斯「過於溫和的」演說要有力得多。爭論過來，爭論過去，最後，大家歸結到一點：他們對這個古怪的陌生人，下一步該怎麼辦？

　　他們用各種語言來詢問馬特維。但他只管瞪著自己的一雙藍眼睛，靜靜地瞅著他們。他兩眼飽含痛苦和悲哀，不住地念叨著：「明尼蘇達……迪瑪……洛津斯基……」

　　那個年輕的瘦高個子最後得出結論，看情況沒有別的好辦法：只要給馬特維換套衣服，喬裝打扮一番，把他送上火車去明尼蘇達州算了。於是，弄來一身衣服，勉強給他繃在身上，當時各處衣縫馬上開裂咯吱響了起來。後來，又從協會成員裡面找來一位理髮師。馬特維起初很不樂意，可是，有個年輕的大高個兒

很會說話，他用手巧妙地比劃著，好像是一條絞索套在脖子上的
模樣兒——這下才恍然大悟，乖乖地聽天由命罷了。過了十來分
鐘，找來一面小鏡子給馬特維照了照。鏡子裡面出現了一個陌生
的、換了一個人的面孔：剪短的西鬍髭，長鬚也變成不大的鏟形
鬍鬚。

　　那個年輕小夥子拍了拍他的肩膀。洛津人明白過來，這些人
是在關心他。不過，使他感到奇怪的是：這幫無憂無慮的人對他
的悲慘處境，毫不在意，還帶著令人不解的樂趣。不管怎樣，到
了黃昏，喬裝打扮後的他，完全變了一個人樣，馴服地跟著那幫
年輕人去火車站了。到了火車站，他們把他身上的錢拿出來，數
了數，該花費多少，剩下的（錢不太多）連車票一塊交給他。接
著，他們又把車票替他別在帽帶上。在火車開車前，那個瘦高個
兒給他帶來兩瓶蘋果酒，一大塊麵包，和一些水果。東西都給他
放在籃子裡。這使馬特維內心深處萬分感動，他緊緊地摟抱住自
己的恩人。

　　「你就是我的親人，不是外人，」馬特維說，「我永遠不會
忘記你……」那瘦高挑兒又拍了拍他的肩膀。大儌伙兒快活地向
他點頭示意，嘻嘻笑著，目送著馬特維坐上火車。那火車載著馬
特維順著鐵路，穿過地道，沿著大街，掠過房舍，在路基上不停
地有節奏地、憂鬱地響著，向前奔去。窗外忽而閃出這座該死城
市的成排樓房，接著又現出路基旁湛藍的水色，然後又是綿延的
翠綠山巒，還有綠樹叢中的別墅，遠處大河上層層起伏的島嶼，
藍天，白雲……再就是和昨天在海濱一樣的大而圓的月亮——那
月亮，懸於波平如鏡的河面上，在蔚藍的暮靄中蕩漾……

　　那個坐在車廂一角的人，變得衰弱了，手中裝食物的籃子歪
到一邊，水果灑了一地。坐在他跟前一個人把水果拾起來，悄悄
地從發睏的他的手中接過籃子，然後把它放在他身邊。稍後，列
車員進來了，他並不驚動馬特維，只從他帽帶上把車票抽出來，

在原來擱車票的地方，放了一個編號的白色卡片。這個巨人坐著酣睡，臉上不時地在憂愁地抽搐，有時嘴唇也在囁動，恰似受了大的驚嚇一般……

火車在奔馳：那車輪有節奏的軋軋聲，均勻而淒涼。這聲音時而響徹峽谷，時而回蕩盆地，時而轟隆在小城鎮的街區，時而在車站上齊鳴。那些車站上，鐵軌像蜘蛛網似的，縱橫交錯，火車開來，像惡劣天氣的疾風一般嗚嗚叫著。火車開往四面八方，軋軋價響；那響聲勻稱而悲愴。

二十七

後來，馬特維多次有機會乘坐這趟火車，但是，後來對美國的觀感和這會兒完全不一樣。這會兒火車載他離開紐約，向何處去——是未知數。這些天叫人心煩意亂、憂心忡忡。火車路過哈得遜奇妙的河岸時，他睡過頭了，錯過了，直到錫拉庫薩時，他才醒來。這時，車窗外已經閃現出令人感到不祥的紅光。這是一些龐大的鑄造工廠發出的光。熔化了的鑄鐵猶如火光熊熊的湖泊，澆在地上；四下裡盡是一幢幢黑色建築物，黑色的人群走來走去，活像幽靈、鬼魂；黑色的煙塵，盤旋升上黑霧彌漫的天空；火車頭的汽笛聲通宵不停地嘶鳴，那聲音聽起來既單調枯燥，又叫人心驚……稍後，到了拜法洛，那裡也是一片黷黑，煙塵滾滾。後來，天已黎明，車廂裡的窗子嘭嘭推開了，早晨的涼意飄了進來。這時候，美國人乘客們紛紛探身窗外，懷著明顯的好奇心向什麼地方觀看。

「Niagara（尼亞加拉），Niagara-fall（尼亞加拉瀑布），看呀，」那列車員急急忙忙地穿過車廂，說。他又拽了拽洛津人的袖子，望著他，覺得這個人很奇怪，怎麼獨自一人坐在犄角裡，不去看尼亞加拉呢。

　　於是，馬特維抬起身來，朝窗外一望。外面還很黑，火車膽怯地在橋上慢慢爬行，這橋高懸在河面上，底下極深，是洶湧奔騰的急湍。火車通過，大橋在震顫；承受重壓之後，收縮起來，好像繃緊的弦索；還有一座這樣的橋，從這岸伸向對岸，高得怕人，很像一條花邊細帶，在黑暗中閃光透亮。下面，河水的急湍泛著泡沫，嘩嘩流淌，小城鎮的樓房，坐落在山岩上，靜靜地打盹；河水從樓房下邊的石縫中落下，噴出涓涓細流，宛如白色的緞帶。只見那遠處河水的泡沫，同乳白色的霧氣融合一起。那霧在冉冉盤旋，洶湧翻滾，真像從一支巨大的沸騰的鐵鍋中升起來似的，它遮住了大瀑布的景觀。僅僅聽到一陣陣低沉的響聲從那邊傳來，那聲音連綿不斷，均勻而絕望，帶著恐懼與顫慄，送來了充滿黑夜潮濕的空氣。彷彿霧中有一巨物在翻轉，在滾動，在哼哼呻吟；它似乎在抱怨，為什麼千百年來讓它不得安寧……

　　火車懸在深淵上，繼續慢慢爬行，真叫人膽顫心驚。大橋仍在哆嗦，竟長得要命。霧仍在嫋嫋升騰，簡直像失火時的濃煙一般，團團打轉，直沖高空，匯入遠處一片雲海之中。後來，火車走得稍稍穩當一些，車輪越過堅硬的土地，鏗鏘有聲；又過一會兒，火車下了橋，伸直了腰板，沿著河岸加速運行。這時候，月兒從雲彩中露出臉兒，天空突然明亮起來。原來，那雲彩籠罩著整個大瀑布，彷彿把瀑布的轟隆聲壓低了。火車把瀑布撇在身後，可瀑布上空，仍然有一片烏雲，把天地連成一體……這景象好似：一個巨大的河邊怪物撲向河邊地上，在深夜鑽進了河裡，唔唔地響，咕嚕撲騰，彷彿在翻尋什麼……

　　底特律這地方給馬特維只留下一個印象：鐵路彷彿完全脫離了平地，鐵軌加上車廂一塊在水中飄浮似的。當時已經是第二天深夜了。河對岸，隔著遠遠的一段距離，不動聲色地躺著一座城市，那裡靜靜閃耀著藍色的、白色的、黃色的光亮。天亮以後，火車經過芝加哥。右面是如大海一般的密執安大湖，它的藍色的

浪頭幾乎打到鐵軌上；一艘巨大的航船，怪模怪樣的，似乎眼看就要爬上崇高的浪峰；它從一片汪洋的天邊地平線駛來，直沖海岸而上……沿著海岸走幾個小時路程，過一會兒就到了密而沃基──路就拐彎向西行了……

火車不停地前進，只見那城鎮越來越稀少了，單一而簡陋了。成片的森林，一條條小河，連綿的田野，玉米大田，展現眼前……隨著地勢的變換，從原野和森林吹向視窗的風，越發強勁了。馬特維不停地向窗邊走去，目不轉睛地凝望著這片土地。這是洛津斯基生活中所熟悉的和平景物，儘管在他面前匆匆地一閃而過，可他感到格外親切。

於是，這個受盡屈辱、遭到驅趕的人，他心靈深處沉積的敵意漸漸地、不知不覺地開始消釋了。他看到一個地方，那裡閃現出一片耕地，男男女女正在那裡捆綁麥捆，他兩眼直勾勾地目送著，差一點從窗口探出了半截身子。另外一個地方，有幾個壯實的、曬黑的農民，正在刨著伐倒的一片樹林的樹墩，他們手把著洋鎬和钁頭，抬頭望著飛開過去的火車。馬特維對這些人幹的活兒很熟悉。他真想跳出車窗外，手裡拿起斧頭或钁頭，幹它一番。他，馬特維·洛津斯基要讓他們看看，對付這些樹樁，他也很在行。

火車一直嗚嗚叫著，向前飛行；窗外的景致不斷變換。煩悶的白天過去，接著又是更令人煩悶的夜晚。隨著外面世界逐漸變得平易近人、可以理解、簡樸可親，隨著洛津斯基的心靈慢慢軟化、平穩起來，（因為迎面而來的是前面展開一片安謐的美景，那是他熟悉的、安寧的生活畫面的一部分，隨著心中隱忍的敵意漸漸淡薄，代之而起的，先是好奇，後是驚詫以及文靜的寬容，隨著這一切的轉化，加在一起，他心中的苦悶啊，顯得更加厲害和深重。到了現在，這時候他才感覺到：如果他不立刻離開這個國度，不脫離它的人民，不離開它的城市；如果他安心學習它的

語言和習俗；如果他不急於評判它的好壞；那麼，他很可能在這裡會找到安身立命之地……可是如今，在他個人和這種生活之間，還有距離：那就是得過一段流浪生活，甚至可能犯罪……

有些人，儘管外表往往很像帕地，但這些人在洛津斯基眼裡，一點不像，完全是另外一個樣子。他坐了長時間的火車，從這趟車換那趟車，——乘客們和列車員工不知變了多少次。不過，這些變換的新乘客總是特別注意這個巨人。他呢，穿上這套新衣服，覺得好像不大自在；並且，老是認為自己怯生、羞澀、像孩子似的孤立無援。但是，誰也不擾他，也沒有人向他不停地詢問而惹他心煩。當他每次換車廂或改乘另一趟火車，總會有人到他身邊來——有時是列車員，有時是鄰座的乘客，他們過來，拉著他的手，把他領到新的位置上。這個巨人溫馴地、乖乖地跟在他們後邊，這時候，他用膽小的、感謝的眼光望著招呼他的人。

再者，在這個國家的內地，這裡的人跟那個大城市的人們，完全不一樣。他在那個城市經受了多少痛苦的風險啊。火車上不時地上來一些魁梧的莊稼漢，肩膀寬寬的，曬得黑黑的，穿著寬大的外套，留著大鬍子；要是叫你的市井無賴們看見了，包管會說一些尖酸刻薄的話，來挖苦他們。偶而，車上會上來一個神色嚴肅的公誼會教徒，身穿常禮服，扣子緊扣到脖頸上；有時，又上來一個鄉下的牲口販子或者是從加拿大來的獵人，穿著花花綠綠的皮衣，衣服邊上還綴著穗子和流蘇——他們比別的乘客都顯眼，一上車，不由地就吸引住了大家的視線。有一次，還看見車窗外篝火旁坐著一群皮膚古銅色的印第安人，他們剛從華盛頓回來，正在那兒等火車；他們身上裹著土著人的毯子。在火車上向他們瞭望的好奇的人們的眼光下，他們在安閒自在地吸著煙管……

火車到了一個小城鎮，它的建築物隱現在河面上的一片樹林

中。火車正停靠在站上，這時候，有一個新旅客走進馬特維所坐的車廂裡。這是一位臉龐瘦削的老頭兒，腮幫子陷得很深，薄嘴唇，但有一雙目光銳利的眼睛。這個外貌奇特、甚至可笑的老人，著裝十分破爛，可他卻神色自若，簡直還有點傲慢樣子。他的那身衣服，當初可能是黑色的——現在已被太陽曬得灰不溜秋了，上面儘是些白色的塵土和無數的鐵銹黑斑。他的褲子很短，真像從孩子身上扒下來似的；皮靴已褪色了，比馬特維的靴子還紅、還暗（這雙靴子上還保留著百老匯那個黑人擦鞋匠沙姆鞋刷的印記）。可是，這位生客的頭上，卻戴一頂新新的、又光又亮的高筒禮帽，嘴裡含著一隻大雪茄，向外撅著，弄得車廂裡充滿了微細的香味。原先，馬特維就覺得奇怪，這裡顯然沒有專供「普通人」的特別車廂；這時候，他琢磨著：坐在附近的其他旅客，不見得能容忍這個穿短褲的夥計，何況他還在噴煙味——別看他戴著新禮帽，說不定是偷來的呢。然而，讓他驚詫、稱奇的是：車站上恭送這位老頭兒的，竟然是一位穿著考究的紳士，還有一個剛離開鼓風爐的鐵匠。他們倆在月臺上跟他握手告別；當他一走進車廂，跟前一個穿戴也頗考究的人，把身邊的座位騰出來，恭恭敬敬地給他讓座……這老頭兒點了點頭，拿出雪茄，吐口唾沫，向年輕人伸過一隻戴著漂亮手套的手。

同時，火車又開動了，繼續向前飛馳。溫馨的暮靄籠罩了田野、森林、平原，它那淡淡的冥色，愈來愈深沉、濃重。鐵路兩邊，靜靜地躺著成片森林，火車一過，那車頭有節奏的嗚嗚嗚笛聲，漫長地響徹森林上空。這當兒，每次都看見林中空地閃出火光；有時候，還看見一堆熊熊篝火，火旁圍坐著一群伐木人；過一陣兒，又看見幾棟樓房的視窗亮著燈……有一處，只見一家人露天坐在院中吃晚餐。還有，在兩扇大開的門口，站著一個抱小孩的婦女；在如此寂靜的林中荒僻的民居點裡，那一支支蠟燭的光焰竟然穩穩地毫不忽閃、晃動。

　　馬特維懷著一種複雜、混亂的感覺，看待這一切：在這塊遼闊的大地上，人們同大自然剛剛開始熱火朝天的鬥爭，因此，這塊土地對他有某些親切的味道，為這，他發愁起來——要知道，奧西普和卡捷琳娜現在正呆在這裡某個地方，而他……他出了那麼多事兒，在這個陌生的異鄉，他們將怎麼安置他呢？

　　他不禁傷感起來，也罷，不如睡他一覺，於是他決定睡下；果不其然，不一會兒他真的睡著了，頭向後仰著，坐著睡了。在電燈光的照耀下，他的臉上時時出現一些噩夢中的悲傷陰影，他的嘴唇不住地抽搐，眉頭緊皺，彷彿從他內心裡要傾吐百般痛苦……

二十八

　　人們睡覺，往往睡得不是時候，常常誤事。如果馬特維這一回沒有睡覺，他可能聽到很多新鮮事兒，並且，他的漂泊生活和歷險奇遇馬上就會完滿地告一段落。

　　這時候，火車靠到一個小站上，停了很久，馬特維一直在酣睡。離火車站不遠，在採伐過的樹林的基地上，有一片用新砍的圓木建的小樓房。月臺上熱鬧非凡：人們從火車上正在卸下農業機器和石頭；亂跑的奔忙聲，說一種古怪刺耳方言的大聲呼叫，喧鬧一片。乘客中的美國人好奇地向窗外望著，他們認為，這些人顯然是亂得過頭了，在這種情況下本來不該這麼忙的。

　　「對不起，先生，」一位從密爾沃基上車的乘客問道，「這是些什麼人？」

　　「俄羅斯猶太人，」被問的人答，「他們在德比通附近建了一個移民區……」

　　這時候，有兩個人站在車廂大開的邊門門口，於是，便聽見俄國話的口音：

「葉夫蓋尼，你聽我說，」一個高嗓門的男人大聲說，帶點輕微的喉音。「再說一遍：待在我們這兒吧。」

「不，不可以，」另一個低沉的男中音回答，「很想去呀，明白嗎……最近的消息……」

「同過去一樣，只是幻想啊！……由於這些幻想作祟，你脫離了很好的、有現實意義的工作：進行社會實驗，給予成千上萬的人造就新的祖國……」

「在別處，情況也差不多。」

「我向你再說一遍：想去啊。至於說什麼幻想，那麼……第一，Samuel[17]，只有在這些幻想中才有生活……未來的生活！第二，你自己跟你的工作也是……」

「All right（好了）！」有人在車站上叫道。

「Please in the cars（請上車吧）！」列車員們的聲音四下傳來。兩個朋友緊緊擁抱，其中一個在列車行進中跳進車廂。

這是一個高個子年輕人，面部輪廓不正，但富於表情，衣服上和靴子上盡是塵土，好像他這一天走了很多路。他把一個小包袱放在馬特維頭頂的行李架上——然後，他的眼光就落在這個睡覺者的臉上。馬特維這當兒也許似乎覺得有人在看他，於是，睜開了睡意朦朧的、鬱鬱不樂的眼睛。剎那間，他們兩個人對視了一陣兒。可是，過一會兒，馬特維的腦袋又向後傾去，從他寬闊的胸口，發出一聲深深的歎息……他又睡著了。

這個新上車的人，對著這張臉，定睛打量了幾秒鐘。雖然馬特維現在已經改了裝束，臉刮得光光的，身上穿戴著美式夾克和美國帽子——但是，在這個人身上，仍然有一種東西，可以叫你想起遙遠的祖國。這個年輕人突然回憶起覆蓋著深厚、綿軟的白

---

17 Samuel——撒母耳，源自《聖經》，指希伯來法官與先知。猶太民族中亦常用作男人名，通譯「撒母耳」。

雪的原野，馬車的叮噹鈴聲，大路兩側高聳的松林，還有人們看見疾駛的馬車當前、連忙讓開雪橇時的眼神⋯⋯

也許，馬特維在夢中也想著這類的事兒。他的嘴唇微微地翕動，嘴裡不知咕噥什麼，臉上現出一種卑恭請求的表情。

那個戴高頂禮帽、灰不溜秋的先生把這一瞬間、靜默的情景都看在眼裡。在他那銳利的狐狸般的眼睛裡閃動一種奇怪的神色——某種可笑的關注的樣子。

「How do you do（你好），Mister Nilof（尼洛夫先生），」他看見那個俄國人沒有注意他，便喊叫一聲。那人身子一震，立刻轉過身來。

「啊，你好，狄更松法官，」他一面用純正的英語回答，一面伸過手來。「對不起，我沒看見你。」

「噢，沒什麼。您注意到這位乘客了嗎？⋯⋯我對他頗感興趣⋯⋯看起來，他是從遠方來的。」

「他從密爾沃基來的，」一個乘客說。

「啊，不是，」另一個乘客插嘴說，「我從密爾沃基上車，已經見他在車上坐著。他，大概是在芝加哥上的車，也許，在紐約就上車了。他一句英語也不會說，像小孩子一樣，怪可憐的。」

「顯見得，是個外國人，」法官狄更松說，他用考驗的、專注的目光打量著睡夢中的馬特維。「大力士般的體格！⋯⋯尼洛夫先生，你大概已經到你同鄉那裡去過了吧？他們的情況怎樣？我發覺：他們訂購了很好的機器：美國的名牌。」

「是啊⋯⋯現在他們還很困難。不過，他們抱有希望。」

「你看到移民委員會報告書的摘要了嗎？⋯⋯從俄國來的移民數字在增長。」

「是啊，」尼洛夫簡短地回答。

「順便說一句：《德比通信使報》有一期，又繼續在登紐約

野蠻人的經歷。要知道，我看，他也像是一個俄國人。」

「先生，照這樣看來，他不是野蠻人，」尼洛夫冷冷地說。

「嗯……是啊……對不起，尼洛夫先生……我，當然不是指一個民族文化方面的問題：可是……至於某種野蠻程度……一個人要是達到……」

「毫無疑義，先生，他並未達到那種程度。並不是報紙上所有的消息都準確。」

「然而……他對待霍普金的行為該怎麼說？」

「據報紙上登的消息，是員警霍普金首先用警棍照著他的頭打了一棒……照這麼著，你就認為他是野蠻人嗎？」

那個一身灰色的先生笑了起來，說：

「啊，這是差不多另外一回事……我們這個國家的員警之所以裝備警棍，是有一定的用途的……如果，某個外國人違法、破壞紀律……」

「我聽到這話從法官口中說出，感到十分遺憾，」尼洛夫用冰冷的口吻說。

灰衣先生明顯被刺痛了，稍稍挺起腰板，說：

「迄今為止，還沒有人責備過狄更松法官，說他在他那裡有過輕率的判決……我們只是按照報紙所報導的事實，就事論事……我是不是在什麼地方得罪了你，尼洛夫先生？」

「你並沒有得罪我。不過，要是你對你們國家的員警有所瞭解，那麼，我也瞭解我們祖國的人民。我認為，報紙上說，那些人咬人，是一種荒謬的侮辱行為。難道你深信不疑：我們的員警未曾無緣無故地濫用警棍？」

那位灰衣先生從嘴裡拿下雪茄，瞪著眼望了對話人一會兒，似乎對話頭的急轉感到驚訝。

「哼……是啊，」他說，「如果從這個觀點來看事情……說良心話，我根本不相信這一點……如果這事情叫我辦，我會要求

說明真相……看起來，你對這件事有自己的想法？」

「是呀，我有自己的看法……我認為，我的同鄉跑到工人大會去，完全是偶然的……並且，碰巧遇到了霍普金。」

「嗯，為什麼他要彎下腰去，抓住別人……哼，總而言之……這點在報紙上是怎麼說的？」

「事實是，他很可能彎下了腰，想……先生，令人遺憾的是，在我們的祖國，人們有時候確實是彎腰深鞠躬……」

「您這樣認為？哈，可笑！這不可能不過是，想咬別人，還要抓住手……你這麼說至少需要證據……」

「如果是表示敬意、向人問候的舉動，緊接著，頭上換來了一頓痛打，這該怎麼說……」

「哈，哈！當然，這簡直是沖淡理智，發洩感情！真的，我認為這件事已經弄清楚了。您真像一個最好的律師。哦，是的，您滿可以成為我們城市的最好律師！……如果你認為在我們鋸木廠裡工作還不錯……」

他彈了彈雪茄上的煙灰，用生動的、銳利的眼光注視著尼洛夫的臉。稍後，他環顧一下周圍的幾位乘客，想把談話表現得更親切些，他乾脆坐到尼洛夫身邊的座位上，把一隻手放到他膝蓋上，放低聲音說：

「請你原諒我，尼洛夫先生……我迪克‧狄更松，是一個好奇的人。請允許我，向你提幾個問題，就是說……個人方面的？」

「請吧。不過，要是提的問題不妥當，那我就不回答。」

「啊，那當然，當然！」狄更松笑道。「要知道，你是我遇到的第三個俄國人……請告訴我，你在你的祖國曾經見過很多美國人嗎？」

「見是見過，但是碰見的……非常的少。」

「可以肯定的是：他們原來幹的是中等地位的一般工作，到

你們這裡來改換門庭，一定得找優越條件的工作吧？……」

「也許是這樣吧……」

「那麼，現在，請告訴我……大概，我可能弄錯了，可是……我似乎覺得……您本人好像做事有點反常……你在這裡有好多次機會，滿可以脫掉工作服，去幹更優越的事業……」'

尼洛夫向這位老先生的不像樣的外套掃了一眼，笑著答道：

「我看你，狄更松法官，你那工作服外套！」

「啊，這是另一碼事兒，」狄更松回答，「是呀，我本來是個瓦匠。我曾經立下誓願：在莊嚴隆重的場合，一定要穿這套盔甲出席……今天，我參加了某地的一個銀行的開業大典。我受到銀行創辦人的邀請。誰要是邀請迪克‧狄更松，那他就得把那套舊工作服請來。他們都清楚這件事。」

「我非常尊重這種特殊象徵，先生，」尼洛夫嚴肅地說，「可是……」

「不過，我再重複一遍，這是另一碼事兒。不錯，我穿的是一套舊工作服，戴的卻是紐約市最高級的手套。這叫我記住，我過去是什麼樣的，後來變成什麼樣；就是說，它提醒我，應當感謝我這套舊工作服。這就是──我的過去和我的現在……」

他不做聲了，用自己的薄嘴唇嘲諷似地咬著雪茄煙，於是，凝視這個年青人，又補充道：

「您，大概在走相反的路；到了老年，您也許會想穿我們的燕尾服。」

「我希望，不會這樣，」尼洛夫答。「可是，眼看，火車要停了。鋸木廠到了。我在這裡下車。再見，先生。」

「再見，我還保留些問題，以後再問你……」

尼洛夫取下自己的包袱，再一次定睛注視著馬特維，但好像有點猶豫似的，想……可是，當他發覺狄更松銳利的視線後，便抓起包袱，同法官告別了。在這一剎那間，馬特維睜開了眼睛，

目光驚奇落在尼洛夫身上，這時，尼洛夫正側身對著他。這位剛剛醒來的人的面部，露出某種吃驚的神色。可是，在他揉眼睛之際，火車（在美國常常這樣）突然猛地剎車停下了，於是，尼洛夫下車來到車臺上。過了一分鐘，火車又朝前開走了。

　　狄更松又回到自己座位上，這時幾位美國人談起來剛剛下車的那位。

　　「是啊，」法官說，「這是我遇見的第三個俄國體面的先生，也是第三個我沒瞭解的人……」

　　「或許……他是列夫‧托爾斯泰教派[18]的人，」有一位乘客推測道。

　　「我說不準……不過，很顯然，他受過很好的教育，」狄更松沉思地說。「我親眼看到，他有好多次，放過了很好的機會……想當初，我完成了第一次小小的承包工程，有一個工程師，名叫 Douglas（道格拉斯先生）的，對我說：「迪克‧狄更松，我對你的工作滿意。請告訴我，你將來的抱負是什麼？」我淡然一笑，說：「要是有機會，我不反對去當總統。」道格拉斯也笑了，他答道：「好呀，迪克！我不敢保證，你將來能不能當總統；但，你會建成一個城市，並能當上該城的頭頭……」

　　「這已經得到證實，」一個最年幼的乘客恭謹地說。

　　「是啊，」狄更松繼續說。「想要瞭解一個人，就是說，得弄明白他孜孜以求想幹什麼。那時，我早注意到了這個在我鋸木——板材廠裡幹活的俄國先生，我也曾問過他：What is your ambition（你的志向是什麼）？你猜，他怎麼回答我？「我希望，我給您做的膠合板，不比你們這裡任何工人差勁……」

---

18 指托爾斯泰主義者。托爾斯太對政府、法庭、監獄、土地私有制都作了深刻批判，但同時還提倡勿以暴力抗惡和自我修身。後人名之為托爾斯泰主義。

「是啊，這一切真有點離奇，」一個對話者這樣說。

馬特維在尼洛夫下車後，仍然在車座上繼續打瞌睡；這時候，他突然混身一顫，嘴裡喃喃地說著夢話。

「瞧，這位，也叫人難以理解，」一個美國人笑道。

「我還沒見個哪個人，在這樣不舒服的地方，能睡這麼久。」

狄更松法官朝馬特維仔細打量了一會兒，然後說：

「我敢打賭：這個人心裡……心事重重，如坐針氈。我不知道，他上哪兒去；但，我認定，他要過我們的這個城市。噢！在這方面，我一向看得很準……」

二十九

火車的鳴笛頻頻叫著，車速放慢了。列車員走進車廂，從穿灰衣的老先生和他鄰座年青人手裡把票收了。然後，他走到還在睡覺的馬特維跟前，拽了拽他的衣袖，說：

「德比通到，德比通，先生……」

馬特維醒過來，睜大眼，明白是怎麼回事兒，全身抖了一下。德比通！德比通！每次當他換車後，新的列車員從他帽上取下票時，他就聽到這個字眼；同時，每次，這個字眼就刺激他，使他有一種不快的感覺。德比通到了，火車放慢了車速，票都收了，這說明，旅途終點到了；說明，該下火車了……以後怎麼辦，在這個德比通什麼在等待他？在這個德比通，人家把他的車票收了，因為，在此以前，他手裡還有錢……

車窗外，點點燈光閃爍，真像是插在黑暗山頭和叢林上面的鑽石針。隨後，這些火光向下遠遠流逝，落在一小片水面上閃閃發亮，接著，完全消失了。火車開過，越過樓房的窗口，嗽嗽作響，嗚嗚嗚叫；一面花崗岩峭壁迎面而來，如此之近，因而，山

岩上映現出了車窗射出來的昏黃燈光……再稍後，只聽得火車下面鐵橋軋軋地響，接著，又出現了河面上的遠處燈火，不過，這些火光不斷地上升，越升越高，越來越近，一直射進車窗裡，然後很快在後面消逝了。火車頭不停地鳴笛，因為列車剛剛放慢車速，現在是在德比通城內大街上行駛……

「先生，您發覺了沒有，這個陌生人在哆嗦？」這個年青人問道，顯然，是在討好狄更松法官。

「我都看在眼裡了，」這老頭兒回答，「我，迪克·狄更松要採取措施，予以處置。」

過了一會兒，德比通的住戶的房門都大開了，居民們紛紛出來迎接來到的乘客。火車車廂空了。那個年青人還久久地向狄更松先生打躬致敬，並提醒他，代向露西小姐問好。然後，他進城去了，並在城裡散佈了一些不安和恐怖的空氣。

德比通是這個新興州裡，最年輕的城市。八年前，這裡的鐵路新線修成後，城市的街道才規劃好，從此，這個小城過起美國邊遠地區的寧靜生活來。德比通這個小城，有過常年過著單調的工人生活，顯然，對外界的新聞，很感興趣。於是，有那麼一個人，搭乘最後一班火車來到這裡；他這人跟誰也不說話；他經不住別人一撞，馬上就抖起來；他，最終，惹起狄更松法官的很大疑心。要知道，狄更松法官是一個很古板的人，並且是德比通全城最受尊敬的人。

狄更松法官下了車，馬上招來德比通城中唯一的員警，對他指了指馬特維的身影，（這時，馬特維正站在電燈光照得明晃晃的月臺上），然後說：

「約翰，你要注意這個新來的人的行蹤。想辦法瞭解這傢伙的企圖是什麼。我擔心，我們將不會瞭解到什麼很好的結果。」

員警約翰·克里走開，在一個篷子下面隱蔽起來。他覺得驕傲的是：最終他得到機會，去執行一樁十分微妙的任務……

　　然而，約翰·克里很快發現，那個陌生人並沒什麼企圖。他隨隨便便地下車到月臺上，沒有帶一點行李，手裡只提一隻籃子。他顯然沒什麼行動計畫，只是茫然呆呆地望著火車遠去。火車沿著大街飛馳，傳來了鈴聲，笛聲，車輪軋軋聲；在一家藥房旁邊的光帶下，火車一閃而過，然後沉沒在黑暗之中；只有列車最後面的紅燈晃動一會兒，彷彿送來深夜告別的問候。……

　　這個洛津人長噓一聲，四下望望，然後坐在空蕩無人的車站旁邊的篷子底下，一條長凳上。月光已經升到中天，躲在陰影裡的員警約翰·克裡，由於陰地漸漸縮小，他的身影露了出來。可是，那個陌生人仍然呆呆坐在那裡，顯然對這個沉睡的小城德比通沒有表現出任何意圖。

　　這時，約翰·克里從埋伏的地點跑出來，他按照口頭約定，去敲狄更松法官家的窗口。

　　「喂，約翰，怎麼樣？那個傢伙去哪兒了？」

　　「他哪兒也沒去，先生。他一直坐在那個老地方。」

　　「他總是坐著……也好。他表現出什麼企圖了嗎？」

　　「我覺得，先生，他並沒有任何企圖。」

　　「人人都有自己的打算，約翰，」狄更松對這個德比通市守衛的天真感到可惜，笑了笑，說，「聽我的話沒錯兒，每個人必然都有自己的打算。比方說，要是我去麵包店，那就是說，我想買白麵包，這是明擺著的事兒，約翰。如果我上床躺下，很明顯，我打算睡覺。是不是這樣？」

　　「完全正確，先生。」

　　「哦，如果……（這個老先生臉上露出狡猾的神色，）如果你看見我，三更半夜在鐵路倉庫旁邊轉悠，不住地用眼睛打量大門和門鎖……你明白我的意思了嗎？約翰！」

　　「再清楚不過了，先生……不過……要是那個人總坐在長凳上長吁短歎……」

　　「（Well）好吧！當然，這並不能完全肯定。他和別人一樣，有權在凳子上坐著，長吁短歎，直到天明。只是得留點神，說不定他會幹更壞的事情。先生，德比通全城全靠你們的警惕性高不高了！這個陌生人說不定會到河邊去，說不定會有同夥在船上等他：找機會搶劫火車，就像不久前發生在馬蒂森附近的案件那樣……再多等一會兒，約翰。」

　　迪克·狄更松側耳傾聽：有一列火車到站了。這法官用他銳利的目光，向約翰掃了一眼，叫道：

　　「約翰！」

　　「有，先生！」

　　「我犯了一個大錯兒：要是你見他一直坐在那裡，可能有問題。他想瞞過你的警惕性，來達到自己的目的。大概，他已經幹了什麼事兒，現在準備坐火車溜之大吉。趕快。」

　　狄更松的窗子一下關住了，於是，約翰·克里一溜煙兒向車站跑去。那個沒有任何企圖的傢伙，低著頭，仍然坐在老地方。約翰·克里去找一塊更長的、更陰的陰影，來掩蔽他那細高挑的身子骨。東找找，西找找，也找不到，因而，克里決定，他只好呆在倉庫的外牆跟前。過一會兒，約翰·克里的腦袋靠著牆耷拉下來，他香甜地入了睡鄉。狄更松又等他一陣子，看他還不回來，判定，那個沒有打算的人一定還在那裡。他正要熄燈，有人報告，說火車上下來一個人有緊急任務要見他。

　　真的，有一個人匆匆忙忙走進房間。那人的外表沒有什麼特點，然而這位法官有經驗的眼睛一下子看出他臉上帶著一些密探的特徵。

　　「您是這裡的法官嗎？」來人一躬，問道。

　　「我正是德比通的法官，」狄更松神氣十足地答道。

　　「我這裡帶來一張緊急逮捕令，先生。」

　　「啊，我早猜到了……是一個高個子，大力士般的彪形大

漢？……坐上一趟火車來的？……」

偵探不勝驚訝地望著這位明察秋毫的法官，然後說：

「怎麼？您已經知道了，那個紐約的野蠻人？……」

法官狄更松匆匆看了偵探一眼，說：

「您的授權證書？」

新來的客人低下了頭。

「我匆匆忙忙一直跟蹤這個人，所以，沒有來得及弄到特殊命令證書。不過，事件已為眾所周知……他是打死了霍普金員警的一個野蠻人……」

「根據最近新的電訊，」法官冷冷地說，「霍普金員警的健康十分良好。我要問的，是你的授權證書？」

「我對您說過了，先生……這個案子很重要，再說，──他還是個外國人。」

「換句話說，你總是拿外國人來開脫自己。我不下命令。」

「可是，先生……這是一個危險傢伙呀。」

「德比通的員警會盡自己的職責的，先生，」狄更松法官盛氣凌人地說。「我不能容許，以後叫報紙上說三道四，指責德比通市沒有充分的根據就逮捕人。」

那個陌生的不速之客聳聳肩膀，走出門去，他首先到電報局去了。狄更松躺下休息了，他滿懷信心，認為現在德比通市的警察局有了好的助手了，幫助監視那個沒有任何企圖的人。不過，在躺下睡覺之前，他又發了一個電報，召見葉夫蓋尼·尼洛夫前來。

三十

一大早，約翰·克里便來見法官。

「喂，約翰，你要說什麼？」狄更松問他。

「一切正常，先生。只是……還有一個人在那裡監視他。」

「這我知道。是一個個頭不高，穿灰色套服的人。」

約翰·克里不禁肅然起敬，望著這個無所不知的百事通法官，接著往下說：

「先生，他用手抱住腦袋，老坐在那兒。天明了，鐵路上的守衛過來，那人只是朝他望望而已。像是生病的一隻癩狗。」——威廉斯說。

「再沒有別的了？」

「再就是，在這陌生人周圍，聚集了一群人。車站旁邊那個小廣場和街心公園裡都擠滿了人，先生。」

「他們在幹什麼，約翰？」

「也許，他們也想瞭解一下這個人有什麼打算……況且，有傳聞說，好像，這就是在紐約打死員警的那個野蠻人……」

約翰的報告完全正確。一夜光景，就風傳起來，說是：有一個古怪的陌生人坐火車來這裡了。他的企圖引起了狄更松先生的懷疑，並且在擴大、增長；但，到了早晨，顯見得這個陌生人並沒有任何企圖，他一動不動地在長凳上坐了一整夜——於是，德比通市顯然有點不安了。這時，一群好奇的人開始在這個古怪人身旁聚集起來。這些好事者先是孩子們和上學過路的少年，稍後是有錢人家的管家，再朝後是從小店或市場採購回來的太太們。總而言之，整個德比通城，（剛剛從睡夢中醒來，開始過日常生活）都來到火車站旁邊的這個城市小公園的廣場上，千方百計，想弄清楚這個陌生人的打算……

但，要達到這個目的，是十分困難的。因為，陌生人老坐在那裡，不住地歎氣，眼巴巴地望著過往行人，有時也回答幾句人們的問話，可是他的話誰也聽不懂。然而，馬特維這時候，確實有了自己的打算。當這座城市沉入夢鄉之際，當離他身邊不遠處，員警克里和外來的偵探的影子時時閃現的時候，他在這長夜

漫漫中，仔細考慮了自己的處境——他得出了結論：命運的擺佈是躲不過的，他既不懂當地的語言，又沒有護照，命該如此！——逃不脫牢獄之災……他對事兒想了很久，終於拿定主意；早晚得跟美國監獄打交道，出了事情，沒有熟人，是絕對不行的。最好早點想辦法，比晚了強。他要表明，他什麼都不瞭解，何況，紐約出的事，這裡自然沒有人知道……這麼一來，他歎氣也輕鬆了，懷著愉快的信心站起來，去迎接好心的約翰·克里，這時，約翰推開人群，向他走來。

狄更松法官出來，走進自己的辦公室；這時候嘈雜聲和談話聲在他房門口喧鬧一片，連他辦公室也擁進了不少的人。一個陌生的巨人溫順地站在當中，那約翰·克里的臉上得意地放光。

「他露出了他的打算，法官先生，」這個員警從容不迫地走向前，說。

「好哇，約翰。我知道，你不會辜負全城對你的信任……他究竟表現出了什麼企圖？」

「他想咬我的手。」

狄更松先生坐在椅子上向後一仰，靠在椅背上。

「咬手？……看來，這竟是真的？你敢肯定他要咬你，約翰·克里？」

「我這裡有證人。」

「好吧。我們會問問見證人。這個案子需要仔細調查。尼洛夫先生還沒來嗎？」

尼洛夫仍然不見人影兒。馬特維對剛才發生的一切，眼裡露出驚訝和不滿。他決定去面對不可避免的禍事，可是，他發覺，這裡人辦事有點不合乎人情。在他想像中，認為這事要簡單得多。問問人家是不是有護照，沒有護照，完事。把人帶走得了，員警腋下夾著卷宗，把人領到該去的地方，這不結了麼。至於到那裡該怎麼著，由上級決定算了。

然而，在這裡，這麼簡單的事並沒按常規來辦。不知道為什麼，聚了這麼多人，彷彿要看什麼動物，不停地朝小屋裡擠。昨天一身襤褸的那位先生，坐在這裡的首席；不錯，今天他穿著十分講究，儘管從表面上看他沒有什麼官銜。馬特維滿面怒容向四下環顧。

此刻，狄更松法官開始問話。

「首先，得搞清楚國籍和姓名，」他說，「Your name（你叫什麼名字）？」

馬特維不做聲。

「Your nation（你是哪國人）？」法官見他不回答，便朝人群中望望。「這裡有沒有人，懂得幾句俄語？布賴斯太太！好像你父親是俄國人？」

從人群中走出來一個四十歲上下的婦女，個子不高，和馬特維，也是淺藍色的眼珠，不過，淡了許多。她對著馬特維站在那裡，彷彿在努力回憶什麼。

小屋裡這時一片沉寂。這婦人望望洛津老鄉，馬特維也凝視著她的眼睛。她的這雙如水一般灰而亮的眼睛裡閃現出來某種東西 —— 像是多年以前的回憶。她是波蘭移民的後代。她的母親早早死了，父親在加利福尼亞，落魄成了一個酒鬼，她由美國人收養長大。此時此刻，她腦子湧起了一些模糊的回憶。不錯，她早已忘記了自己的母語，但是她還記得幾句歌詞，這是當年母親哄她——這個嬰兒時，唱給她聽的。突然間，她的兩眼放光了，她把手舉到頭頂上，彈一下手指，轉過臉去，用波蘭語唱起來，這歌聲聽起來很怪，很像風琴唱的：

我的姆媽呀……鵪鶉呀……

我真高興呀，打我的孩子們啊……

頓時，馬特維渾身一顫，猛然向她衝去，又快又激動地哇哇啦啦說起來。這些斯拉夫的語音，給他帶來獲救的一線希望，帶

來別人對他的瞭解，終於，他將找到了出路……

可是，這個婦女的眼睛卻失去了光彩。她只記得這幾句歌詞，歌詞的意思她一個字也不懂。之後，她向法官鞠了一個躬，用英語說了幾句，便走開了……

馬特維撲上前向她追去，大聲喊叫，簡直瘋了，可是一個德國人和克里擋著了路，攔著他。也許，他們怕他咬傷這個婦女，就像是咬員警那般。

這時，馬特維一把抓住長凳的扶手，身子搖晃一下。他的兩眼睜得滾圓，大得怕人，彷彿是人撞見可怕的鬼影似的。他，這個饑腸轆轆、受盡折磨、驚魂未定的人，真是平生第一次白日做夢。他好像看得很清楚，他還在船上，站在船舷旁邊，他的頭暈得厲害，他快掉到水中了。在旅途中，他夢見這情景不止一次了。他後來想起來，這都是船破後受難者的感覺，——這些人，在狠心的、暴虐的無邊無際的大洋中，失去了任何希望……

現在，在他眼睛睜得大大的面前，這個夢活生生地顯現出來。他面前看見的：不是狄更松法官，不是這一群人，不是法官的小屋，——而是奔騰的海浪，冒著泡沫，遼闊無際，寒氣淩人，無涯無際……巨浪滾滾，隆隆轟鳴，驚濤拍岸，忽上忽下……他沉入水中，想浮上來，他努力喊叫，呼喚求救，想抓住什麼，在水面站穩，——這一切都是白費……有一個什麼，想把他拉下，沉入水底。他耳邊嗡嗡作響，他眼簾前面是綠色深淵——這深淵神秘而又可怕。這是死亡的象徵。可是，一個人，臉上有一雙發光的、愉快的、有點發楞的眼睛，向他靠來。他有了生機，活躍起來，他希望得到幫助。然而，眼睛暗淡了，面孔蒼白了。這是一個死者的面孔，這人很早以前就淹死在水中了……

霎那之間，這個情景場面一閃而過。是這樣地清楚，明白無誤，他的心恐懼得緊縮起來。他深深地長歎一聲，抓住了頭……「上帝啊，聖女啊，」他喃喃地禱告，「幫幫我這個不幸的人

吧。看來，我腦子亂了，有點不對頭……」

他用拳頭擦了擦眼睛，開始又在這些人群中尋求希望。

這時候，員警約翰向狄更松講述這個陌生人在什麼情況表露了他的企圖。他說，當他朝這個人跟前走去的時候，那人便如此這般地抓住了他的手（約翰抓住法官的手，做比方），然後深深一躬彎下腰去……

於是，員警約翰，把腰彎到法官手邊，為了真切起見，露出雪白的牙齒，臉上現出野蠻殘暴的表情。

這個表演對人群引起強烈的印象。可是，這個表演，對馬特維的感受更加強烈。他的話也叫馬特維悟了出來。當看見克里的這般舉動，他一下子明白了許多事情：他明白了，為什麼克里急忙縮回了他的手；還明白了，為什麼他在中央公園挨了一棒……他把這一切都置之腦後了，這使他非常氣惱和痛苦。

「他說的不對，」他叫道，「不要相信這個卑鄙傢伙。」

他被這種誹謗所激怒，內心感到萬分憤慨，於是，他跑到桌子跟前，叫法官看看，他究竟對克里員警的手要做什麼……

狄更松從自己座位上跳起來，一腳踩上了自己的新帽子。人們——一個壯實的德國人、克里、還有幾個別人——從身後抓著馬特維，不讓他咬德比通老百姓選出來的法官。法官房中發生了這座城市歷史上從未有過的騷動。站在門口的人們拼命地往外跑，前擠後擁，有些人跌倒了，有的人大聲喊叫；房內更鬧得可怕，叫人難以理解……

這個精疲力竭的洛津人，饑餓，屈辱，弄得快要瘋狂了——他撥開一齊抓住他的那些美國人的手臂。只有和他一般強壯的那個德國人，還在他身後抓住他的胳膊肘兒，站穩腳跟繃住勁兒支撐住……可洛津斯基一直向前衝去，眼裡充滿血絲；他感到，自己真的要發瘋了，他確實要撲到這群人身上，狠狠打他們一頓，說不定，咬他們一口……

　　很難說，往後要出現什麼情況。可是，正當此時，尼洛夫快步走進法官的辦公室。他推開人群，擠過來站在馬特維面前，用俄語關切地問道：

　　「喂，老鄉！您看您，在這裡，幹些什麼來著？」

　　馬特維剛剛聽到頭幾句鄉音，像猛地一個箭步向前，俯身靠在這位新來的人手臂上。一面熱吻，一面泣不成聲，哭得像小孩子淚人似的……

　　過了一刻鐘，狄更松先生的辦公室小屋裡，又擠滿了德比通的居民。他們得知了，陌生人的企圖，清清楚楚，沒有壞意，滿心高興。而法官提出的問題：「Your name？」，「Your native？」等等於實際情況有關的問題，也得了滿意的答覆。由於在選舉中大獲全勝，他感到十分得意，因而，連自己的新帽子丟在哪兒，全不在意了。他匆匆忙忙地處理完公務，他向被告人伸手致意。他同時表示相信，本州各城市的選舉當中，只有德比通的選舉，由於卓有遠見，料事如神，得到很高的榮譽。……最後，他以私人的名義，向馬特維提出了一個問題：

　　「How do you like this country，sir？」

　　「他想知道，您覺得美國怎麼樣？」尼洛夫翻譯道。

　　馬特維這時還在沉重地喘氣，擺擺手說：

　　「啊！最好叫它完蛋，」他真心直言道。

　　「這位先生對我們的國家，怎麼說來著？」狄更松法官滿懷好奇，重複問道。他的提問，激起在座的人們極大的興趣。

　　「他說，他需要時間考慮，再來評價這個國家的優缺點，先生……」

　　「Very well（很好）！這個回答，非常值得贊許，真不愧為通情達理的先生！」狄更松說，話音裡露出洋洋得意的味兒。

三十一

第二天，德比通城的獨份報紙出了一張特大號。第一頁，印著 Mister Matthew（馬修‧洛津斯基先生）的彩色照片，並注明他是這座光榮城市新的市民。報紙的主編以大量醒目的標題，充實的篇幅，向美國所有的城市，特別是對紐約市，進行報導。「從今以後，」主編寫道，「德比通市因有一位卓越的法官——狄更松先生而感到驕傲。曾經困擾紐約市一些優秀民族學家的棘手問題被他成功地解決了。那個大名鼎鼎的野蠻人，原來說他是 Central Park（中央公園）鬧事的罪魁禍首，他的名字曾被歪曲地傳遍了美國，現在成了我們城市的客人。狄更松先生是一位精通業務的出色律師，這個案件，由他經手，通過周密細緻的調查發現，那個所謂野蠻人，原來是出生於洛津省的俄羅斯人。（要知道，洛津省是那個偉大的友好國家的一個最文明、最優越的地區）。他還是一個基督徒，——我們再補充一句：他是一個非常溫和的人，言談舉止和藹可親，並且一向彬彬有禮、奉公守法。當他得知，原來被認為已打死的員警霍普金的健康完好無損，並且該人已在崗位上執行正常的任務；這消息使他表露出真誠的基督徒的由衷高興。何況，在這個問題上，我們敢說，霍普金員警，作為唯一的當事人，對他遭遇的不幸，他本人是有過錯的。——我們是根據本城最優秀的律師的意見得出的結論。是的，我們再重複一句，他本人罪有應得，因為他首先用警棍打了一個安分的外國人的頭部——那個外國人原來只是向他表愛慕和信任而已。如果紐約市的法官們持有不同意見，如果本州的律師有人想提出相反的論據，或者，霍普金員警本人妄想索取賠償金，那麼，德比通城的最優秀的律師將與之打交道。本市律師團將無償地準備為被告人辯護。我們認為，不見得有這個必要。特別是本報各欄揭發了那個不實的誣衊之後。遺憾的是：紐約市我們的記

者同行們，在沒有足夠的調查、研究的情況下，竟然大肆敗壞馬修‧洛津斯基的名譽──他現在是我們這裡尊敬的客人，並且，有望成為未來的市民。事實的真相是：他根本不咬人。洛津斯基的這個舉動，不但不是霍普金用可恥的字眼所說的那樣（這種說法很不光彩，有損紐約員警的榮譽），相反，它的意思是表示熱情的問好和尊敬，這在洛津省是友朋之間互致問候的禮儀。他不過是彎下腰去，要吻霍普金的手罷了。我們曾有機會，看到他對狄更松法官、員警約翰‧克里做過同樣的舉動。此外，他還對他的同鄉──在狄更松先生伐木廠幹平凡工作、職位很低的一位先生，做過這樣的表示。他的這位同鄉，很有才華和教養，毫無異義，他在我國將有寬廣、遠大的前程。不容置疑，如果我們對這種彬彬有禮的最高層次的禮儀表示，粗暴地報以棍棒在頭部一擊，那麼德比通城的員警很可能碰到紐約員警同樣倒楣的運氣，因為，這位俄羅斯先生具有非凡的體力──超人的力氣。但是，德比通城（我們可以引以為榮地說），不但解決了民族問題的啞謎──這個難題曾使高傲自大的紐約市無法應付──而且，還對該市做出了一個榜樣：如何真誠地對待外國人，我們希望，這種真誠的態度，將會消除他心中在紐約市不幸遭遇的痛苦回憶。」

「尼洛夫先生──上文提到的那位俄羅斯先生──從法官辦公室把他的同胞領到自己的住所，離伐木廠不遠的一個不大的工人新村裡。德比通城的大部分居民（主要是年青的先生和女士），用歡呼出來歡送到家，並且，當尼洛夫的大門關上後，人群還不肯散去。尼洛夫不得不再出來，發表簡短的談話，談到這座光榮城市將來繁榮的景象……他的話末了說：請讓他的謙虛的同胞休息休息吧，他的老鄉不習慣這樣熱鬧的社交情誼的表達。」

當然，能言善辯、振振有辭的專欄文章作者並不知道：當德比通的公民們散去以後，馬特維不覺一振，頓感鬆快，說：

「怎麼？……都走了吧？」

「是啊，」尼洛夫一面著手在煤油爐上燒咖啡，一面說。

「唉，讓他們都打擺子、發瘧子去吧！……」馬特維出自內心地說，又有點喪氣了。

尼洛夫什麼也沒說，只不過微微一笑；他知道，一個身體再強壯的人，經受了這麼的折騰，也會倒下的。因此，他連忙讓他喝點熱咖啡，然後，安排他睡下。

三十二

馬特維一頭睡了一晝夜，甚至還多一點兒。當他醒過來，太陽已經不辭而別，只是還用它最後餘暉，照耀著這所明亮的小屋。尼洛夫下班來，脫掉自己的藍色工作服，那衣服上儘是刨花和鋸末。甚至頭髮上，也能看得見木屑。

馬特維怔怔地有好大一會兒，搞不清楚，他在哪兒，他出了什麼事兒。因此，他先是瞇起眼睛四下張望，盯著那個年青人的一舉一動，好像疑慮重重，害怕這又是夢，很快將會被不愉快的新的亂七八糟的倒楣事所代替。

這當兒，尼洛夫悄悄地換了衣服。他換了一套淺色的法蘭絨西服，坐在桌子跟前，打開一本書看起來。

他這個樣子，完全不像一個工人，於是，洛津斯基記憶中，忽然閃現出他在火車上瞥見一個人影的瞬間形象。這使他想起來洛津附近的一幢掩映在花園綠蔭中的地主宅院。那家宅子和村社之間早結下了宿怨，兩方為著地租進行了長期訴訟。這訴訟起於父輩，到了兒輩還在繼續，官司有時這一方得勝，有時那一方勝訴。這案子糾纏不清，造成很大威脅和敵意，可是突然老地主死了。這時，它的繼承人來到洛津，邀見村社管委會，建議終止爭端，在所有各點都作了讓步。洛津的村民有好大一陣子仍在嚷嚷

不休，執拗不讓，因為，他們不明白讓步的原因何在。

　　但是，到後來，比較明智的村民考慮到：也許，小少爺吃喝玩樂負了債，弄得傾家蕩產，只想把因地租招惹麻煩的父輩遺產趕快出手。洛津人又儘量地拖延了一陣兒，後來，事情終於了結。在這之後，小少爺就銷聲匿跡了，聽不到一點他的確實消息。關於他，有一些似是而非、不清晰的傳聞，眾說紛紜，互相矛盾，可是，各種說法，都不利於那個年青人。

　　於是，此時此刻，馬特維覺得，他眼面前的這個人，好像就是小少爺；這時，那人剛脫下工作服，坐在桌前看書。他對此感到震驚，連忙擦亮自己的眼睛。他坐的床咯吱響了起來。尼洛夫扭過臉來。

　　「怎麼樣，老鄉，睡夠了吧？」他友好地問。「嗯，這會兒來喝咖啡吧。」

　　洛津斯基坐了起來，伸開發麻的兩臂，感到有點羞怯和不好意思。昨天，他對這個救命恩人，見到他覺得高興得不得了，可今天，在他面前，反覺得有點拘束。再者，他發現房中只有一張床，就是說，主人把自己的床讓他睡了；他又發現，他光著腳，這說明，尼洛夫在他睡夢中，替他把靴子脫了——所有這些，使他很難為情。真的，他在這次長途旅行之際，一直沒脫過鞋，因此，這會兒感到雙腳疼痛起來……可是，人家對他如此這般的照料反而使他不快。他現在深信不疑，這位年青先生正是洛津的少爺，關於他的傳聞是確切無疑的；看來，他確實讓出了自己父輩的遺產，現在過著漂泊異鄉的浪子生活。然而，因為他給自己幫了大忙，並且是貴族老爺出身，所以，洛津斯基決定不動聲色，假裝沒有認出他來；不過，他的言談舉止，不由地露出恭謹的樣子。這樣一來，在他們兩人的互相關係之間，出現了某種不自然、不明確的因素。尼洛夫的態度樸實、大方。然而馬特維常常心神不定，沉思默想。

　　第二天，尼洛夫從伐木場回來，對馬特維說，如果他同意，他可以找點活兒幹：從船上卸木料。馬特維自然很樂意幹。於是，不久前美國各大報上轟傳的著名人物，現在卻蔫不唧兒地從船頭把木材卸到河岸上。他有使不完的力氣，並且，他對沉重的柞樹原木毫不在意，這使他很快得到提升。過了兩周左右，他已經和尼洛夫並肩幹活了。他往鋼鋸齒輪裡送木材，尼洛夫把木材鋸成薄板。傍晚，兩人身上灑滿了鋸末，一起回到家中。

　　馬特維在尼洛夫隔壁，租了一間屋子，他們兩人一塊在食堂吃飯。馬特維嘴裡沒說什麼，可是心裡覺得，「吃食堂」──純粹是胡來，太浪費了；所以，他總尋思著，以後得漸漸地過得省點。第一次開工資的時候，使他大吃一驚，開支以後，還剩了很多很多的錢。他把錢貯存起來，只買了幾件替換的襯衣。

　　又過了一個禮拜，尼洛夫對馬特維說，他們一塊得去一趟德比通市裏。他說，他，尼洛夫，要在那裡講演。於是，他們來到一個坐滿人群的大廳，他們一進門，人們用大聲歡叫和呼哨來歡迎他們（這在美國是熱烈歡迎的表示）。稍後，一切安靜下來。狄更松法官作了簡短的發言，指指馬特維和尼洛夫。接著，尼洛夫大講特講，講了很久，很隨便；他講的時候，不時地指指一塊大地圖上的某些地點。聽眾──大部分是工人。聽得非常入迷，最後，對他發出一陣熱烈的歡呼……

　　在這之後，他們回家轉來。尼洛夫掏出一疊鈔票，分成兩半；把一半交給馬特維。

　　「這是我和你今天掙來的錢，」他說，「這是付給講演的報酬。我跟他們講了我們的祖國和你冒險的經歷。按正理，這錢應有你的一半。」

　　推推讓讓不想要，可是，後來，還是把錢接住了。這一階段，他對尼洛夫的態度完全改變了，儘管許多事情他還不大明白，可是他把敗家子、浪子的想法，完全拋到腦後了。他收下

錢，局促不安地望著尼洛夫……他千思萬想，準備表達他的感激之情和敬意……他的嘴唇囁囁欲動，伸向尼洛夫的手臂，兩腿屈膝，打算一躬到地……但是，尼洛夫的面部表情，阻止了這番真情流露。（大概，他們住在一起的那幾周，尼洛夫一直不讓他這樣做。）馬特維把錢在自己身邊放好，說：

「啊，……請您原諒，不要朝壞處想我……這錢不少吧？」

「錢不算多，但足夠買一套像樣兒的衣服，」尼洛夫答，「您就這一件衣服，上班也穿，節假日也穿。」

「噲！」馬特維擺一下手說，「我是一個普普通通的工人。」

「這裡的人都是普通老百姓。工人們並不認為比別人差，不想在外表打扮上跟別人有什麼不同。我建議你買件襯衣，買套衣服。」

馬特維低頭不語。

「請原諒，」他說，「我不是，在那兒，……不聽您勸，或者……不過，……請您告訴我：在這裡幹活，能攢下路費麼？」

「想去哪裡？」

「回去，回老家！……」馬特維激動地說，「瞧見了沒有，我在家裡賣了房子，賣了馬，賣了田地……現在，我要像牛一般工作，為了好回家去；我寧願在家鄉成為最後一個幹活的人……」

尼洛夫在房中踱來踱去，思索什麼事兒。然後，他站在洛津斯基對面，說：

「洛津斯基，你聽我說。多幹活，多掙錢，完全可以。慢慢地，過些時回去，也沒有什麼不可以。可是……每一個人都要明白：他在幹什麼。那麼，你為什麼要來這裡？」

「啊，」馬特維又擺擺手，說，「一個人不知道腦子裡想些什麼。」

「好好想想，當時您是怎麼想的……」

馬特維皺起了眉頭。他自己也納悶兒，怎麼腦子裡的思想和話語，這麼難出來。

「啊！當然，人麼，會有他的想望……想有一塊自己私有的、不受管制的土地……在自己地裡……有兩匹騾子，一匹好馬……有牛……有一輛結實的大車……」

「還想什麼？」

馬特維感到，除了上面提到那些之外，心裡還有一種東西，這是一種不清晰沉積已久的心思……這時，安娜的面容在他眼前一晃……

「嗯，還有……」他吃力地往下說，「人家的年齡也不小了，到了歲數了。需要有自己的窩兒，就是說，該有老婆了。」

「還有什麼？」

「再有麼……如果可能的話，希望有自己的教堂，能照老例兒進行祈禱……」

他腦海裡一閃念間，又記起了關於自由的談論。但，自由這個概念，他心中還不大清楚，有點朦朧模糊，所以，對此，他隻字不提。

尼洛夫繼續往下問。他的面色嚴肅，情緒有點激動。

「您所說的這些，在這裡都可以得到！」他果斷而又尖銳地指出，「凡是你想要的，都可得到。那麼，為什麼您還非走不可？」

他看出，馬特維為他粗魯、生硬的口氣感到怏怏不樂，於是，他改口補充說：

「您已經捱過了最艱難的時期：好多人在最初的途程死掉了。現在您熬了過來，走上了光明大道。希望您在這裡再住住，瞭解一下這個國家和人民……如果您仍然想家，想得不行，那麼，以後可以……對故鄉是那樣思念，任何人都攔不住……嗯，

那時候……」

尼洛夫的話語裡，飽含熱情和激動。馬特維看出來了，於是，他說：

「可您自己……對不起……也想走啊。」

尼洛夫的臉上又微微掠上一層陰影。

「是的，」他答，「不過，我有很多緣故。」

「看來……您還沒有找到，你尋求的東西？」

尼洛夫把窗戶打開，站了一會兒，迎著拂面的溫柔的風，向窗外凝望。靜謐的夜色探進窗來；天空繁星燦爛；不遠處，德比通的燈火，熠熠映入眼簾；工廠的煙囪在冒煙：為了明天上班，節日休息之後，又開始點火。

「這裡是有我要尋求的東西，」尼洛夫從窗口轉過來激動得漲紅的臉龐，答道：「可是……您聽我說，洛津斯基。咱們直到如今還在捉迷藏……恐怕您早已認出我啦？」

「是，我已認出了您，」馬特維不好意思地說。

「我也早認出了您。我不知道，是否瞭解我，但是……為了一樁事兒，就是我和您，和別的人，像兄弟一般，而不是像敵人，彼此平等相待……就為這個，我將永遠感謝這個國家……」

馬特維用力地、聚精會神聽著，但他並沒完全聽懂；不過，他心頭卻有一種奇怪的百感交集……

「如果我早晚得回去，」尼洛夫繼續說，「那麼……您發現了沒有……這裡有很多很多地方，是我所追求的東西，可是，這些，我自己都帶不走啊……我已經來過，回去過一次……是一種毛病……嗯，無所謂。我不知道，您現在是不是瞭解我了。也許，將來有一天，您會瞭解的。我希望故鄉，成為這裡現在這個樣子……想要自由，明白嗎？是自己的自由，不是人家的……可是這裡是人家的地方……我在這裡，想叫祖國……」

尼洛夫沉默不語了，稍後，兩人久久地望著窗外的夜空——

安靜的、溫馨的異國夜空。尼洛夫思忖著，他不久將要撇下這裡的一切，把自己的一段生活歷程留下。馬特維不知怎地，忽然想起了大海——它的深不可及，深得那樣神秘莫測，令人難以理解……同樣難以理解的，是他在生活中遇到的許多事物，同時，還有一種不明晰的念頭，在向他招手……這時，當他想起來不久前同尼洛夫的談話，他這才覺得自己並不十分瞭解自己；至於他跟尼洛夫說的那些——牛呀，房子呀，田地呀，還有安娜呀——使他發覺好像有某中東西過去在吸引他，現在還向他招手；到底是什麼東西，他確實不能說個明白，他不能在自己思想中判定清楚……可是，這個念頭很執著，像大海一般幽深；又像正在蘇醒的人生遠景，那樣有誘惑力，那樣令人嚮往……

三十三

我們講的這個真實故事就要結束了。過了一段時期，馬特維多多少少會說了些當地話，他便轉移到一個德國人經營的農場裡幹活。那個德國人也是一個身強力壯的大力士，很讚賞馬特維的一身氣力。在這裡，馬特維熟悉了各種農業機器。轉年春天，尼洛夫回國之前，又為他在猶太移民區謀得一個職位——農業技術指導。尼洛夫走了，臨走前，答應馬特維，他回來後--定給他寫信。

關於馬特維在移民區的生活情況，以及關於尼洛夫在美國的生活經歷，如果有機會，我們將在下一次講述。現在，回過頭來，把有些未說完的話，再交待一番。

重要的外省城市的一些報紙，都轉載了《德比通信使報》關於那個「野蠻人」歷險奇遇文章的結尾部分。他們對紐約人的「妄自尊大」感到氣憤，他們竟然在這種場合犯了如此粗暴的錯誤。紐約市各大報並不在意，只是用簡短的、十分枯燥的事例，

順便表表態。因為，正當此時，美國政治生活中，又一個重大問題浮出表面。美國公眾一向對諸如此類的政治問題深刻關注，從而推動發展了美國的政治原則……例如，那場風暴，像旋風一般、轟動報界的《野蠻人》照片；例如莉莎小姐向父母撒嬌的快活面孔；再如許許多多其他名流，簡直如同螟蛾一般，在報紙陽光的照耀下，滿天亂飛；直到天邊出現第一塊烏雲，遮住了陽光，它們才被驅散。

人們對馬特維、對他的經歷，很快都忘得一乾二淨了。連迪瑪和安娜都不知道，他到了德比通，後來又去了移民區。更不會曉得，他已登記註冊，參加選舉投了票，這些舉動，是他在經過痛苦的考慮和猶疑不決之後，才決定的（因為他想起了迪瑪在紐約的那段經歷）。不久以後，他的面目也改變了，——看人的眼神，面部表情，整個形象、外表都變了，變了。他的內心裡浮現出一些新概念，——對人、對制度、對信仰、對生活、對上帝（他對上帝仍然崇拜，不過有些不同，只是在地面祈禱而已）、對許許多多過去在洛津從未想到過的事物，都有新的見解。甚至某些概念變得越來越清晰，越來越接近……

安娜仍然生活在 1235 號那幢公寓裡。現在太太對她更加不滿意了。太太主動地給她加了兩次工資，可是，仍然看不出她有「感激之情」。相反，安娜叫人覺得，她的性情變得更壞了，常常無緣無故地發怒，一點尊重人的禮貌也沒有。

「有什麼辦法呢……說實在的，這裡的社會風氣就是這樣，」有一次丈夫對老夫人說。一天到晚總坐在圖紙前面的那位老發明家，唯有聳聳肩膀而已。老夫人知道他的丈夫對安娜有影響，她聽他的話，所以有時候常向丈夫抱怨。

「我現在顧不得這些事情，」他說，「不過，有時候……一句話，我認為，她只是想……過自己的個人生活而已……你明白嗎：自己的私生活……」

「請您告訴我，」老夫人真心感到驚奇，「我除了給她十元工資之外，該不該給她張羅、張羅個人生活……」

「嗯，這個我現在管不著，」老先生答道。「凡事都得由科學來解決。一切：她也好，您也好，所有大傢伙兒。您發現了沒有：問題是……」

這個老學究坐在椅子上轉了轉，用嚴肅的口氣繼續說：

「人類發明它所需要的機器……這個我們大家都十分清楚。可是，您過去曾經想過沒有：機器本身也發明……確切地說，也製造它所需要的人……您覺得奇怪嗎？……不過，這可以用數學的精確度加以證明。只要懂得了這個偉大的真理，一切都解決了。全部問題在於：發明通用的機器，只有自由的人才用得上，明白吧？到那時，只有到那時，所有令人苦惱的問題才能解決……在將來的社會制度下，不會再有可笑的、貪得無厭的老爺、僕人和奴隸主了，也不會有滿懷嫉妒心和敵意的奴隸了……您明白我的意思嗎？……」

老先生架起了眼鏡，用坦率而愉快的眼光，望著女主人的臉。但見女主人咬牙切齒，滿臉怒火。

「敬謝不敏！」她說，「好一個將來的社會制度……哼，沒有僕人！我寧願待在舊制度下……」

於是，安娜的處境愈來愈糟。

自打本故事開始，過去了兩年時光。這時，有兩個年青人坐著高架空中火車來到 4 Avenue（紐約 4 號大街）的拐角處下了車。他們順著一條垂直的大街，尋找 1235 號公寓。其中一個，是一個高身材的、淡黃髮男子，有一雙淺藍的眼睛；另一個是黑髮小夥子，個頭不高，但是非常靈活，下巴剃得光光的，上唇留著一小撮很俏皮地稍稍捲曲的時髦小鬍髭。後邊的這位，跑上樓梯，想按電鈴，可是，他的高個子夥伴阻止了他。

他走上樓梯的平臺，順著大街，四面張望。這裡的一切，和

兩年前一模一樣。所有的房舍，還是老樣子，像攣生兒似的，十分相像；太陽還是照曬在放下窗簾的那邊廂，另一邊太陽被樓房擋住，橫著長長的陰影……

他兩眼激動地看著這裡過去的蹤跡，心潮起伏。他彷彿看見，在街拐角處，有一個人影晃動。又彷彿看見，那個人從街角出來，邁著沉重的腳步，好像腿上綁著千斤重的秤砣，他慢慢走著，憂愁地望著陌生的樓房，這些樓房宛如兩滴水似的一個模子……「一切還是老樣子，」洛津斯基暗自思忖道，「只是……兩年前在這條街上躑躅、迷路的那個人不在了；現在換了另一個人了……」

鈴聲響了，房門打開了，門口露出了安娜的面龐。可是，房門馬上又關上了，只聽見一聲沉悶的女孩驚叫聲，像是見了鬼、著了魔似的。後來，她又稍稍開個門縫兒，朝外窺視。看了看才說：

「是您麼……真是您嗎？」

老夫人看見這個人，也感到十分驚奇，出乎意外；好容易才認出了他——原來是過去穿一身白袍子、粗糙皮靴的純樸的洛津老鄉；當時他畢恭畢敬地支持她對美國生活和社會原則的批判觀點。她通過眼鏡，仔細端詳他，真心發現，他變醜了。不錯，他沒有年青約翰身上那種挑釁的生硬作風和闖勁；但也失掉了馬特維過去溫和的、膽怯的屈從樣子——他的這些習慣，老夫人看著十分順眼。除此之外，老夫人認為，他那件黑色外套穿在身上，簡直像「牛背上架上了馬鞍子。」

「請坐下吧，」她帶著輕微的譏諷口吻說。可是，同時，她懊惱地感到，總叫人家站著，有點不好意思。

就其本質來說，她並不是一個壞人。當安娜向她宣佈將要辭工——她明白了，現在安娜有了正當的理由了……

「嗯，你瞧，她找到了自己的個人生活了，」當安娜同他們

告別以後，她帶點苦澀意味對學究先生說。「照您說的，現在走著瞧吧：你的未來社會，得過一陣子才會有，可這會兒……沒人收拾房間啦！」

「哼……是啊……」發明家沉思地說，「應當承認，這其中只是有一半不愉快。當然，隨著時間的推移，毫無疑義，一切都會安排妥當的……可是……說實在的，很難發明一件機器，來代替那個可愛的姑娘，像她那樣，活幹得那麼叫人愉快，那樣心靈手巧……」

在這之後，一連好幾天，這位學者覺得心裡很不自在。他甚至發現，連計算也叫他感到困難了許多。

「哼……是啊……我得承認，」他對老夫人說，「看不見她的臉兒，看不見她那和藹的藍眼睛，我覺得少了點什麼……當然，機器會逐漸代替這些……」

在老夫人強烈的、嘲諷的眼光刺激下，他中斷了自己的話。這時老夫人慢條斯理地說：

「連藍眼睛？嗯，不見得吧……」

馬特維和安娜，離開紐約之前，去了一趟碼頭——為的是看看從歐洲舶來的海船。他們看見，那海上的龐然大物，用胸脯切斷了港灣的巨浪，然後又被引領到碼頭。他們又看見，數以萬計的人，沿著棧橋的踏板，湧向這裡，帶來了自己的苦惱、希望和期待……

在這個可怕的汪洋大海的人群中，有多少人在這裡魂斷異鄉？……

馬特維不覺愁腸百結。他向遠方望去。遠處，一層薄霧活像青煙似的籠罩在海面上；青煙背後，遠在天際，海中巨浪滾滾而來。他極目遠眺，思緒騰起，好似海鷗一般，遠飛故鄉……他覺得，胸中憋悶，內心充滿了強烈的、灼人的悲哀……

他清楚不過，這是由於，他心中生長了新的事物，老的東西

已經滅絕，或正在死亡。他對正在死亡的已往的許多東西，感到痛心地惋惜；於是，他不由地想起那天跟尼洛夫的談話，和他提出的問題。馬特維意識到，他現在有了一塊土地，有了自己的房子，自己的母牛、奶牛……不久，就要有妻子。……然而，他忘掉了往日的什麼，現在，這些東西在他心中哭泣、磋傷……

　　走……去那裡，往回走……回故鄉，現在尼洛夫正在那裡追求自己永恆的探索！……不，這不會實現，這不可能：因為一切都斷了，許許多多都死絕了，不能重新復活了，在洛津故里他的草屋裡，現在住上了別的人。他在這裡，將撫育孩子們，孩子還會有孩子，子孫後代甚至將忘掉自己原來的語言，就像德比通那個婦女似的……

　　他深深長歎一聲，最後一次瞭望一下大海。太陽落了。霧靄凝縮，變得濃重起來，遮掩住了浩淼的遠處。《女神》雕像伸出的手臂的上端，亮起了燈光……

　　輪船上空了。兩隻海鷗飛離了桅檣，在空中盤旋一陣兒，順風飛向遼闊的雲霧彌漫的遠方……

　　有些人，思緒也像海鷗一般，離開航船上的桅檣，向那邊飛去……向後轉……去歐洲。他們從新大陸帶回對故國的懷念和幽思……

1895 年

國家圖書館出版品預行編目資料

沒有舌頭 /（俄）柯羅連科著；臧傳眞譯. --
初版. -- 臺北市：人間, 2011. 05
　　面；　公分.
　　ISBN 978-986-6777-35-6（平裝）

880.57　　　　　　　　　　　　100008801

外國文學珍品系列 3

沒有舌頭

著◎（俄）柯羅連科
譯◎臧傳眞
出版者　人間出版社
發行人　呂正惠
社長　林怡君
地址　台北市長泰街 59 巷 7 號
電話　02-2337-0566
郵撥帳號　11746473 人間出版社
排版印刷　龍虎電腦排版股份有限公司
電話　02-8221-8866
登記證　局版台業字第三六八五號
初版　2011 年 6 月
定價　新台幣 200 元